ALEXANDRE OLIVIER EXQUEMELIN

Piraten der Karibik

AF236872

CLOUDSHIP

– Bibliografische Information der Deutschen Nationalbibliothek –

Die Deutsche Nationalbibliothek verzeichnet diese Publikation in
der Deutschen Nationalbibliografie; detaillierte bibliografische Daten
sind im Internet über http://dnb.d-nb.de abrufbar.

IMPRESSUM

ISBN: 978-3751978163

ALEXANDRE OLIVIER EXQUEMELIN: PIRATEN DER KARIBIK

[Englischer Originaltitel: The Pirates of Panama, or The Buccaneers of America:
A True Account of the Famous Adventures and Daring Deeds of Sir Henry Morgan
and other Notorious Freebooters of the Spanish Main]

Original Print- und eBook Ausgabe © 2016/2018 by *CloudShip*

Coverillustration: © Marinemaler Olaf Rahardt, www.marinemaler-olaf-rahardt.de

Alle anderen Illustrationen gemeinfrei

Lektorat und Umschlaggestaltung: *textkompetenz.net*

Gesetzt aus der Baskerville

Herausgeber: *CloudShip | AuraBooks*

cloudship@aurabooks.de

Herstellung und Verlag: BoD – Books on Demand, Norderstedt

Dieses Buch gibt es auch als eBook, z.B. im amazon Kindle Bookstore.

INHALT

PIRATEN DER KARIBIK

EIN AUGENZEUGENBERICHT AUS DEM 17. JAHRHUNDERT

Enthaltend die genaue und wahrhaftige Erzählung aller der vornehmsten Räubereien und unmenschlichen Grausamkeiten, welche die englischen und französischen Räuber wider die Spanier in Amerika verübt haben.

Beschrieben durch A. O. Exquemelin, der selbst allen diesen Räubereien durch Not beigewohnt hat.

Joseph Sabin, amerikanischer Historiker:
»Vielleicht war kein Buch, in welcher Sprache auch immer, das Vorbild so vieler Nachahmungen und die Quelle so vieler Erzählungen, wie dieses.«

Vorwort des Herausgebers

Geköpft, gehängt, verehrt: Vom Mythos der Piraten

IM JAHR 2010 werden vor einem Gericht in Norfolk (US-Staat Virginia) fünf somalische Piraten wegen Seeräuberei vor Gericht gestellt. Den Männern drohen lebenslange Haftstrafen. Es ist der erste Piratenprozess auf US-Territorium seit dem amerikanischen Bürgerkrieg (1861–65). Gleichzeitig findet in Hamburg ein Prozess gegen zehn Piraten aus Somalia statt. Hier ist es sogar der erste Piratenprozess seit dem Mittelalter.

Zehn somalische Seeräuber hatten am 5. April, Ostermontag, den deutschen Containerfrachter ›MV Taipan‹ rund 500 Seemeilen vor der Küste ihres Heimatlandes angegriffen und geentert. Wenige Stunden später eilte die niederländische Fregatte ›Tromp‹, die einen Notruf aufgefangen hatte, zu Hilfe. Marinesoldaten befreien nach kurzem Schusswechsel das Schiff und nehmen die zehn Männer gefangen. Als Beweismittel sichern die Holländer fünf Kalaschnikow, zwei Raketenwerfer, große Mengen an Munition und zwei Enterleitern sowie Enterhaken.

Die Piraterie lebt, in der Realität und im Kino, und ist heute, so scheint es, präsent wie schon lange nicht mehr. Der Mythos des Piraten hat interessante und vielschichtige Quellen. Eine davon ist, dass man oft nicht so genau sagen konnte, wer denn nun eigentlich die ›Guten‹ und wer die ›Bösen‹ waren. Bei den Mannschaften war ein Motiv für Meuterei und Seeräuberei oft die Rebellion gegen ausbeuterische Zustände auf den Handels- und Kriegsschiffen, auf denen Matrosen fast wie Sklaven herhalten mussten. Bei den Anführern war es die Sucht nach Ruhm und Geld. Viele begannen als ›normale Seefahrer‹, oder als Freibeuter im Auftrag irgendeiner der auf See rivalisierenden Mächte. Ausgestattet mit offiziellen Kaperbriefen machten sie Jagd auf die Schiffe der gegnerischen Nationen. Sie kaperten, raubten, plünderten – und wurden später nicht selten von ihrem König oder Herrscher dafür mit Orden behängt.

Es war eine Art staatlich sanktionierter Privatkrieg von einigen, die dafür mit einem Freibrief versehen wurden – und es war relativ unabhängig davon, ob auf dem Land zwischen den betreffenden Parteien gerade Frieden herrschte, oder nicht. Auf hoher See hatten schon immer andere Gesetze gegolten – Piraterie, Kaperei und offizieller Seekrieg sind jahrhundertlang nicht klar gegeneinander abzugrenzen – wenn man es genau nimmt, bis heute nicht.

Ziel der Begierden im ›Goldenen Zeitalter der Piraterie‹ (ca. 1680 bis 1730) war die spanische Silberflotte, die, beladen mit reicher Beute aus den Kolonien und Erträgen des Silberabbaus in Bolivien und Mexiko, zwischen dem Isthmus von Panama, Havanna und Spanien unterwegs war. Gierig danach waren die Holländer, die Engländer, die Franzosen und Portugiesen, also alle anderen, die zu jener Zeit versuchten, die Welt zu erobern und über vernünftige Schiffe verfügten.

Viele Piraten begannen also im Bereich des Halb-Legalen. Wie es aber so ist, wenn man auf einer Rasierklinge tänzelt: Der Sprung auf die andere Seite ist allzu reizvoll. Als ›Freier Pirat‹ wartete nämlich noch viel reichere Beute. Denn erstens konnte man sich die Ziele nun nach Belieben aussuchen, und zweitens den Gewinn nach eigenen Piratenregeln aufteilen.

So lassen sich drei Abstufungen der ›Piraterie‹ im weiteren Sinne unterscheiden, festgemacht an den Besitzverhältnissen am Schiff, was einleuchtet:

- *Freibeuter (Eigner sind der Landesherr und/oder Aktionäre)*
- *Bukaniere (Eigner sind Gouverneure und/oder Aktionäre)*
- *Piraten (Eigner ist der Pirat selbst)*

Freibeuter waren damals zunächst einmal Geschäftsmänner. Und dass ihre Unternehmung von reichen Aktionären und Geschäftemachern im Ursprungshafen finanziert wurde, war Normalität. So wie auch heute Menschen ihr Geld in riskante Anlagen stecken – dabei ein Risiko tragen, aber manchmal auch nicht schlecht daran verdienen.

Als etwa der Freibeuter Thomas Tew (um 1645–1695), gesponsert von mehreren Geschäftsleuten der Bermudas, an der Küste Südamerikas schlechte Beute machte, überredete er seine Mannschaft 1693 in den Indischen Ozean zu segeln. In der Straße von Bab el-Mandeb, dem Zugang zum Roten Meer, gelang es ihnen, ein reich beladenes Schiff des Großmoguls von Indien zu entern. Die Piraten erbeuteten Waren im Wert von 100.000 Pfund, darunter Gold, Silber, Elfenbein und Edelsteine. Jeder Mann erhielt einen Beuteanteil zwischen 1.200 und 3.000 Pfund, Tew selber soll 10.000 Pfund erhalten haben. Das waren ungeheure Summen in einer Zeit, als ein normaler Seemann gerade zwei bis drei Pfund Jahreslohn hatte. Aber auch den Sponsoren auf den Bermudas zahlte Tew den zehnfachen Betrag ihres vorgeschossenen Kapitals zurück.

Oder Woodes Rogers (1679–1732): Seine dreijährige Freibeuterfahrt von 1708 bis 1711 führte ihn rund um den Globus. Beute machte er vor allem an der Westküste Südamerikas, wo er zahllose spanische Geleonen kaperte. Die Reise, die 14.000 Pfund gekostet hatte, brachte über 170.000 Pfund Nettoertrag. Rogers wohnte danach gemütlich am Queen Square 19 in Bristol. Doch 1717 wurde er als Kenner der Gegend zum Gouverneur von New Providence und den Bahamas ernannt. Im April 1718 machte er sich auf die Reise, mit dem Ziel, die Region zu befrieden. Anbieten konnte er eine königliche Amnestie für alle Piraten, die sich bis zum 5. September 1718 ergeben würden.

*

Ob die Rückkehr in ein bürgerliches Leben möglich war oder nicht, hing von politischen Konstellationen und winzigen Schmetterlingsschlägen des Schicksals ab. Vielen berühmten Freibeutern gelang es nicht, oft weil sie im Lauf der Zeit schon allzu viel ›Piratenruhm‹ angesammelt hatten: Edward Teach (›Blackbeard‹): im Kampf getötet; ›Calico‹ Jack Rackham: gehängt; Bartholomew Roberts: im Kampf getötet; William Kidd: erschossen und geköpft; Charles Vane: gehängt; John

Gow: gehängt; La Buse (Olivier Le Vasseur): geköpft; Edward Low: gehängt.

Und natürlich gab es auch Figuren, die nie etwas mit dem zivilisierten Leben zu tun haben wollten, und sich vor allem durch ihre Foltermethoden und ihre Grausamkeit und Trunksucht einen Ruf erwarben. Dazu gehört Roche Braziliano (1630–1671), der von etwa 1654 an die Meere unsicher machte. Einen Namen machte er sich vor allem durch seine extreme Brutalität. Es ist überliefert, dass er zwei Spanier bei lebendigem Leibe grillen ließ, weil sie ihm ihre Schweine nicht überlassen wollten. Außerdem war er ein großer Säufer und Trunkenbold. Jeden, der nicht mit ihm trinken wollte, so heißt es, ließ er erschießen.

Oder François l'Olonnais (1635–1667), der psychopathische Züge hatte. Es gehörte zu seinen Praktiken, seinen Opfern Stücke aus dem Fleisch zu schneiden oder sie lebendig zu verbrennen. Seine Lieblingsfoltermethode war das ›woolding‹: Dabei wird ein geknotetes Seil um den Kopf des Opfers gewunden und dann mit einem Stock so lange gedreht, bis die Augen heraustreten. Seine Gegner, die Spanier, machten Jagd auf ihn, er wehrte jedoch mehrere ihrer Angriffe ab. Als es ihm gelang, einem Hinterhalt zu entkommen und dabei zwei spanische Gefangene machte, »zog (er) seinen Säbel, und mit diesem schnitt er die Brust eines dieser armen Spanier auf, und zog dessen Herz heraus mit seinen gotteslästerlichen Händen, biss zu und riss daran mit seinen Zähnen, wie ein wilder Wolf«. Sein Ende kam, als er mit seinem Schiff im Golf von Honduras auf eine Sandbank lief. Weil die Mannschaft das Schiff nicht frei bekam, wandten sie sich zu Fuß ins Inland, wo sie in Darién in die Hände der einheimischen Bevölkerung fielen. Exquemelin schreibt, dass sie l'Olonnais »lebendig in Stücke rissen, seinen Körper Glied für Glied ins Feuer warfen und seine Asche in die Luft.«

Der Franzose ist einer der Haupt-Protagonisten in Alexandre O. Exquemelins Buch, der andere ist Henry Morgan (um 1635 – 1688), und das Schicksal beider könnte nicht unterschiedlicher verlaufen sein: Morgan trieb seit 1665 als Freibeuter sein Unwesen in der Karibik, allerdings meist mit Billigung seiner Schutzmacht England. Mitte 1668 überfiel er mit Wissen des englischen Gouverneurs von Jamaika, Thomas Modyford, die Stadt Portobello, wo er reiche Beute machte und sich noch besser für künftige Unternehmungen ausrüstete.

Am 28. Januar 1671 gelang ihm sein größter Coup: Als selbsternannter ›Chefadmiral aller Bukaniersflotten und Generalissimo der vereinigten Freibeuter von Amerika‹ zog er mit 1200 Mann auf 36 Schiffen gegen Panama, damals die reichste Niederlassung Spanisch-Amerikas. Nach einem neuntägigen Fußmarsch über die Landenge von Panama bekämpften und vertrieben die Piraten eine zahlenmäßig überlegene spanische Streitmacht, dann besetzten und plünderten sie die Stadt.

Als reicher Mann kam Morgan nach Jamaika zurück. Sogleich wurde er verhaftet und nach England gebracht, denn inzwischen hatten England und Spanien Frieden geschlossen. Aber im Jahre 1674 begnadigte man Morgan. Er wurde in den Adelsstand erhoben und zum Vizegouverneur von Jamaika ernannt. Später machte er sich als Piratenjäger einen Namen. Er starb am 25. August 1688 in Port Royal auf Jamaika an Tuberkulose, Syphilis oder vielleicht auch Leberversagen in Folge seines übermäßigen Alkoholkonsums. Als Dank für seine »Verdienste für die Englische Krone« bekam er ein Staatsbegräbnis.

*

Beide, l'Ollonais und Morgan, hat Alexandre Exquemelin begleitet, ihre Kaperfahrten mitgemacht und die Erlebnisse in seinem Buch geschildert. Über den Autor selbst ist relativ wenig bekannt. Man weiß, dass er 1666 als Angestellter der französischen Westindien-Kompanie nach Tortuga kam. Diese kleine Karibikinsel vor der Nordküste Haitis war damals Hauptstützpunkt der Piraten. Dort heuerte er 1669 als Freibeuter an und kam schließlich auch in Morgans Truppe.

Gelegentlich wird er auch als ›Leibarzt von Morgan‹ bezeichnet. Wahrscheinlich war er einfach ein Pirat mit einigen medizinischen Kenntnissen. So wenig man über Exquemelin weiß, so sicher ist, dass er das für alle Zeiten prägendste Piratenbuch schrieb. Vermutlich tat er das in einer kurzen, etwas ruhigeren Phase zwischen zwei Beutezügen, denn noch im Jahr 1697, nach einem Piratenüberfall auf die Stadt Cartagena, wird sein Name auf der Musterrolle gelistet.

© *Armin Fischer, 2010*

ERSTER TEIL

Erstes Kapitel – Die Abreise des Reisebeschreibers

Abreise des Reisebeschreibers nach dem westlichen Teil von Amerika im Dienste der Französisch-Westindischen Kompanie. Rencontre auf See mit einem englischen Kriegsschiff. Ankunft auf der Insel Tortuga.

IM JAHRE 1666 am 2. Mai verreisten wir aus Havre de Grâce mit dem Schiff St. Johann (gehörig der Französisch-Westindischen Kompanie), montiert mit achtundzwanzig Kanonen, zwanzig Schiffsleuten und zweihundertzwanzig Reisenden, sowohl Angestellte der Kompanie als auch freie Personen mit ihren Dienern. Wir kamen zunächst unter dem Kap von Barfleur zu ankern, um uns dort mit noch sieben anderen der Kompanie gehörigen Schiffen zu konjungieren, die von Dieppe zu uns stoßen sollten, samt einem Kriegsschiff, montiert mit siebenunddreißig Kanonen und zweihundertfünfzig Mann.

Zwei Schiffe waren nach Senegal beordert, fünf nach den Karibischen Inseln, wir aber nach der Insel Tortuga. Auch gesellten sich zu uns noch ungefähr zwanzig Neufundland-Fahrer nebst einigen holländischen Schiffen, die nach Rochelle, Nantes und St. Martin wollten, so dass wir zusammen eine Flotte von an dreißig Schiffen zählten. Und wir machten alle klar zum Gefecht, da wir Nachricht hatten, dass vier englische Fregatten (jede von sechzig Kanonen) bei der Insel Ornay auf uns kreuzten.

Nachdem unser Kommandeur, der Ritter de Sourdis, seine Orders gegeben, gingen wir unter Segel mit gutem Wind und bei nebligem Wetter, das uns wohl zu statten kam, da wir von den Englischen nicht gesehen wurden. Wir segelten, um den Feind zu meiden, dicht unter der französischen Küste und stießen auf ein flämisch Schiff von Ostende, dessen Schiffer unserem Kommandeur klagte, er sei am selbigen Morgen von einem französischen Seeräuber geplündert worden. Sogleich machte das Kriegsschiff auf diesen Jagd, konnte ihn aber nicht einholen. Die französischen Bauern waren die ganze Küste entlang in Alarm, weil sie uns für Englische hielten und besorgten, dass wir landen möchten. Wir ließen zwar unsere Flagge wehen, der sie aber wenig trauten. Hierauf ankerten wir auf der Reede von Conquet in der Bretagne (bei der Insel Quessant) daselbst Erfrischungen und süßes Wasser einzunehmen.

Nachdem wir uns daselbst mit allem Notwendigen versehen, verfolgten wir unsere Reise, gewillt durch das Ras de Fonteneau *[Ras: Meerenge; red.]* zu passieren, da wir uns den Sorlingues von wegen der englischen Kreuzer nicht zu nahen wagten. Dieses Ras ist ein sehr starker Strom, der durch eine große Menge Klippen hinstreicht. Er wird genannt das Ras und ist gelegen am Eingang des Busens von Frankreich auf 48 Grad 10 Minuten nördlicher Breite. Es ist ein sehr gefährlicher Weg, zumal die Klippen teils unter Wasser stehen, teils darüber hinausragen. Darum sind alle diejenigen, so auf unserem Schiffe waren und diesen Weg noch niemals passiert hatten, getauft worden auf folgende Manier:

Der Oberbootsmann des Schiffes verkleidet sich mit einem langen Rock und einer wunderlichen Mütze auf seinem Haupte, mit einem hölzernen Schwert in der rechten und einen Topf mit Schwärze in der linken Hand. Auch sein Gesicht ist geschwärzt, um den Hals hat er eine große Krause von Pflöcken und anderem Schiffsgerät. Alle, die noch niemals da durchpassiert, müssen vor ihm niederknien, und er macht einem jeden ein Kreuz auf die Stirn, und mit seinem hölzernen Schwert gibt er ihm einen Streich in den Nacken; hierauf werden sie von anderen, die dazu bestellt sind, mit Wasser begossen, und obendrein müssen sie noch eine Flasche Wein oder Branntwein zu dem großen Mast hinbringen. Der aber, so nichts hat, ist davon befreit. Ja auch das Schiff, wenn es noch nicht hier durchpassiert ist, muss bezahlen. Nachdem dies alles geschehen, holt man, was von Wein und Branntwein bei dem Mast sich findet, und teilt es um und um aus.

Die Holländer werden vor diesen Klippen gleichfalls getauft und nicht minder vor den Klippen, die Barlingos genannt sind und dicht an der Küste von Portugal liegen auf 39 Grad 40 Minuten nördlicher Breite. Es sind überaus gefährliche Klippen, denn sie können bei Nacht nicht wohl gesehen werden von wegen des hohen Landes. Die Manier dieses Taufens ist bei den Holländern ganz anders wie bei den Franzosen; denn wenn bei ihnen einer getauft wird, muss er zu dreien Malen von der großen Ras gleichsam wie ein Übeltäter ins Wasser fallen, und so sie ihm auf dem Schiff günstig sind, lassen sie ihn bis zum Achter des Schiffs schleppen. Es ist eine nicht geringe Ehre, seiner Hoheit dem Prinzen von Oranien oder dem Kapitän zu Ehren außer den vorigen drei Malen noch einmal hinabzufallen. Der erste, der fällt, kriegt einen Kanonenschuss zu seinen Ehren und das Wehe der Flagge; die nicht fallen wollen, sind gehalten, zwölf Stüber zu bezahlen; so er aber ein Offizier ist, muss er einen halben Reichstaler geben.

Sind es Passagiere, müssen sie so viel geben, als man von ihnen fordern mag. Wenn das Schiff noch niemals durchpassiert ist, muss der Schiffsherr ein Oxhoft Wein geben, andernfalls dürfen sie die Galionsfigur vom Schiff absägen, ohne dass der Schiffsherr oder Kapitän etwas dawider haben kann. Alles was man gibt, wird dem Oberbootsmann eingehändigt, der es in Verwahrung hält, bis er in einen Hafen kommt, wo er Wein dafür kauft und dem sämtlichen Schiffsvolk austeilt. Niemand von beiden Nationen kann Rede stehen, warum sie dieses tun, als dass sie sagen, es sei ein alter Brauch bei den Seeleuten. Einige sagen, es haben Kaiser Karl V so verordnet, allein in seinen Verordnungen ist nirgends etwas davon zu finden. Dieses habe ich beiläufig und nur um der Seeleute Zeremonien zu gedenken hier aufgeschrieben, nunmehr aber wollen wir unsere Reise verfolgen.

Nachdem wir das Ras passiert hatten, bekamen wir einen sehr günstigen Wind bis an das Kap Finis Terrae, wo wir einen schweren Sturm erlitten und voneinander gerieten. Dieser Sturm währte acht Tage. Es war ein unglaubliches Elend zu sehen, wie auf unserem Schiff die Menschen durch die See von Steuerbord an Backbord gespült wurden, und hatten die Kraft nicht sich aufzurichten, so seekrank waren sie. Die Matrosen mussten bei ihrer Arbeit mit Füßen auf sie treten. Danach bekamen wir wieder gut und bequem Wetter und verfolgten unseren Kurs so glücklich, dass wir unter den Zirkel, genannt Tropicus Cancri, gelangten. Dies ist ein von den Sternguckern imaginierter Zirkel, welcher gleichsam eine Grenzscheide der Sonne auf ihrem Wege nach dem Norden hin ist, und liegt in der Höhe von 23 Grad 30 Minuten nördlich der Linie. Wir wurden da wieder getauft auf die Manier, die ich oben erzählt habe, dieweil die Franzosen allzeit unter der Linie unter dem Tropico Cancri und unter dem Tropico Capricorni *[Wendekreis des Krebses und Wendekreis des Steinbocks; red.]* zu taufen pflegen. Hier hatten wir nun sehr guten Wind, der uns auch hochnötig war, weil wir Mangel an Wasser hatten, und des Tages auf die Person nicht mehr als zwei Trinkgläslein kamen.

Wir bekamen (ungefähr auf der Höhe von Barbados) ein englisch Königsschiff in Sicht, das jagte uns nach mit vierundzwanzig Stücken. Als es aber sah, dass es keinen Vorteil über uns hatte, lief es von uns ab. Wir jedoch folgten ihm, und schossen nach ihm mit unseren Achtpfündern. Weil es aber besser besegelt war als wir, mussten wir es endlich lassen.

Hierauf nahmen wir unseren Kurs fort und bekamen die Insel Martinique in Sicht. Wir taten alles was wir konnten, um auf die Rede von St. Peter zu kommen, wurden aber durch einen schweren Sturm daran gehindert, daher wir nach Guadeloupe zu steuern gewillt waren, jedoch der Sturm widerstand uns so heftig, dass wir auch dahin nicht kommen konnten; mussten deswegen endlich allein nach der Insel Tortuga, wohin wir eigentlich beordert waren. Wir liefen längs der Küste von Puerto Rico hin, welches eine sehr schöne und lustige Insel ist, bedeckt mit schönen Bäumen bis zu den höchsten Gipfeln der Berge hinauf. Danach bekamen wir die Insel Española in Sicht, die wir nachgehend beschreiben wollen. Wir segelten ebenmäßig an der Küste hin, bis wir endlich die Insel Tortuga, just auf den 7. Juli selbigen Jahres erreichten und auf der ganzen Reise nicht einen einzigen Mann verloren hatten. Die Güter der Kompanie wurden hier ausgeladen und bald darauf das Schiff mit einigen Passagieren nach Cul de Sac geführt.

Zweites Kapitel – Beschreibung der Insel Tortuga

Beschreibung der Insel Tortuga. Derselben Gewächse und Früchte. Wie die Franzosen dahin gekommen und zweimal durch die Spanier wieder ausgetrieben worden sind. Und wie der Reisebeschreiber dort dreimal verkauft wurde.

DIE INSEL TORTUGA liegt an der Nordseite der großen und berühmten Insel Española ungefähr zwei Meilen von ihr auf der Höhe von 20 Graden 30 Minuten nördlicher Breite und hat ungefähr sechzehn Meilen in der Runde. Sie hat den Namen Tortuga bekommen, dieweil sie an Gestalt einer Schildkröte gleicht, die von den Spaniern Tortuga genannt wird. Sie ist voller Felsenspitzen, doch gleichwohl bedeckt mit großen Bäumen, die aus den Felsen hervorwachsen, da doch ganz und gar keine Erde zu sehen ist und die Wurzeln auf dem Steine bloßliegen. Die Nordseite ist unbewohnt und sehr unwirtlich, zumal weder Hafen noch Strand da ist, ausgenommen einige geringe Plätze zwischen den Klippen. Also ist die Südseite allein bewohnt und hat nur einen Hafen, wo die Schiffe ankommen können. Das Land, so es bewohnt ist, ist in Quartiere geteilt, die werden also benannt: La Basse Terre ist das vornehmste von wegen des Hafens, der Ort heißt Cayone, und hier leben die reichsten Pflanzer der Insel. Le Mil-Plantage ist noch neu und sehr fruchtbar an Tabak, desgleichen Le Ringot, diese Plätze liegen am Westende der Insel. In La Montagne sind die ersten Plantagen, die auf der Insel Tortuga angelegt sind. Der Hafen ist sehr gut, von einem Riff geschützt, es sind zwei Eingänge dahinein zu segeln. Darinnen können Schiffe mit siebzig Stücken liegen, und ist ein sehr schöner Sandgrund da.

Was die Gewächse der Insel Tortuga anbelangt, so wächst viel schönes Holz dort, als Stockfischholz *[Brasilholz]*, Sandelholz, rot, weiß und gelb. Das gelbe Sandelholz wird von den Einwohnern

Bois de Chandelle, das ist Kerzenholz, genannt, weil es so hell brennt als eine Kerze und ihnen zu Fackeln dient, wenn sie des Nachts fischen gehen. Da wächst auch Lignum Sanctum, welches in diesen Landen Pockholz genannt wird. Die Bäume, die das Gummi Elemi tragen, werden hier in großer Menge gefunden, desgleichen auch die Chinawurzel, doch ist sie so gut nicht als die ostindische; sie ist ganz weich und weiß und die wilden Schweine finden da nichts anderes zu fressen als diese Chinawurzel. Man findet dort auch das Kraut, Aloe genannt, und viele andere Arzneikräuter und Holzgewächse mehr, wie auch überaus taugliches Holz, Schiffe und Häuser daraus zu bauen.

Man findet hier allerlei Früchte, wie man sie auch auf den Karibischen Inseln hat, als Magniot, Patates, Igniamos, Wassermelonen, spanische Melonen, Goyaves *[Früchte des Gojavebaums]*, Bananen, Bacovens *[vermutlich eine Bananenart]*, Papayas, Carosoles, Mamains, Ananas, Acajou-Äpfel *[Früchte des Elefantenlausbaums]* und mancherlei anderer Früchte in großer Menge, die ich aber alle zu nennen und den Leser damit aufzuhalten, unnötig erachte. Auch gibt es da eine sehr große Menge Palmenbäumen, aus denen man Wein macht und mit deren Blättern man Häuser deckt.

Dies Land hat viel wilde Schweine, aber das Jagen mit Hunden ist verboten, um sie nicht auszurotten. Der Grund ist, weil die Insel klein ist, und, so man unvermutet von einem Feind überfallen würde, man sich in den Busch retirieren und von der Jagd leben soll. Jedoch ist die Jagd daselbst sehr gefährlich wegen der allzu vielen Klippen, welche alle mit kleinem Gebüsch überwachsen sind, also dass man ehe man sich's versieht hinabstürzt; wie denn auf dergleichen Weise viele Personen verloren gegangen. Man hat auch viele Totengerippe gefunden, jedoch daraus nicht urteilen können, ob sie längst oder neulich umgekommen.

Zu einer gewissen Zeit des Jahres kommen wilde Tauben in solch großer Menge, dass die Einwohner reichlich davon leben können und gar kein anderes Fleisch brauchen. Nachdem aber diese zeit verlaufen ist, sind sie nicht mehr gut zu Nahrung, weil sie von einem gewissen sehr bittern Samen, den sie fressen, ganz mager und bitter werden. Am Gestade findet man eine große Menge von See- und Landkrabben, die sehr groß und gut zu essen sind. Die Sklaven und Bedienten essen sie unmäßig, sie sind von sehr gutem Geschmack, dabei aber dem Gesicht sehr schädlich; denn wer beides öfters isst, wird schwindelig, so dass alles sich mit ihm umdreht, und er ungefähr eine Viertelstunde nichts sehen kann.

Die Franzosen, nachdem sie eine Kolonie auf der Insel St. Christoph gepflanzt (1625) und dort ziemlich stark geworden waren, haben einige Schiffe ausgerüstet, welche sie westwärts sandten, etwas neues zu entdecken. Die liefen also an der Küste der Insel Española an. Allda an Land gekommen, haben sie dieselbe sehr fruchtbar befunden und sehr reich an allerhand wilden Tieren und Stieren, Kühen, Schweinen und Pferden. Da sie aber sahen, dass sie ohne einen gewissen und sichern Zufluchtsort dort wenig Nutzen haben würden (zumal die Insel Española von der spanischen Nation wohl bewohnt war) hielten sie es für ratsam die Insel Tortuga einzunehmen.

Das taten sie denn auch, die zehn oder zwölf Spanier die darauf waren, verjagten sie, und blieben dort ungefähr ein halbes Jahr, ohne dass jemand sie störte. Inzwischen fuhren sie mit ihren Kanus über nach dem großen Land und holten viel Volks herüber und begannen schließlich auf der Insel Tortuga den Feldbau. Weil aber die Spanier dies endlich inne wurden, rüsteten sie einige Fahrzeuge aus und kamen, um Tortuga wieder einzunehmen, was ihnen auch sehr wohl glückte; denn sobald die Franzosen sahen, flohen sie mit ihrer Habe in den Busch und fuhren die darauf folgende Nacht mit ihren Kanus nach der Insel Española. Und sie hatten den Vorteil, dass sie nicht beschwert waren mit Weib und Kind, sodass ein jeder buschwärts laufen und sich Nahrung suchen konnte; auch gab ein jeder Bescheid an seine Genossen, um den Spaniern ja keine Zeit zu lassen, auf der Insel einige Fortificationes *[Befestigungen, Forts]* zu bauen.

Indessen setzten die Spanier sogleich über in der Absicht, die Franzosen aus den Wäldern zu vertreiben oder sie darinnen Hungers sterben zu lassen, wie sie es mit den Indianern getan. Allein es wollte ihnen nicht glücken, weil die Franzosen mit Kraut und Lot *[= Pulver und Blei]*, auch mit guten Feuerrohren allzu wohl versehen waren. Ja diese nahmen zu einer Zeit die Gelegenheit inne, da die Mehrzahl der Spanier nach der großen Insel übergefahren war, mit ihrem Gewehr und Volk die Franzosen aufzusuchen, kehrten mit ihren Kanus wieder nach Tortuga zurück, jagten alle Spanier, so sie noch da waren, wieder davon, verhinderten auch die anderen wiederzukommen und blieben so der Insel Meister.

Nachdem nun so die Franzosen wiederum der Insel Meister waren, schickten sie zum Gouverneur oder General von St. Christoph um Hilfe und baten, ihnen einen Gouverneur zu senden, um das Volk besser unter Gehorsam zu bringen, und dort eine Kolonie zu pflanzen. Der General, dem solches gefiel, gab von Stund an Order ein Schiff, das auf der Reede lag, klar zu machen und sandte ihnen als Gouverneur von Tortuga Monsieur Levasseur mit viel Volk und allerhand Notdurft. Sobald dieser Gouverneur angekommen, ließ er oben auf einen Felsen ein Fort aufwerfen, wodurch er den Hafen vor feindlichen Schiffen sicherte. Dieses Fort ist uneinnehmbar, oder so gelegen, dass man nicht dazu kommen kann, außer von einer Seite, wo jedoch nicht mehr als zwei Personen nebeneinander gehen können. Mitten in demselben ist eine Höhle in dem Felsen, die zu einem Munitionshaus dient und überdies ist da eine bequeme Gelegenheit eine Batterie anzulegen.

Der Gouverneur ließ auf das Fort ein Haus bauen, pflanzte zwei metallne Stücke darauf und gebrauchte eine Leiter, um hinaufzusteigen. In dem Fort ist ein Quell süßen Wassers, genug, täglich tausend Menschen zu tränken, es kann auch nicht abgeschnitten werden, denn es kommt aus dem Felsen, rund um das Fort sind Plantagen, die sind sehr fruchtbar an Tabak und anderen Früchten. Nachdem die Franzosen hier ihre Kolonie gepflanzt hatten und ziemlich stark geworden waren, begann ein jeder, sein Heil zu versuchen. Einige fuhren hinüber nach der großen Insel, um zu jagen und Häute zu bekommen; andere, die solches zu tun nicht Lust oder Neigung hatten, begaben sich auf den Raub und fuhren nach den Küsten der Spanier zum Kapern aus, wie sie noch heutigen Tages tun; die übrigen, so sie Weiber hatten, blieben auf der Insel: Einige legten Pflanzungen an und pflanzten Tabak, andere taten anderes, also dass jedweder Gelegenheit zu seinem Unterhalt fand.

Inzwischen konnten die Spanier alles dieses unmöglich mit guten Augen ansehen, weil sie wohl vermuteten, es möchten die Franzosen daselbst immer mächtiger werden, und endlich kommen und sie auch von der großen Insel vertreiben. Sie nahmen daher die Gelegenheit wahr, da eben viele Franzosen auf See und nicht wenige auf der Jagd waren, rüsteten ihre Kanus aus und landeten zum zweiten Mal auf Tortuga mit Hilfe einiger französischer Gefangener, die sie bei sich hatten. Die Spanier waren achthundert Mann stark; die Franzosen konnten ihnen das Landen nicht verwehren und begaben sich deswegen in das Fort. Der Gouverneur ließ alle Bäume um das Fort niederhauen, um den Feind desto besser zu sehen.

Weil nun die Spanier merkten, dass sie ohne Geschütz nichts ausrichten konnten, beratschlagten sie, wie sie ihre Sache aufs beste angreifen möchten. Sie sahen, dass alle die hohen Bäume, die das Fort gedeckt hatten, abgehauen waren, und dieses daher von einem gegenüberliegenden Berg beschlossen werden konnte. So machten sie einen Weg, das Geschütz da hinauf zu bringen. Dieser Berg ist ziemlich hoch und man kann, wenn man droben ist, das ganze Eiland übersehen; oben ist er flach und ringsum felsig, so dass es sehr beschwerlich fällt hinauf zu gelangen, außer auf dem Weg, den die Spanier damals gemacht haben, wie ich im folgenden erzählen will.

Die Spanier hatten viele Sklaven und Arbeitsleute bei sich, sowohl Matates oder Halbblut als Indianer, diese sollten einen Weg durch die Felsen brechen, das Geschütz auf den Berg bringen, und eine Batterie dort aufpflanzen, um das Fort, darin die Franzosen waren, zu beschießen und zur Übergabe zu zwingen. Während die Spanier nun hiermit beschäftigt waren, fanden die Franzosen Mittel, ihren Gefährten solches kundzutun, und um Hilfe anzusuchen, welche sie denn auch erhielten. Die Jäger samt denjenigen, die auf der Kaper waren, schlugen sich zusammen und begannen, nachdem sie zur Nachtzeit gelandet, von der Nordseite her den Berg zu erklimmen, dieweil sie darin sehr wohl geübt waren. Inzwischen hatten die Spanier mit großer Mühe zwei Stücke Geschütz auf den Berg hinaufgezogen, um des anderen Tags das Fort zu kanonieren und wussten von der Franzosen Ankunft nichts. Aber am Morgen, als sie dabei, waren ihr Geschütz in Ordnung zu stellen, kamen die Franzosen hinter ihnen her, und ließen die meisten den Sprung in die Tiefe tun und Hals und Bein brechen; nicht einer ist davongekommen, denn die Übrigen schlugen sie tot, ohne Pardon zu geben. Die anderen Spanier, die unten waren und das Geschrei hörten, merkten, dass es um die oben auf dem Berg nicht wohl stand, liefen an das Gestade und fuhren unverzüglich davon, an der Eroberung der Insel verzweifelnd.

Die Gouverneure der Insel Tortuga sind allezeit auch deren Eigentümer und Herren gewesen bis zum Jahr 1664, wo die Französisch-Westindische Kompanie sie in Besitz genommen und Monsieur Ogeron zum Gouverneur über sie gesetzt hat. Sie haben eine Kolonie gepflanzt mit Faktoren und Dienern, in der Absicht, mit den Spaniern einen beträchtlichen Handel zu treiben, wie es die Holländer in Curacao tun. Doch ist ihnen solches nicht geglückt. Sie wollten mit fremden Nationen handeln, konnten es doch nicht mit ihrer eigenen. Denn als die Kompanie ihren Beginn nahm, kaufte ein jeder, sowohl Kaper als Jäger oder Pflanzer, von der Kompanie, die alles auf Kredit gab, aber wenn es ans Bezahlen ging, ward niemand gefunden. So wurde die Kompanie genötigt, ihre Faktoren wieder abzuberufen, und gab ihnen Befehl, alles, was sie nur könnten, zu verkaufen; und so sind sie aus der Sache geschieden. Alle Diener der Kompanie wurden verkauft, einige für zwanzig, andere für dreißig Stück von Achten. [›Ein Stück von Achten‹: Spanischer Piaster, entspricht acht Silber-Realen.]

Mir, der ich auch der Kompanie Diener war, ging es gleichfalls nicht besser, und ich hatte just das Unglück, zum ärgsten Schelm der ganzen Insel zu kommen. Der war damals Untergouverneur oder Generalleutnant und tat mir alles Übel, so er nur erdenken konnte, an, er ließ mich Hunger leiden und wollte mich zwingen, dass ich mich für dreihundert Stück von Achten loskaufen sollte, wo ich doch nicht einmal eines besaß. Endlich fiel ich durch all das erlittene Ungemach in schwere Krankheit, und mein Meister, fürchtend, dass ich sterben möchte, verkaufte mich um den Preis von siebzig Stück von Achten an einen Wunderarzt. Als ich aber wieder gesund ward, hatte ich mich zu bekleiden nichts als ein altes Hemd und ein Paar Unterhosen. Jedoch mein neuer Herr war um vieles besser als der erste, denn er gab mir Kleider und alles was ich von Nöten hatte und, nachdem ich ihm ein Jahr gedient, erbot er sich, mich für hundertfünfzig Stück von Achten freizulassen und solang mit der Bezahlung zu warten, bis ich das Geld gewonnen.

Als ich nun frei war, war ich wie Adam, da er aus den Händen seines Schöpfers kam. Ich hatte nichts. So beschloss ich denn, mich unter die Kaper und Räuber zu begeben, unter welchen ich auch verblieben bin bis zum Jahr 1672. Ich habe mit ihnen verschiedenen Zügen beigewohnt und viele der vornehmsten Raubstücke ausüben helfen, wie es hiernach beschrieben werden soll. Zuvor aber will ich etwas von der Insel Española erzählen, um dem neugierigen Leser in allem, was in diesem Teil Amerikas Merkwürdiges vorgefallen, genugzutun.

Drittes Kapitel – Beschreibung der Insel Española

Beschreibung der großen und berühmten Insel Española.

DIE INSEL ESPAÑOLA erstreckt sich meistenteils von Osten nach Westen auf der Höhe von 17 ½ bis 20 Grad nördlicher Breite. Sie hat ungefähr dreihundert Meilen im Umkreis, einhundertzwanzig in der Länge und ungefähr fünfzig in der Breite, an einigen Stellen auch etwas schmaler. Mit Erzählung der Entdeckung dieser berühmten Insel will ich dem günstigen Leser nicht beschwerlich fallen, weil fast jedermann weiß, dass im Jahr 1492 Christophorus Columbus, von Don Fernando, König von Spanien, ausgesandt, diese Insel entdeckt hat, von welcher Zeit an bis auf die gegenwärtige die Spanier sie besessen haben. Auf dieser Insel sind verschiedene Städte, desgleichen viele schöne Dörfer, alles von den Spaniern erbaut.

Die Hauptstadt ist St. Dominik zugeeignet und nach seinem Namen in spanischer Sprache Santo Domingo genannt. Diese Stadt ist an der Südseite der Insel auf der Höhe von 18 Graden und 13 Minuten nördlicher Breite und liegt ungefähr vierzig Meilen Wegs von der Ostseite dieser Insel, genannt Punta de Espada. Die Stadt ist rings ummauert und hat ein starkes Kastell, welches den Hafen beherrscht. Das ist ein schöner Hafen, worin eine große Menge Schiffe liegen können; sie sind da vor allen Winden geschützt außer einem südlichen. Rund um die Stadt sieht man die schönsten Pflanzungen, wo allerhand Früchte nach der Art des Landes wachsen. Der Gouverneur der Insel, welchen sie den Präsidenten nennen, hält sich da auf. Von dieser Stadt aus werden alle Landstädte und Dörfer verproviantiert und unterhalten, denn die Spanier treiben in keinem anderen Seehafen der Insel Handel außer in diesem; der größte Teil des Volks, das dort wohnt, sind Kaufleute und Krämer.

Die Stadt S. Jago Cavallero ist St. Jakob dem Ritter zugeeignet und nach seinem Namen genannt. Sie liegt im Lande offen ohne

Mauern ungefähr auf der Höhe von 19 Grad nördlicher Breite. Die Leute, die da wohnen, sind meist Jäger und Pflanzer, zu welchen Beschäftigungen das Land sich sehr wohl eignet, es hat rundum viel schöne Weiden, darauf sowohl zahmes als wildes Vieh sich in großer Menge aufhält, daher dieser Platz sehr viele und schöne Häute liefert.

An der Südseite der Stadt S. Jago liegt ein überaus schönes Dorf, genannt El Cotui oder Nuestra Senora de Alta Gracia, das ist Unsere Liebe Frau vom hohen Segen. Um dieses Dorf sind schöne Landschaften, woher viel Cacao oder Chocolate, Ingwer, Tabak und Talk kommt.

Die Spanier fahren mit ihren Kanus nach der Insel Savona, um dort zu fischen und Schildkröten zu fangen, die an den Strand kommen, ihre Eier zu legen. Auf dieser Insel ist nichts Beschreibenswürdiges. Sie sind sehr sandig und es gibt viel Franzosen- oder Pockenholz. Die Spanier haben Kühe und Stiere dahin gebracht, um sie zu züchten, nachdem aber die Kaper gekommen, haben diese alle vertilgt.

Westwärts von der Stadt S. Domingo ist noch ein anderes großes Dorf, genannt El Pueblo de Asso. Die Einwohner dieses Dorfes treiben einen großen Handel mit denen eines anderen Dorfes, das gerade inmitten der Insel liegt und San Juan de Goave heißt. Es liegt am Ende einer sehr großen Weide, die sich in der Runde wohl auf zwanzig Meilen Wegs erstreckt und voll wilder Kühe und Stiere ist. An diesem Orte wohnen keine anderen Menschen als Viehhändler und Jäger. Der größte Teil ist von gemischtem Geblüt: nämlich Menschen, die von Negern und Weißen gezeugt sind, Mulatos genannt; die gleicherweise von Indianern und Weißen gezeugt sind, Mestices genannt; und die von Negern und Indianern kommen, werden Alcatraces genannt; und was für andere Bastardgeschlechter mehr dort zu finden sind, denn die Spanier haben mehr Neigung zu den Mohrinnen als zu ihren eigenen Weibern. Von diesem Dorf kommen Talg und Häute in großer Menge, es wird auch nichts anderes da geschafft, da die Erde nicht bebaut werden kann, von wegen der großen Dürre, die da ist. Und dies ist alles, was die Spanier besitzen auf dieser Insel, vom Cabo de Lobso nach San Juan de Goave bis zum Cap Samana auf der Nordseite, und an der Küsten von Ostende genannt Punta de Espada bis Cabo de Lobos. Der Rest der Insel wird besessen von den französischen Buschläufern und Pflanzern.

Die Insel ist auch versehen mit sehr schönen Häfen vom Cabo de Lobos bis zum Cabo del Tibron, welches das Westende der Insel ist. Es sind vier oder fünf sehr schöne Häfen, welche die von England weit übertreffen, mit überaus schönen Landschaften, Tälern und Strömen voll von dem schönsten Wasser, das in der ganzen Welt gefunden werden mag. Auch ist da ein schöner Strand, wo die Schildkröten hinkommen, um ihre Eier zu legen. Vom Cabo del Tibron bis zum Cabo Dona Maria sind zwei schöne Häfen, vom Cabo Dona Maria bis zum Cabo San Nicolas sind wohl zwölf schöner Häfen, und vom Cabo San Nicolas bis zur Punta de Espada sind wohl zwanzig schöner Häfen, und in jeden dieser Häfen gehen zwei oder drei schöne Ströme, darin Überfluss an Fischen ist. An der Nordseite dieser Insel sind verschiedene Städte und Dörfer gewesen, die aber durch die Holländer verwüstet und von den Spaniern verlassen worden sind.

Spanisch-Amerika nach zeitgenössischem Kupferstich.

Viertes Kapitel – Überfluss

Von den Früchten, Bäumen und Tieren, die auf der Insel
Española gefunden werden.

DIE INSEL ESPAÑOLA ist sehr fruchtbar an allerhand Gewächsen und Früchten. Man findet dort große Flächen von fünf bis sechs Meilen in der Runde, deren einige ganz mit süßen, andere aber mit sauren Pomeranzenbäumen besetzt sind, gleichermaßen auch mit Limonenbäumen, doch sind diese derart nicht wie die, die aus Spanien gebracht werden, denn die größte ist nicht größer als ein Hühnerei und sie sind saurer. Man findet da auch sehr große Ebenen, bedeckt mit Palmenbäumen, die sind sehr hoch und eine Lust anzuschauen. Diese Bäume sind ungefähr hundertfünfzig bis zweihundert Fuß hoch, ohne Äste, und oben haben sie einen Strunk von Materie und Geschmack wie ein Weißkohl, woraus dann die Blätter und der Same wachsen. Jeder Baum hat nicht mehr als zwölf Blätter und alle Monate fällt ein Blatt ab, und in eines Monats Zeit grünt ein neues an seinem Platz. Der Same wächst einmal des Jahres aus dem Strauch, der, wie ich gesagt, wie Kohl von Geschmack und sehr gut zu essen ist. Wenn man ihn unter Fleisch kocht, schmeckt er wie weißer Käsekohl. Der Same ist dienlich zur Mast der wilden Schweine.

Die Stiele der Blätter sind ungefähr drei oder vier Fuß breit und sieben oder acht Fuß lang. Diese sind auch wohl die größten und werden gebraucht, die Häuser damit zu decken wie auch geräuchert Fleisch darein zu packen (wie ich nachgehendes erzählen will). Die Stiele dieser Blätter sind von außen grün, von innen aber sehr weiß, so dass man von dem Innersten ein Fell oder Haut abschälen kann in der Dicke eines Pergaments, darauf es sich so wohl schreiben lässt als auf Papier. Wenn man bei Regenwetter über das Feld geht und von diesen Blättern bei sich hat, kann man sich vor allem Regen damit behüten. Dann dienen sie auch, Trinkwasser damit aufzufangen zu Zeiten der Not, zumal man Eimer daraus machen und Wasser darin tragen kann, doch halten sie nicht länger als sieben oder acht Tage. Diese Bäume sind sehr hart, aber ganz innen ist eine gewisse Materie, die man mit dem Messer schneiden kann, das eigentliche Holz ist nicht über drei oder vier Zoll dick, aber der ganze Stamm ist so dick, dass ihn oft nicht zwei Männer umfassen können. Es wachsen diese Bäume gern in flachem Land und sonst unfruchtbaren Gründen. Man kann auch von diesen Bäumen Wein machen und zwar auf folgende Weise. Wenn der Baum abgehauen ist, ungefähr drei oder vier Fuß hoch über der Wurzel, wird oben in dem Strunk ein viereckiges Loch gemacht, worin mit der Zeit der Wein allmählich zusammen rinnt und so stark wird, dass man einen guten Rausch davon bekommen kann.

Diese Palmenbäume werden von den Franzosen *Palmiste franc* genannt. Neben diesen Palmenbäumen gibt es noch viererlei. Sie werden genannt: Latanier, Palmiste épiné, Palmiste à vin, Palmiste à chapelet, oder Palmiste de montagne. Der Palmiste, Latanier genannt, wächst so hoch nicht als der Palmiste à vin, wie wohl er beinahe dieselbe Gestalt hat, ausgenommen die Blätter, die an Form einem Fächer gleichen und sieben oder acht Fuß im Umkreis haben, auch hat er ringsum Stacheln, ungefähr einen halben Fuß lang. Dieser Baum wirft seinen Samen so wie die anderen oben genannten, jedoch etwas größer und dicker, und er dient gleichfalls zur Mast der wilden Tiere. Die Blätter von diesem Baum werden nur zum Decken der Häuser gebraucht. Er wächst selten auf guten Gründen, sondern allzeit auf sandigen und felsigen Örtern.

Der Palmiste épiné wird also genannt, weil er von der Wurzel bis oben an die Blätter voller Dornen ist, die sind ungefähr drei oder vier Finger lang. Eine gewisse Nation von Indianern im südlichen Teil von Amerika gebraucht diese Dornen zur Tortur oder Peinigung ihrer Kriegsgefangenen und das auf solche Weise: Sie binden die Gefangenen an einen Baum fest, nehmen diese Dornen und stecken an einen jeden ein kleines in Baumöl getunktes Läpplein von Kattun, dann stoßen sie sie in das Fleisch des armen Sünders, so dicht aneinander, als die Dornen an den

Bäumen wachsen, und zünden das Kattunläpplein mit Feuer an. Wenn dann der Patient singt, so wird er geachtet als ein generöser Soldat, der seine Feinde für so gering hält, ihm weh zu tun; sofern er aber klagt und winselt, so wird er für einen Feigling gehalten. Diese Historie habe ich von einem Indianer, der dieses oftmals an seinen Feinden geübt; es ist auch von Christen, die unter ihnen wohnen, mit Augen angesehen worden. Allein, wieder auf unsere Erzählung zu kommen, so ist dieser Palmenbaum in der Höhe von dem, welchen man Latanier nennt, nicht unterschieden, aber die Blätter sind gleich denen des Palmiste franc, nur dass sie keine Stiele wie die anderen haben. Von diesem Palmisten wird auch guter Wein gemacht, auf gleiche Weise wie oben gemeldet. Dieser Palmiste wirft seinen Samen auch wie der andere, doch ist er von ganz anderer Art, rund und so dick als ein Deut, inwendig hat er einen Kern, der sehr hart und von Geschmack so gut wie eine spanische Nuss ist. Man findet diesen Baum am Seegestade, in niedrigen Gründen.

Der Palmiste à vin wird so genannt, weil er in großen Mengen Wein gibt, er wird nicht mehr als vierzig oder fünfzig Fuß hoch und ist von einer wunderlichen Gestalt; denn unten von der Wurzel an bis etwa zur halben Höhe und etwas mehr ist er nicht mehr als drei Spannen dick, aber über der Mitte oder in zwei Drittel der Höhe ist er so dick als ein Eimer oder Weinfass, und diese Verdickung ist voll von einer gewissen Materie wie die in dem Strunk von einem Kohl, aber ganz voller Saft, der lieblich von Geschmack ist, und wenn er vergoren, dem Wein an Stärke nichts nachgibt. Es wird aber dieser Saft auf folgende Weise ausgepresst: Nachdem der Baum abgehauen ist (welches gar leichtlich geschieht, denn man kann ihn mit einem großen Messer, das an Gestalt wie eines Pastetenbäckers Messer ist, Machete genannt, schneiden), macht man in der Mitte der Verdickung eine viereckige Öffnung, stampft es, bis es ganz weich ist, und presst dann den Saft mit den Händen aus. Man findet an dem Baum alle dazu notwendigen Gerätschaften, denn man reinigt den Saft durch die Blätter und von den untersten der Blätter macht man

Gefäße, den Wein hineinzutun und auch ihn daraus zu trinken. Dieser Baum trägt seine Frucht so wie die anderen Palmistenbäume, nur dass sie von einer anderen Gestalt, an Farbe und Dicke den Kirschen gleich und auch gut zu essen sind, jedoch eine raue Kehle verursachen. Er wächst auf hohen und felsigen Bergen.

Die Palmistenbäume, Palmiste à chapelet, weil die Spanier Rosenkränze oder Paternoster von deren Samen, der ebenfalls klein und sehr hart ist, machen, wachsen sehr hoch und dünn mit wenig Blättern auf den Gipfeln der hohen Berge.

Man findet auch andere Bäume da von Wuchs wie ein Birnbaum, die tragen Früchte, Cayemiete *[vermutlich Sternapfel]* genannt. Diese Frucht ist an Gestalt und Farbe wie die großen Schwarzen Pflaumen, voll weißen Milchsaftes, der von Geschmack sehr süß ist. Inwendig sind in einigen fünf in anderen drei Kerne, ungefähr so groß wie türkische Bohnen. Die wilden Schweine fressen diese Früchte gleichfalls sehr gerne, doch werden sie nicht allerorten gefunden.

Da wachsen auch noch große Bäume, die eine Frucht tragen, die man Genipas nennt. Dieser Baum wächst so hoch wie ein Kirschbaum und hat fast ebensolche Blätter, spreitet aber seine Äste sehr weit voneinander. Die Frucht ist an Gestalt einem Mohnkopf gleich, jedoch so dick wie zwei Fäuste, grau von Farbe und im Innern voll kleiner Kerne, mit einem Häutlein, das all die Kerne einschließt. Dieses Häutlein ist sehr scharf, also dass, wenn man die Frucht mitsamt demselben einschluckt, es den Leib verstopft und große Pein beim Stuhlgang verursacht. Wenn die Frucht unreif ist und man presst den Saft aus, wird er so schwarz wie Russ, man kann damit auf Papier schreiben. Aber innerhalb neun Tagen löscht es wieder aus, und das Papier ist, als ob niemals darauf geschrieben worden wäre. Das Holz von diesem Baum braucht man zum Bauen, zumal es fest und schön ist. Es soll überaus tauglich sein, Schiffe daraus zu zimmern, denn es hält sich sehr wohl im Wasser.

Es gibt da noch viele andere Fruchtbäume, deren Beschreibung man in verschiedenen Autoren findet. Da sind viel Zedernbäume, von den Spaniern Cedros genannt, von den Franzosen Acajou. Diese Bäume sind sehr geeignet, Schiffe daraus zu zimmern und Kanus daraus zu machen. Kanus sind gewisse Fahrzeuge, aus einem Baum gemacht, darinnen nichts anderes als die Sitzbänke. Man kann damit mit dem besten Boot oder Schaluppen um die Wette segeln. Die Indianer können diese Kanus ohne Hilfe eiserner Instrumente machen, nämlich auf diese Manier: Sie brennen die Bäume an der Wurzel ab und wissen das Feuer dergestalt zu regieren, dass es nicht weiter brennt, als sie es haben wollen. Wenn dann der Baum umgefallen ist, machen sie ein großes Feuer darauf, stehen ringsum mit Wasser und dämpfen, dass es nicht zu weit brenne; andere haben steinerne Beile und schaben das verbrannte Holz heraus und formen also ihre Kanus nach Belieben. Mit diesen können sie dann zwanzig, dreißig, ja bis hundert Meilen seewärts rudern. Eine unglaubliche Menge anderer Bäume findet man da, sowohl von fruchttragenden als solchen, die geeignet sind, Häuser und Schiffe daraus zu bauen.

Der Mapou[1] ist ein Baum, der gewaltig dick wird und deswegen auch füglich gebraucht werden kann, Kanus daraus zu machen. Doch ist er so gut nicht als der Acajou oder Zedernbaum, denn sein Holz ist etwas schwammig und wird von dem eingesaugten Wasser in kurzer Zeit sehr schwer.

Das Holz Acoma genannt, ist sehr schwer und von Farbe gleich dem Palmenholz, das hierzulande gebraucht wird, es ist sehr dienlich zum Zimmern und Walzen, um Zuckermühlen daraus zu machen, weil es sehr hart ist.

Der Eichbaum wird wenig gebraucht, es sei denn zum Zimmern von Häusern, wiewohl er auch für Schiffe sehr verwendbar sein müsste, zumal dieses Holz im Wasser sehr dauerhaft und, was mehr ist, den Seewürmern nicht so unterworfen zu sein pflegt wie andere Hölzer.

---

1) *Mapou – Sammelbegriff für verschiedene, meist sehr leichte Hölzer.*

Das Brasilholz ist zur Genüge bekannt und wird auch Stockfischholz genannt. Es ist sehr tauglich und wird auch viel zum Färben gebraucht. Es wächst hier in großer Menge an der Südküste dieser Insel an einem Ort Jacmel genannt und noch an einem Ort genannt Jaquine. An diesen beiden Plätzen können große Schiffe anlegen.

Der Manzanillabaum wächst am Gestade, so dass die Zweige bis auf das Wasser hängen, er trägt eine Frucht, den Reinetteäpfeln gleich. Diese Frucht ist sehr giftig. Sobald ein Mensch davon gegessen, befällt ihn große Hitze und Durst, er verändert die Farbe, wird verwirrt im Haupte und stirbt alsbald dahin. Ja, was noch mehr zu verwundern ist, die Fische, die von dieser Frucht essen, sind giftig. Dieser Baum gibt einen Saft wie die Milch, die aus den Feigenbäumen dringt, und wo solche den Menschen berührt, fahren Blasen auf, als wenn man ihn gebrannt hätte, und verursachen große Schmerzen. Es ist mir selbst begegnet, dass ich einst von diesem Baum ein Zweiglein abbrach, die Mosquitos von meinem Gesicht zu verjagen und des anderen Tages war mein Gesicht so sehr entzündet und voller Blasen, dass ich drei Tage war ohne zu sehen.

Es wachsen da auch Bäume, deren Frucht den Damaszener Pflaumen gleich ist, und wie diese auch einen Kern hat, deren gibt es aber zweierlei, weiße und schwarze. Die wilden Schweine kommen an den Strand, wenn diese Frucht reif ist, und essen sie und werden sehr fett davon. Diese Bäume wachsen im Sand, breiten ihre Zweige auf demselben aus und sind an Wuchs nicht höher als Weißdornsträucher, so hierzulande auf den Dünen wachsen. Sie werden von den Spaniern Icacos *[Kokospflaume der Antillen]* genannt.

Da ist noch eine andere Art Fruchtbäume Abelcoosebäume genannt, die ebenso viel Früchte als die Icacosbäume geben. Diese Früchte werden von den wilden Schweinen nicht gar viel gesucht. Die Bäume sind sehr hoch und dick, die Blätter wie die von einem Birnbaum, die Früchte aber sind so große wie eine Melone, mit einem Stein in der Mitte, so groß wie ein Ei. Das Fleisch ist gelb, ungefähr so fest als das einer Melone mit einem lieblichen Geruch und Geschmack. Die Ärmsten unter den Franzosen essen diese Frucht zum Fleisch an Stelle des Brotes.

Nachdem wir nun eine kurze Beschreibung der Bäume und Früchte, so auf der Insel Española wachsen, gegeben, müssen wir nunmehr auch etwas melden von dem Getier, das darauf ist. Und obwohl keine giftigen Tiere auf der ganzen Insel gefunden werden, so sind hier doch dreierlei Arten Mücken, welche die Menschen dermaßen quälen, dass es kaum ertragen werden kann, besonders von den neuen Ankömmlingen. Die erste Art dieser Mücken ist so groß wie die, welche man bei uns in den warmen Sommertagen hat. Sie fallen einem auf den Leib und saugen das Blut aus, bis sie so voll sind, dass sie nicht mehr fliegen können, also dass man an den Örtern, wo sie so abondant[2] sind, stetig einen Zweig von einem Baum in Händen haben und mit diesem, wie die Kuh mit ihrem Schwanz, immerdar spielen und sie dergestalt abhalten muss. Die Zeit, da sie die Menschen am meisten plagen, ist morgens und abends, wobei aber am verdrießlichsten ist, dass sie ein sehr beschwerlich Summen um die Ohren machen. Von den Spaniern werden diese Mücken Mosquitos, von den Franzosen aber Maringouins benannt.

Die andere Art ist nicht größer wie ein Sandkorn, und sie machen kein Gesumm, sodass sie noch schlimmer sind wie die Mosquitos, denn sie kommen ganz stille an und können durch die Leinwand schlüpfen. Die Jäger, so im Busch sein müssen, schmieren ihre Gesichter mit Schweineschmalz, um sich vor dieser Plage zu schützen; des Abends verbrennen sie Tabak in ihren Zelten, sonst würden sie nicht ruhen können. Ihre Zeit ist morgens und abends und die ganze Nacht, aber am Tag ist man von ihnen befreit wenn es nur ein wenig weht, denn die geringste Kühle treibt sie weg. Die dritte Art der Mosquitos ist an Größe wie ein Senfkorn und rot von Farbe. Sie stechen nicht, sondern beißen oder fressen ein Flecklein von der Haut weg, so dass ein Grindlein

2) abondant: zahlreich vorkommend, reichhaltig

über dem Orte wächst, wo sie gebissen haben. Das Angesicht schwillt dermaßen davon auf, dass der Mensch sehr übel verunstaltet wird. Mit diesen muss man sich den ganzen Tag vom Aufgang der Sonne bis zum Untergang herumschlagen, dagegen ist man die ganze Nacht von ihnen befreit. Diese pflegen die Spanier Rojados, die Franzosen Calarodes zu nennen.

Da ist noch ein Ungeziefer an Farbe und Gestalt fast einem Käferwurm gleich, ausgenommen dass sie etwas größer und länger sind. Sie haben zwei Pünktlein auf dem Haupte, die bei Nacht leuchten, also dass, wenn ihrer drei oder vier in einem Baume beieinandersitzen, man nicht anders meint, als sei Feuer da. Ich habe einst drei in einem Zelt gehabt und bei dem von ihnen gehenden Licht bequem in einem Buche lesen können. Von diesen Fliegen habe ich einige mit nach Europa bringen wollen, die mir aber unterwegs vor Kälte gestorben sind, und es ist wunderbar, dass sobald sie tot sind oder gedrückt werden, das Licht augenblicklich verschwindet. Dieses Ungeziefer wird von den Spaniern Moscas de Fuego genannt. Auch findet man da viele, die man Grillen nennt, welche, wenn jemand vorbeigeht, zu schreien pflegen, bis sie auseinander bersten. Auch gibt es da allerhand Kriechtiere, als Schlangen, die zwar nicht giftig sind, aber an Hühnern, Tauben und anderen Vögeln, die sie erhaschen können, unglaublichen Schaden tun. Andere dagegen sind gar nützlich, das Haus von Ratten und Mäusen zu säubern, und sind dermaßen schlau, dass sie piepen wie eine Ratte, die gekniffen wird, damit sie solche desto besser an sich locken und fressen können. Sie kauen oder zerbeißen nichts, sondern saugen zuerst allen Tieren das Blut aus und schlucken sie dann ganz mit Haut und Haar in sich, und es bleibt so lange in ihrem Leib, bis es ganz verdaut oder verrottet ist.

Noch ein anderes Geschlecht kriechender Tiere ist da, Fliegenfänger genannt, weil sie von den Fliegen, die sie fangen, leben und von gar nichts anderem. Sie tun keinen Schaden.

Landschildkröten, die sehr gut zu essen sind, halten sich in Pfuhlen und sumpfigen Örtern auf.

Eine unglaubliche Menge Raupen gibt es da, zur Zeit, da der Tabak wächst, und wenn sie in ein Tabakfeld kommen, können sie schwerlich herausgebracht werden. Man ist manchmal gezwungen, allen Tabak abzuschneiden und wegzuwerfen. Diese Raupen sind grün und so dick wie ein Finger.

Da gibt es auch Spinnen, die sehr abscheulich sind. Ihr Leib ist so groß als ein Ei und ihre Füße so groß als die Füße eines kleinen Krebses, auch über und über haarig. Sie haben vier Zähne, die schwarz sind und so groß als die Zähne eines kleinen Kaninchens und beißen sehr scharf, doch sind sie nicht giftig. Sie haben ihren Aufenthalt in den Dächern der Häuser.

Und im Schilfrohr längs den Wassern, da sind viel Tausend-füßler zu finden, die man auf Latein Scolopendria nennt, wie auch Skorpione, sind jedoch ohne Gift; denn wenn jemand von einem Skorpion gebissen wird, braucht er kein Heilmittel. Es schwillt zwar erst an, vergeht aber dann von selber, also dass auf der ganzen Insel kein Tier ist, das dem Menschen durch Gift schädlich wäre.

Dieweil wir hier im Begriffe sind, von dem Ungetier zu reden, wollen wir auch von den Caymanen reden, so eine Art der Krokodile ist. Diese sind auf der Insel in großer Menge und von einer wunderbaren Länge und Dicke. Man hat solche gefunden von sechsundsiebzig Fuß Länge und zwölf Fuß Dicke. Die Tiere gebrauchen eine wunderbare List, um ihre Nahrung zu suchen, sie liegen und schwimmen auf dem Wasser an den Mündungen der Ströme als wie ein fauler Baum, der auf dem Wasser treibt, und halten sich so nahe sie können an das Ufer.

Wenn dann ein wildes Schwein oder eine wilde Kuh kommt, um zu trinken, die wissen sie zu fassen und auf den Grund zu ziehen, und ersäufen sie so. Und um desto mehr Kraft dazu zu haben, schlucken sie ein- oder zweihundert Pfund Steine ein, denn sie sind so leicht, dass sie auf andere Art den Grund nicht erreichen könnten. Haben sie das Tier dann auf den Grund gezogen, lassen sie es drei oder vier Tage liegen, ehe sie es fressen, denn sie können es nicht beißen, bevor es nicht halb verfault ist. Wenn die

Jäger Häute zum Trocknen auf das Feld legen unweit vom Wasser, worin sich diese Ungetüme aufhalten, so kommen sie und schleppen die Häute ins Wasser und auf den Grund, legen alsdann Steine darauf und lassen sie da so lange liegen, bis das Haar ab ist. Das habe ich mit eigenen Augen gesehen. Hier will ich etwas beifügen, was ich selber erfahren, denn obwohl einige Schreiber der Caymane gedenken, so finde ich doch keinen, der dergleichen beobachtet hat.

Ein glaubwürdiger Freund hat mir erzählt, dass er einst an einem Strom gewesen, sein Zelt zu waschen. Da kam ein Cayman auf ihn los, der erwischte das Zelt und zog es auf den Grund. Mein Freund, neugierig zu sehen, was das Tier tun wollte, ließ das Zelt bis auf einen Zipfel fahren und machte sich bereit, ihm nachzufolgen, nahm daher ein scharfes Messer in den Mund und hielt den Zipfel so fest, als er vermochte. Er konnte es aber nicht erhalten, so dass der Cayman ihn mit hinunter riss, auch alsbald das Zelt losließ, den Mann anpackte und mit den Pfoten untertauchte, dass er ersaufen sollte.

Des nun ein klares Wasser war und er alles sehen konnte, was der Cayman tat, er auch nicht länger unter Wasser auszuharren vermochte, stach er mit seinem Messer dem Cayman mitten in den Bauch, worauf dieser augenblicklich von ihm abließ und an der Wunde verstarb. Mein Freund zog ihn hinauf und fand in seinem Bauch wohl mehr als hundert Pfund Steine, alle ungefähr so groß wie eine geballte Faust. Diese Tiere können sich nicht verbergen, denn wenn man sie schon nicht sieht, kann man sie doch riechen, zumal sie sehr stark nach Moschus riechen. Sie haben Moschusdrüsen zwischen Haut und Fleisch, zwei derselben sind an der Kehle, zwei unter der vordersten, zwei an den hinteren Pfoten. Die Jäger bewahren diese Drüsen, um sie nach Europa zu bringen und zu verhandeln.

Die Caymanen kommen aus Eiern hervor, sie legen ihre Eier des Jahres einmal um den Monat Mai und zwar am Gestade in den Sand, scharren sie mit ihren Pfoten zu und brüten sie so im Sande aus. Diese Eier sind in der Größe wie Gänseeier, die Schale ist rau, innen haben sie einen Dotter und Weißes wie Vogeleier und sind gut von Geschmack, ich habe zum öfteren zwei bis drei Tage mein Leben bloß damit erhalten. Wenn die Eier von ihnen ausgebrütet sind, kommen die Jungen herausgeschlüpft als wie junge Küchlein und gehen stracks in das Wasser und schwimmen darauf die ersten neun Tage. Und die Mutter, damit sie nicht von den Vögeln, die ringsum sind, Schaden leiden, schluckt sie wieder ein, aber bei Tag, wenn schön Wetter ist, pflegt sie sich auf den Sand in die Sonne zu legen, dann laufen die Jungen wieder hinaus und kriechen und spielen ringsum, doch wenn jemand kommt, so kriechen sie wieder in ihrer Mutter Leib. Das habe ich selber gesehen, dass ein Cayman am Wasser in dem Sande gelegen und, als ich vom anderen Ufer ihn mit einem Stein warf, alle die Jungen ihm wieder in den Bauch krochen. Diese Caymanen, von denen ich hier gesprochen habe, werden sonst im allgemeinen Krokodile genannt.

Fünftes Kapitel – Getier und Vogelarten

Von allerhand Getier, das auf der Insel Española gefunden wird, wie auch von mancherlei Vogelarten und von den französischen Bukanieren und Pflanzern dort.

DIE INSEL hat nicht nur Überfluss und Mannigfaltigkeit an Früchten, die in der Wildnis reifen, und Güte des Bodens, geeignet allerlei Gewächs darauf zu ziehen, sondern auch vierfüßige Tiere in Menge, als Pferde, wilde Schweine, wilde Stiere und Kühe, die tauglich sind teils zu des Menschen Nahrung, teils zur Feldarbeit. Auch findet man da eine große Menge wilder Hunde, die das Wild ganz ausrotten, denn sobald eine Kuh oder Stute geworfen hat, fressen die Hunde die Jungen auf, wenn nicht Rettung und Hilfe zur Stelle ist. Sie laufen haufenweise zu fünfzig bis sechzig, fallen ganze Herden wilder Schweine an und lassen nicht ab, bis dass sie zwei oder drei Stück erbissen haben.

Ein Bukanier[3] hat mich einst ein wunderliches Begebnis sehen lassen, das ich, so es mir jemand erzählte, schwerlich würde glauben können. Als ich an einem gewissen Tag mit diesem Mann auf die Jagd gegangen war, hörten wir einen Haufen wilder Hunde, die ein wildes Schwein umstellt und in der Hatz hatten. Wir ließen unsere Hunde bei einem Knecht zurück und gingen jeder mit einem geladenen Rohr auf der Schulter darauf zu. Da wir dem Orte nahe gekommen, stiegen wir jeder auf einen Baum, so dass wir die Hunden sehen konnten, die das Schwein, das mit dem Rücken gegen einen Baum stand, umzingelt hatten. Sie standen rundum und bellten, wagten aber nicht es anzufallen. Das wilde Schwein stand auf seinen Hinterpfoten gegen den Baum,

---

3) *Bukanier: Boucan nannte man den Räucherplatz für das Fleisch, den Vorgang des Räucherns selbst ›boucaner‹. Dies ist der Ursprung der Bezeichnung Boucanier, englisch ›buccaneer‹. Die Europäer hatten diese Technik des Räucherns von den Indianern übernommen.*

und wenn ein Hund es angefallen und das Schwein ihn mit seinen Hauern getroffen hätte, kam er gewiss ein zweites Mal nicht wieder. Nachdem sie es ungefähr eine Stunde so aufgehalten hatten, sprang das Schwein auf und wollte davon, allein da kam stracks ein Hund von hinten angesetzt, der ihm die Hoden mit einem Biss abriss, worauf die anderen alle augenblicklich ihm am Halse hingen und es zu Tode bissen. Sobald sich das wilde Schwein nicht mehr rührte, wichen alle die Hunde zurück und legten sich rund um das Schwein herum; der aber, so es ausgespürt hatte, begann es anzubeißen und, nachdem er genug gefressen, kamen die anderen alle herbei und in weniger als einer halben Stunde war das Schwein samt Haut und Haar verschlungen.

Hier sollte man fast sagen, dass auch die Tiere eine gewisse Einsicht haben, den Menschen zur Lehre: Wie sie denen, so sie es schuldig, Ehre erweisen sollen, zeigt sich an diesen Hunden, die Ehre erweisen dem Hund, der das wilde Schwein gefunden hat. Der Mann, der mit mir war, erzählte mir, dass er des öfteren gesehen und beobachtet, dass unter jedem Trupp Hunde einer sei, welcher vorausgehe und spüre und, sobald er etwas gefunden, nichts anderes tue als fünf- oder sechsmal bellen, wenn aber die anderen da seien, sehe er der Arbeit zu. Dasselbe habe ich bei zahmen Hunden bemerkt, denn alle Jäger haben einen Spürhund bei sich, das Wild aufzusuchen, und sobald er etwas gefunden, geht er und ruht, bis das Tier von den Jägern getötet und ihm ein Stück davon gegeben ist. Danach läuft er wieder weg, ein neues aufzusuchen, und alle die anderen Hunde bleiben indessen bei dem Jäger, bis sie den Spürer wieder bellen hören.

Als der Gouverneur von Tortuga Monsieur Bertrand d'Orgeron sah, dass die wilden Hunde unter den wilden Schweinen großen Schaden anrichteten, und die Jäger große Mühe hatten, Fleisch für das Volk auf den Plantagen zu schaffen, war er auf Mittel bedacht, sie alle auf einmal zu vertilgen. Zu diesem Ende verschrieb er im Jahre 1668 Gift aus Frankreich und, nachdem er es bekommen, ließ er einige Pferde totschießen, öffnen und durch und durch vergiften. Das währte wohl sechs Monate lang, ohne dass man merkte, dass die Hunde sich sehr verminderten. Diese Hunde können gezähmt werden. So kommt es oftmals vor, dass die Jäger eine Hündin mit ihrem Wurf finden, die Jungen mit nach Hause nehmen und aufziehen. Hernach werden selbige zum Jagen gebraucht.

Es möchte aber der günstige Leser begierig sein zu wissen, wie doch die wilden Hunde auf die Insel gekommen sind. Darauf will ich Rede stehen, soviel als mir bekannt ist. Als die Spanier sich zu Herren der Insel Española gemacht hatten, war sie voll von Indianern. Diese, als sie merkten, dass die Spanier sie unter dem Vorwand der Freundschaft unterwerfen wollten, rebellierten gegen die spanische Regierung und taten ihr viel Abbruch, also dass die Spanier genötigt waren, alle Indianer auszurotten. Da aber dieselben sich im Busch verborgen hielten, fanden die Spanier kein besseres Mittel, als Hunde zu nehmen, die Indianer aufzuspüren. Hatten diese sie gefunden, so hieben sie dieselben in Stücke und speisten ihre Hunde damit, wodurch dann die Indianer dermaßen abgeschreckt wurden, dass sie von dieser Zeit an nicht mehr zum Vorschein zu kommen wagten, und der größte Teil von ihnen der sich aus Furcht in den Felsen verborgen, Hungers verstorben ist. Ich habe selbst in einigen Bergen Höhlen gesehen, die voll menschlicher Gebeine waren, nach vernünftiger Mutmaßung von mehr als hundert Menschen. Dergleichen Höhlen findet man auf der Jagd von ungefähr sehr oft. Als nun die Indianer sich nicht mehr blicken ließen, haben die Spanier ihre Hunde haufenweise umherstreichen lassen, woraus denn die wilden Hunde entstanden sind. Es ist wohl zu glauben, dass sich das so begeben hat, denn im offenen Lande findet man keine wilden Hunde.

Die Pferde auf der Insel Española sind klein von Gestalt, kurz von Leib, mit dickem Kopf, langem Hals wie auch dicken Schenkeln, also von keinerlei Schönheit. Sie laufen in Haufen von zwei- bis dreihundert Stück und wenn sie einen Menschen sehen, da ist eines, das läuft allzeit voran, gleichsam wie ein Kapitän, und auf fünf- oder sechshundert Schritt von dem Menschen schnauft es und kehrt wieder um, und die ganze Herde folgt ihm nach. Sie sind sehr leicht zu zähmen. Die Jäger fangen einige von diesen Tieren, um von ihnen ihre Felle oder Häute an die Küste bringen zu lassen. Sie spannen über die kleinen Wege, durch die sie zu laufen pflegen, eine Seilschlinge, wenn sie dann darein treten, bleiben sie hängen. Sind sie so gefangen, werden sie angebunden und geschlagen. Man lässt sie einiges tragen, um sie zu zähmen, hierdurch werden sie in der Zeit von acht Tagen so zahm und ans Lasttragen gewöhnt wie ein Bauernpferd, das nie etwas anderes getan hat.

Die wilden Stiere und Kühe sind dort in großen Mengen gewesen, gegenwärtig aber beginnen sie ziemlich spärlich zu werden, wegen des großen Schadens, der von allen Seiten unter ihnen angerichtet wurde. Auf der einen Seite vertilgen sie die Spanier, soviel als sie können, aus Hass gegen die Franzosen, auf der anderen die wilden Hunde, die so manches Kalb verschlingen, und schließlich tun auch die französischen Bukaniere das ihre. Die Tiere sind sehr groß und grausam wild wenn sie von den Menschen gereizt oder gequält werden, sonst aber laufen sie vor ihm davon. Die Häute dieser Tiere sind elf, ja dreizehn bis vierzehn Fuß lang.

Es ist ein Wunder, dass noch etliche Stiere und wilde Schweine auf der Insel Española zu finden sind, denn seit einundachtzig Jahren werden täglich mehr als fünfzehnhundert Wildschweine erlegt, sowohl von den Spaniern als von den Franzosen, ja ich möchte aus eigener Erfahrung beinahe sagen, dass die Franzosen allein täglich mehr erlegen, und dennoch sind da wilde Schweine in so großer Menge, dass es unglaublich ist. Sie sind mittelgroß von Gestalt und üblicherweise schwarz von Farbe, also dass selten eines von anderer Farbe gefunden wird. Sie laufen manchmal in Trupps von fünfzig und sechzig, die Männchen laufen allzeit voran, die Jungen mit den Weibchen bleiben hinten. Wenn sie dann von den Hunden angegriffen werden, läuft jedes, so gut es kann. Es gibt auch einige wenige, die immer allein laufen, und diese sind jederzeit die besten. Die wilden Schweine können zahm gemacht werden, wie ich selbst gesehen habe. Wir hatten im Busch kleine Ferklein gefangen und sie mit Fleiß aufgezogen und, da sie groß wurden, gehorchten sie wie die Hunde und liefen vor uns her. Und wenn sie auf wilde Schweine stießen, begannen sie mit ihnen in ihrer Sprache zu sprechen, alsdann fielen die Hunde jene an. Sobald die wilden Schweine tot waren, fraßen die gezähmten ihr rohes Fleisch gleich wie die Hunde, darauf folgten sie uns wieder.

Auf dieser Insel Española sind auch mancherlei Arten Vögel, darunter viele, die zur Nahrung der Menschen gut sind, wie Buschhühner, von den Spaniern genannt Pintadas, Papageien, wilde Tauben, Krabier, Reiher, Raben, westindianische Kalkutschhühner, Flamingos, Fischreiher, Fregattvögel, feige Memmen, Grangesiers, Sumpfschnepfen, Enten, Gänse, Kriekenten, Kolibris und andere Vögel mehr, deren Namen mir unbekannt sind.

Die Buschhühner (Perlhühner) werden von den Spaniern Pintadas genannt, das heißt gemalt, weil ihre Federn sehr schön mit weiß und schwarz gemalt sind, auf Art eines Tigerfells. Und auf dem Kopf haben sie keinen Kamm wie andere bekannte Hühner, sondern eine gewisse Verhärtung, wie eine Warze, die ziemlich hart ist. An Größe sind sie wie die größten Hühner, die wir hierzulande haben. Sie laufen im Gebüsch in Scharen von fünfzig und sechzig Stück und sobald sie jemand gewahr werden, fliegen sie augenblicklich mit großem Geräusch in die Bäume. Ihre Eier legen sie auf die Erde, wo sie öfters gefunden werden. Diese Eier können auch von einer Haushenne ausgebrütet werden, wenn aber die Küchlein beginnen groß zu werden und hören das Geschrei der anderen im Busch, dann laufen sie ihnen stracks zu und werden wieder wild.

Die Papageien sind auch in großer Menge vorhanden. Sie halten sich meist in der Nähe der Felder auf, wo sie auch gewohnt sind zu nisten und zwar in alten Palmistenbäumen, wo vorher andere Vögel genistet und auch ein Loch in den Baum gemacht haben, denn die Papageien haben einen krummen Schnabel und können keine Öffnung bohren, ihr Nest hineinzubauen. Es scheint, dass die Natur um ihren Fehler gutzumachen, ihnen kleine Vögel zugeschickt hat, welche Vöglein Carpinteros, das ist Zimmermännlein, genannt werden, weil sie mit ihren Schnäbeln Bäume aushöhlen, an denen auch die schärfsten Beile stumpf werden sollten. Diese Vögel sind ungefähr so groß als die Sperlinge, haben einen Schnabel, ungefähr anderthalb Daumen lang und solche Kraft darin, dass sie innerhalb acht Tagen ein Loch machen, darin sie bequem nisten können.

Die wilden Tauben sind überall in großer Menge, doch haben sie ihre bestimmte Zeit, wie bereits oben von denen auf der Insel Tortuga geschrieben worden. Diese Tauben sind größer als die von Tortuga, und um die Zeit, da die Bäume ihren Samen geben, werden sie so fett, dass sie, wenn man sie schießt, beim Herabfallen vor Fettigkeit bersten.

Die Krabier sind gewisse Vögel an Gestalt wie Reiher, sie leben von Krabben, die sie in den Sümpfen finden, davon haben sie auch ihren Namen. Sie sind gut zu essen, haben sieben Gallen oder sieben Flecken an dem Leibe voll von einer gewissen Materie wie Galle und auch so bitter.

Auch sind auf dieser Insel eine unglaubliche Menge Raben, sie leben von dem Zurückgelassenen der wilden Hunde, wie auch von dem, was die Jäger wegwerfen. Wenn sie einen Schuss hören, versammeln sie sich in so dichtem Schwarm und machen ein solches Geschrei, dass keiner sein eigen Wort hören, noch weniger den anderen verstehen kann. Diese Raben sind ganz so wie die hierzulande, und im Falle der Not gut zu essen.

Die Flamingos sind gewisse Vögel, die sich an salzigen Örtern aufhalten, sie sind an Gestalt wie die Störche, ihr Hals ist beinahe zwei Ellen lang und die Beine nach Proportion. Ihr Gefieder ist rot und weiß, der Schnabel wie der einer Gans, jedoch etwas krummer und dicker. Ihre Zungen sind so dick wie ein Daumen und sehr delikat zu essen. Sie fliegen in Schwärmen zu fünfzig und sechzig, und wenn sie am Gestade sind ihre Nahrung zu suchen, ist immer einer da, der Wache hält. Wenn der etwas sieht, so stößt er einen Schrei aus und fliegt auf, worauf augenblicklich der ganze Schwarm ihm folgt.

Die Fregattvögel werden also genannt von ihrem schnellen Flug, denn sie fliegen so schnell und subtil, dass es unmöglich ist eine Bewegung der Schwingen zu unterscheiden. Diese Vögel fliegen sehr weit ins Meer und leben nur von Fischen. Von Gestalt sind sie ungefähr so groß wie ein Kalkutschhuhn, ihr Fleisch ist wie Ochsenfleisch und sehr nahrhaft. Niemand hat diese Vögel jemals auf dem Lande gesehen, sie bauen ihre Nester auf gewissen Bäumen, die aus dem Wasser wachsen, die haben so viele Äste in als über dem Wasser. Ihre Jungen füttern sie mit Fischen, und wenn sie nicht genug davon gefangen haben, begeben sie sich nach den Klippen, wo gewisse Vögel hausen, schlagen dieselben so lange mit ihren Schwingen, bis sie gezwungen sind zu entfliehen, und, um desto leichter zu sein, alles heraus speien, was sie den ganzen Tag über gefressen haben.

Aber die Fregatten sind im Fluge so unglaublich geschwind, dass sie das Gespiene, ehe es ins Wasser fällt, auffangen und ihren Jungen bringen, so dass die anderen armen Vögel gar oft mit ledigen Kröpfen schlafen müssen. Diese Vögel aber werden Feige Memmen *[Tölpel]* genannt, weil sie sich von anderen unterkriegen lassen, die soviel Kraft nicht haben als sie, denn ihr Schnabel ist weit stärker als der Fregatten ihrer. Die Feigen Memmen sind ungefähr so groß wie Enten und haben Schnäbel wie die Reiher, an beiden Seiten sägeförmig. Sie leben von Fischen, halten sich auf dergleichen Bäumen auf wie die Fregatten und lassen sich von den Menschen nehmen ohne andere Gegenwehr, als dass sie schreien. Wenn Schiffe in die Nähe von Inseln kommen, wo Feige Memmen sind, da setzen sie sich auf das Rahsegel des Schiffs und werden oftmals von den Matrosen gefangen. Sie sind nicht gut zu essen, weil sie nach Tran riechen und schmecken.

Die Gänse kommen einmal des Jahrs und bleiben ungefähr drei oder vier Monate. Sie fressen von einem gewissen Samen, wovon sie so fett werden, dass sie nicht mehr fliegen können und werden im Laufe ohne alle Mühe gefangen, wie ich denn selbst des öfteren einiger auf solche Weise teilhaftig worden. Wenn uns ein Trupp Gänse im flachen Felde aufstieß, verfolgten wir sie solange, bis sie weder fliegen noch laufen konnten, dann schlugen wir sie gemächlich mit Stecken tot. Sie bleiben einen Monat lang im Lande, ohne dass sie jemand wird etwas fressen sehen, sondern sie zehren allein von ihrem Fett, um leichter zu werden und wieder fliegen zu können.

Die Kolibris sind die allerkleinsten Vögel, so auf dem Erdboden bekannt sind, von überaus schönem Gefieder. Sie nähren sich allein von Blumen und Kräutern. Die Indianer allein haben die Geschwindigkeit, sie mit ihren Pfeilen zu schießen. Sie dörren sie dann und verkaufen sie an die Christen. Wenn sie die Vögel schießen wollen, so nehmen sie Stücklein Wachs, stecken es an die Spitze ihres Pfeils und schießen dann dieselben mit solcher Subtilität, dass sie unversehrt bleiben.

Bleibt uns also noch übrig von den Franzosen zu reden, die auf der Insel Española sind. Wie sie auf diese Insel gekommen, habe ich bereits oben erzählt, auch wie sie Dienstboten aus Frankreich kriegen und drei Jahre in Dienst halten. Nun wollen wir auch von ihrer Verrichtung, Lebensart und dem Feldbau melden.

Die Franzosen, die auf der Insel Española sind, haben dreierlei Verrichtungen, nämlich das Jagen, das Pflanzen und das Kaperfahren. Wenn ein Knecht von seinem Dienste frei wird, sucht er sich einen Kameraden oder Gefährten. Sie bringen dann das, was sie haben, zusammen und setzen eine Schrift auf, worin einige sich gegeneinander verbinden, dass der, welcher überlebt, alles haben soll, andere machen eine Verabredung, dass der Überlebende den Teil des Verstorbenen dessen Verwandten oder Weibe, wenn er verehelicht ist, herauszugeben verpflichtet sein soll. Nachdem nun dieser Vertrag dementsprechend abgeschlossen ist, geht der eine auf die Kaper, der andere auf die Jagd oder zum Tabakpflanzen, je nach dem was sie für das beste halten.

Es sind aber der Jäger zweierlei, die einen gehen auf die Stierjagd um der Häute willen, die anderen auf die

Wildschweinjagd, das Fleisch den Pflanzern zu verkaufen. Die Stierjäger werden Bukaniere genannt, es sind deren ehemals wohl fünf- oder sechshundert auf dieser Insel gewesen, gegenwärtig aber nicht mehr als dreihundert, weil der Stiere so wenig geworden, dass sie sehr hurtig sein müssen, um etwas zu finden und anzutreffen. Sie bleiben ein ganzes Jahr, öfters auch wohl zwei, ohne aus dem Busch zu kommen; darnach gehen sie nach der Insel Tortuga, um sich da ihren Vorrat an Pulver, Blei, Schießrohren, Leinwand und dergleichen zu holen. Wenn sie dahin gekommen, verzehren sie in einem Monat, was sie in einem oder anderthalb Jahren gewonnen haben. Sie trinken den Branntwein wie Wasser, kaufen ein ganzes Fass Wein, dem sie den Zapfen ausschlagen, und trinken, solange bis nichts mehr darinnen ist. Sie laufen tags und nachts durch das Dorf und feiern des Bacchusfest, solang sie um Geld zu trinken kriegen. Inzwischen wird auch der Venus Dienst nicht vergessen, so dass die Wirte und Huren allzeit sich freuen und bereit machen auf die Ankunft der Bukaniere und Kaper gleich wie die Wirte und Huren zu Amsterdam auf die Ankunft der Ostindienfahrer und Kriegsschiffe. Nachdem dann alles aufgezehrt und auch ein Teil dazu geborgt ist, gehen sie wieder in den Busch und bleiben darinnen wieder ein Jahr oder anderthalb. Nun wollen wir auch beschreiben, was für ein Leben sie da führen.

Nachdem sie auf den Sammelplatz gekommen sind, teilen sie sich in Trupps zu je fünf oder sechs. Diejenigen, die Knechte haben, gehen allein mit den Knechten und suchen sich einen wohlgelegenen Platz auf den Feldern aus, spannen da ihre Zelte auf und machen sich ein Häuslein, ihre Häute darin aufzubewahren, wenn sie trocken sind. Frühmorgens, wenn es zu tagen beginnt, rufen sie ihre Hunde zusammen und ziehen buschwärts und zwar dahin, wo sie meinen die meisten Tiere anzutreffen. Vom ersten, den sie tot geschossen, nehmen sie ihren Branntwein ein, das heißt sie schlürfen alles Mark aus den Knochenröhren, ehe es kalt wird, alsdann schinden sie dem Tiere die Haut ab. Hierauf nimmt einer von ihnen die Haut und geht damit auf den Sammelplatz. So treiben sie es fort, bis dass ein jeder eine Haut gekriegt hat und das währt bis ungefähr Mittag, manchmal etwas länger, manchmal etwas kürzer. Nachdem sie allesamt auf dem Sammelplatz angekommen sind, müssen die Knechte, wenn sie welche haben, die Häute zum Trocknen ausspannen und die Mahlzeit bereiten: diese ist Fleisch, denn sie essen nichts anderes als Fleisch. Nach dem Essen nimmt jeder sein Rohr und sie gehen Pläsiers halber Pferde schießen, oder sie schießen nach Vögeln und zwar mit der Kugel, oder aber sie machen ein Wettschießen um einen Preis. Das Ziel ist gemeiniglich ein Pomeranzenbaum. Den Preis erhält, wer mit der Kugel die meisten Pomeranzen abschießen kann, ohne sie außer an den Stielen zu beschädigen, was ihnen, wie ich selber gesehen, oftmals sehr wohl gelingt.

Den Sonntag verwenden sie, ihre Häute an den Strand und zu Schiff zu bringen. Da war einmal ein Knecht, der hätte sonntags gerne geruht und sagte zu seinem Herrn, dass Gott den siebenten Tag zu einer Woche eingesetzt habe, von welchen sechs zum Arbeiten und der siebente zum Ruhen da seien. Der Herr aber, der das also nicht verstehen wollte, schlug ihn sehr ungnädig mit einem Stock und sagte: »Allons bougre, meine Gebote sind so, sechs Tage sollst du Häute sammeln und am siebenten sie an den Strand bringen!« Diese Leute sind grausam und unbarmherzig gegen ihre Knechte, so dass es erträglicher ist, drei Jahre auf einer Galeere zuzubringen, als eines im Dienst eines Bukaniers. Da war ein Bukanier, der hatte seinen Knecht so qualvoll misshandelt, dass er meinte, ihn tot geschlagen zu haben. Als er weggegangen war, stand der Knecht wieder auf und wollte seinem Meister nachfolgen, konnte aber weder ihn noch den Sammelplatz mehr finden, so dass er gezwungen war, im Busch zu bleiben, ohne irgendeine Waffe, womit er hätte seine Nahrung suchen können. Er hatte weder ein Messer, noch sonst etwas in der Welt, nur einen Hund, der war bei ihm geblieben.

Nachdem er zwei oder drei Tage ohne Essen im Busch zugebracht hatte, stieß er auf eine Horde Wildschweine, und sein

Hund bekam ein Ferkel zu fassen. Doch der Knecht hatte nichts um Feuer zu machen und das Ferkel darauf zu braten, ja, was noch schlimmer war, er hatte nichts dasselbe aufzuschneiden als einen Feuerstein. Womit er sich denn behalf, und, nachdem er das Ferkel geöffnet, aß er davon, so roh als es war, und ließ auch dem Hunde sein Teil. Das Übrige bewahrte er, solange als er konnte, weil er ja nicht wusste, wann er wieder etwas bekommen würde, denn er lief im Busch umher, ohne Menschen finden zu können. Es trug sich einst zu, dass er mit seinem Hund auf der Jagd war und eine wilde Hündin sah, die ein Stück Fleisch im Maul trug, es ihren Jungen zu bringen. Er folgte ihr bis zu ihrem Nest und warf sie solange mit Steinen, bis sie tot war, dann nahm er das Fleisch und aß es auf. Von den Jungen nahm er zwei mit, und sein Tier war auch eine Hündin, die kurz zuvor geworfen und noch so viel Milch hatte, die Kleinen aufzuziehen. Endlich geriet er auf einen Platz, wo er so viele kleine Ferkel kriegen konnte, als zu seiner und seiner dreier Hunde Nahrung nötig war. Er wurde dieses Leben so gewöhnt, dass er dort eine zeitlang blieb, hoffte jedoch immer, dass die Jäger kommen würden, getraute sich indessen nicht den Platz zu verlassen aus Furcht ihn nicht wieder zu finden und alsdann Mangel zu leiden. Inzwischen wurden seine Hunde groß und geschickt zum Jagen, so dass er um seine Nahrung nicht mehr verlegen war. An das rohe Fleisch hatte er sich so gewöhnt, dass er nach keiner anderen Kost mehr trachtete.

Sein größter Kummer war, dass er kein Messer besaß, das Fleisch zu schneiden. Wenn er auf der Jagd war und seine Hunde etwas fingen, musste er solange warten, bis sie gefressen und Löcher in das Tier gemacht hatten, danach riss er die Stücke Fleisch mit seinen Händen ab. Und er aß mit solcher Lust, wie die beste Kost, die er jemals in seinem Leben gegessen. Dieses leben währte ungefähr vierzehn Monate, als er unversehens auf einen Trupp Bukaniere stieß. Die, als sie ihn sahen, staunten sehr, denn er sah sehr wild aus, weil er all die Zeit nicht geschoren und ganz nackt war außer einem Stück Baumrinde, das er vor seiner Blöße und einem Stück rohen Fleisch, das er über seinem Rücken hangen hatte. Er erzählte, wie ihm von seinem Meister mitgespielt worden war, sie wollten ihn mitnehmen, aber er antwortete ihnen, dass sie ihn von seinem Meister befreien müssten, sonst wäre er entschlossen lieber also so weiter zu leben, wie er ein Jahr und mehr gelebt hatte, als wiederum zu seinem Meister zu kommen.

Sie versprachen ihm das, nahmen ihn mit sich uns schossen ihm soviel Geld vor, als er nötig hatte, um sich von seinem Herrn loszukaufen. Ich war damals auf dem Platz als er gebracht wurde und sah ihn mit Verwunderung an, denn er war fett und glatt und gesünder als damals, wo er von seinem Meister ging und war des rohen Fleisches dermaßen gewohnt, dass er gekochtes weder essen noch vertragen konnte, denn sobald er solches gegessen, klagte er ein oder zwei Stunden über Magenweh und spie das Fleisch wieder aus, wie er's hinein gegessen; wenn er aber rohes Fleisch aß, war er jederzeit wohl zu pass. Wir hielten ihn zwar davon ab, soviel wir konnten, allein er ließ nicht ab davon zu essen, wenn wir es nicht sahen. Dasselbe habe ich auch an wilden Hunden bemerkt, die ein oder zwei Monate alt waren, dass sie kein gekochtes Fleisch essen wollten.

Diese Historie habe ich hier beigebracht, die Grausamkeit und Unbarmherzigkeit vorzustellen, welche diese Leute gegen ihre Knechte verüben, zugleich auch hieraus zu erweisen, wie die menschliche Natur sich zu allen Speisen gewöhnen lasse, ja ich glaube, dass ein Mensch von Gras leben könnte, sowohl als die Tiere, wovon ich anderorts mehr Exempel anführen will.

Die Bukanier werden zuweilen von den Spaniern ausgekundschaftet und manchmal um ihre Hälse gebracht, wie zu verschiedenen Malen geschehen ist, denn aus San Domingo allein sind fünf Kompanien Spanier an die Nordseite gekommen, die Bukanier aufzusuchen, (beten aber gemeiniglich, dass sie selbe nicht antreffen). Doch besitzen die Spanier nicht die Courage zu einem offenen Kampf; sie versuchen vielmehr die Jäger in ihren Schlupfwinkeln aufzuspüren und sie dort im Schlaf zu ermorden.

Einem französischen Bukanier lauerten einmal frühmorgens, als er mit seinem Knecht zur Jagd aufbrach, zwölf berittene spanische Soldaten im Busch auf. Er bemerkte wohl ihre Hufspuren, doch gelang es ihm trotzdem nicht, seinen Verfolgern zu entkommen, da ihn das Gekläff seiner Hunde verriet. Als der Bukanier sah, dass er nicht entkommen konnte, blieb er stehen und schüttete Pulver und Blei in seinen Hut, den er vor seine Füße legte. Desgleichen tat sein Knecht und erwartete Rücken an Rücken die Verfolger.

Die zwölf spanischen Reiter kreisten sie ein und riefen ihnen zu, sie möchten sich ergeben. Obwohl ihnen die Spanier versprachen, sie am Leben zu lassen, traute der Bukanier ihren Worten nicht, denn er selbst hatte den Spaniern schon manche Posse gespielt und wusste wohl, dass sie ihn bei lebendigem Leibe verbrennen würden, sobald sie ihn gefangen hätten. So antwortete er ihnen, dass er keine Gnade verlange; der erste aber, der ihm zu nahe komme, müsse dies mit seinem Leben bezahlen. Zugleich legte er seine Flinte an und tat, als wolle er schießen. Als die Spanier dies sahen, ließen sie ihn unbehelligt und ritten ihres Wegs. Ein anderer von den Spaniern überraschter Bukanier half sich auf ebenso listige Weise in der Not. Er legte seine Flinte an und begann zu schreien und zu rufen, als seien noch viele andere Jäger in seiner Nähe. Da die Spanier dieses hörten, wurden sie bestürzt und nahmen Reißaus; und also kam er mit dem Leben davon.

Die anderen Jäger tun nichts als wilde Schweine schießen, das Fleisch einsalzen und an die Pflanzer verkaufen. In ihrer Lebensart sind sie von den ersten in nichts unterschieden. Doch will ich, dem wissbegierigen Leser genug zu tun, von ihrer Manier zu jagen erzählen, die freilich sehr unterschieden ist von der der Jäger hierzulande, wenn sie auf die Wildschweinhatz gehen. Sie haben feste Plätze, wo sie drei bis vier Monate, ja manchmal wohl ein ganzes Jahr verbleiben, und diese nennen sie in ihrer Sprache Boucan. Es sind üblicherweise fünf oder sechs beieinander, es sei denn, dass ein Jäger sich einem Pflanzer verbindet (wie da Brauch ist), sein Haus ein ganzes Jahr lang mit Fleisch zu versehen.

Wenn einer sich so verbindet, erhält er im Jahr zwei- bis dreitausend Pfund Tabak, dazu noch einen Knecht ihm zu helfen, auch ist der Pflanzer gehalten, ihm Pulver, Blei und Hunde zu stellen; alles übrige aber, was der Jäger sonst vonnöten hat, muss er sich selbst beschaffen. Sie haben außerdem noch einiges Pläsier, denn wenn sie am Morgen ihre Arbeit verrichtet haben, gehen sie nachmittags Pferde schießen, von denen sie das Fett nehmen und schmelzen, um Lampenöl daraus zu machen, das sie an die Pflanzer für hundert Pfund Tabak den Topf verkaufen. Noch mehr Verdienst haben sie, wenn sie Hunde großziehen, denn die verkaufen sie zu ihrem eigenen Profit. Jeder Hund, der zum Jagen tüchtig ist, wird für sechs Stück von Achten verkauft, das ist der festgesetzte Preis bei Ihnen.

Die anderen aber, die nicht verbunden sind, wie ich gesagt habe, gehen zu sieben oder achten: Einer von ihnen trägt alle Rohre, ein anderer führt die Hunde und einer bleibt auf dem Platz, den sie Boucan nennen, allein zurück, um auf die Sachen aufzupassen, das Fleisch zu räuchern, Salz zu mahlen und zu kochen, bis die anderen von der Jagd kommen. Sie töten viel Wild, manchmal mögen sie wohl auf einer Hatz hundert wilde Schweine totschießen, um sieben oder acht davon zu nehmen, denn sie haben die Säue gemeiniglich lieber als die Eber, weil sie allzeit fetter sind, es sein denn, dass es ein abgesondert Schwein ist, nämlich das sich allein seine Nahrung zu suchen pflegt, die tun gewöhnlich großen Schaden an Menschen und Hunden, wenn man nicht gar vorsichtig ist.

Es ist ratsam, sich stets in der Nähe eines geeigneten Baumes aufzuhalten, damit man dem Wildschwein entkommen kann, wenn es etwa nur verwundet ist. Ist das Schwein einmal vorbeigelaufen, braucht man es nicht mehr zu fürchten, da es stur geradeaus läuft und nicht umkehrt. Wenn die Jäger heimkommen, zieht jeder seinem Schwein die Haut ab, löst die Knochen aus und schneidet das Fleisch in etwa ellenlange Riemen. Nachdem das Fleisch drei bis vier Stunden in Salz gelegen hat, wird es in einer sorgfältig abgedichteten Hütte an Stecken und Rahmen aufgehängt und solange geräuchert, bis es so trocken und hart geworden ist, wie es sein soll; danach wird es verpackt. Wenn sie zwei- oder dreitausend Pfund beieinander haben, bringt einer von ihnen es zu den Pflanzern, um es zu verkaufen. Sie kriegen zwei Pfund Tabak für ein Pfund Fleisch.

Da wir nunmehr das Leben der Bukanier beschrieben haben, wird es sich, einem günstigen Leser zu gefallen, nicht übel fügen, auch von der Pflanzer Leben zu erzählen. Die Pflanzer haben die Insel Tortuga um das Jahr 1598 zu bebauen angefangen, die erste Handelsware, so sie darauf gepflanzt haben, ist Tabak gewesen, der überaus gut war. Da aber die Insel sehr klein ist, haben sie nicht viel Plantagen anlegen können, besonders da sie wenig guten Grund hat. Sie haben auch wollen Zucker pflanzen, es ist aber nichts daraus geworden, weil niemand da war, der die Unkosten hätte tragen können, so zur Zuckermacherei vonnöten sind. Also hat sich der größte Teil der Einwohner (wie ich hiervor erzählt habe) auf das Jagen und die Kaperei verlegen müssen.

Nachdem aber die Jagd auf der Insel abgenommen, hat sich ein Teil zum Feldbau entschlossen und die geeignetsten Plätze der Insel Española ausersehen, um dort Tabak zu pflanzen. Der erste Platz, den sie genommen haben, ist der Cul de Sac gewesen an der Nordwestseite der Insel Española, den haben sie in verschieden Quartiere geteilt, nämlich: La Grande Ance, la Rivière de Nipes, le Rochelois, le petit Goave, le grand Goave, Léau-ganne, und sind mit der Zeit an Zahl dermaßen gewachsen, dass sie jetzt wohl zweitausend stark sind. Im Anfang hatten sie viel Mühsal beim Landbau, zumal sie, in ihrer Arbeit begriffen, ihre Nahrung nicht suchen konnten, und dazu war der Busch, wo sie ihre Plantagen hatten, voll wilder Schweine. Das war aber im Anfang auch ihr einziges Mittel sich zu ernähren, denn sie hatten keine anderen Lebensmittel sich davon zu unterhalten, wie auch heute noch.

Wenn sie mit dem Anbau des Landes beginnen, teilen sie es in Quartiere, die voneinander abgesondert sind. Sie fangen den Feldbau mit geringen Mitteln an, indem sich je zwei oder drei zu einer Kompanie zusammentun, und die Gerätschaften, die sie benötigen, kaufen, nämlich Beile, Hauen, Messer und

Hackmesser. Sie sammeln sich zunächst einen Proviant von fünf- bis sechshundert Pfund, dazu noch etwas von Bohnen, die die Holländer Fagioli nennen. Damit gehen sie in den Busch und bauen da eine Hütte von Baumästen, worin sie bis zu besserer Gelegenheit wohnen. Ihre erste Arbeit ist, das nieder Gesträuch abzuhacken und es auf kleine Häuflein zusammenzuschichten. Hierauf fällen sie auch die hohen Bäume, hacken die Äste ab und verbrennen sie zusammen mit dem inzwischen trocken gewordenen Strauchwerk. Die Stämme der Bäume lassen sie liegen. Das erste, was sie pflanzen, sind die oben genannten Bohnen, die in der Zeit von sechs Wochen reifen und trocknen, hierauf pflanzen sie gewisse Wurzeln, die man Patatas *[Kartoffel]* nennt, wie auch Maniok, und wenn das gepflanzt ist, säen sie Korn zu ihrem Lebensunterhalt. Die Patatas brauchen vier oder fünf Monate zu ihrer Reifung.

Der Maniok muss acht oder neun Monate und öfters ein ganzes Jahr haben, bevor er zum Essen gut ist. Wenn er reif ist, bleibt er noch ein ganzes Jahr in der Erde gut, danach verdirbt er, so dass er also innerhalb eines Jahres gebraucht werden muss. Von diesen drei Gewächsen müssen sie sich nähren. Bohnen kochen sie mit Fleisch und machen mit Eiern eine Suppe daraus. Die Pataten essen sie frühmorgens zum Frühstück, die kochen sie in einem großen Kessel mit wenig Wasser und dicht mit einem Tuch zugedeckt; in der Zeit von einer halben Stunde sind sie gar und so trocken als Kastanien, aber sie essen sie mit Butter, machen eine Sauce dazu mit Limonensaft, Schweineschmeer *[fettes Fleisch]* und spanischem Pfeffer. Auch nehmen sie von den gekochten Patatas und machen daraus einen Trank auf diese Manier: Die Patatas schneiden sie in einen Trog, gießen Wasser darüber, seihen es dann durch ein Tuch in spanische Töpfe, lassen es also zwei oder drei Tage stehen, dann beginnt es zu gären und bekommt einen säuerlichen Geschmack, der ist nicht unangenehm, sondern sehr gut und nahrhaft. Diesen Trank nennen sie Maby, den haben sie von den Indianern gelernt.

Der Maniok dient zu Brot, welches sie Casave (Kassawa) nennen, es wird auf folgende Manier gemacht: Sie haben kupferne oder blecherne Reibeisen, darauf sie die Wurzeln des Maniok reiben, wie man es mit Meerrettichwurzeln in Holland tut, und wenn sie soviel gerieben haben als sie brauchen, tun sie es in Säcke aus grobem Tuch und pressen das Wasser aus, bis es trocken ist. Dann wird es durch ein großes Siebe von Pergament getrieben; so gesiebt gleicht es fast den Sägespänen vom Holz. Jetzt legen sie es auf ein heißes eisernes Blech, und da bäckt es zusammen und wird wie ein Kuchen, den sie hernach auf den Häusern in der Sonne trocknen. Mir scheint, das Sprichwort: Er kommt daher, wo die Häuser mit Pfannkuchen gedeckt sind, mag hiervon seinen Ursprung haben. Und um ja nichts zu verlieren, backen sie von dem Groben, das im Siebe zurückbleibt, Küchlein von fünf bis sechs Daumen Dicke und diese legen sie übereinander und lassen sie gären und machen daraus einen Trank, den sie Wycou nennen. Er ist wie Bier, von sehr gutem Geschmack und sehr nahrhaft.

Sie haben auch verschiedene Baumfrüchte, wie die Bananen und guinesische Feigen, diese kochen sie mit Fleisch und machen auch mit Wasser einen Trank davon, auf dieselbe Weise wie von den Patatas. Der von den Bananos gemachte Trank ist so stark wie Wein und wenn man viel davon trinkt, verursacht er großes Kopfweh und Trunkenheit.

Wenn nun ihre Pflanzungen mit allerhand Wurzeln und anderen Gewächsen, die zur Speise dienen, wohl versehen sind, beginnen sie das Land auch zum Tabakpflanzen urbar zu machen und vorzubereiten, gleich wie vorher von den anderen Pflanzungen erzählt worden ist. Ein Quadrat von etwa zwölf Fuß Seitenlänge wird nach erfolgter Rodung eingehegt und mit Palmenblättern bedeckt, um den Boden gegen die Sonnenbestrahlung abzuschirmen. Ist der Tabaksame gesät, muss der Boden jeden Abend mit Wasser besprengt werden, sofern es nicht regnet. Hat der Tabak etwa die Größe eines Salatkopfs erreicht, werden die Pflanzen in Abständen von jeweils drei Fuß eingesetzt. Dies muss in der Regenzeit geschehen, zwischen Januar und Ende März. Es ist sehr wichtig, dass die Anbauflächen für Tabak von allem Unkraut gesäubert werden, denn die Tabakstaude verträgt kein anderes Kraut neben sich. Die Stauden werden abgeschnitten, sobald sie eineinhalb Fuß Höhe erreicht haben, damit den Blättern nicht die Nahrung entzogen wird.

Während der Tabak noch wächst, werden Hütten gebaut, in denen er trocknen soll. Sobald der Tabak reif ist, wird er abgeschnitten und in diesen Hütten zum Trocknen ausgelegt. Von den getrockneten Blättern entfernt man die Stängel und lässt sie von Arbeitern rollen. Diese erhalten zu ihrem Salär oder Lohn den zehnten Teil von dem, was sie gerollt. Wenn der Tabak geschnitten ist, sprosst der Strunk zu einer neuen vollkommenen Pflanze, und dies geschieht viermal in einem Jahre. Dieser Tabak wird nach Frankreich und anderen Ländern geführt und meistens zu Kautabak und zum Färben gebraucht. Ich könnte auch hier erzählen, wie der Zucker, Indigo und Gimbes[4] gemacht wird, dieweil sie aber auf dieser Insel oder in den jetzt beschriebenen Quartieren nicht bereitet werden, müssen wir es auf einen anderen Ort versparen.

Die französischen Pflanzer auf der Insel Hispaniola haben allezeit unter dem Gouverneur von Tortuga gestanden, wie auch heutigen Tages noch, jedoch nicht ohne Unlust und Widerstreben. Im Jahre 1664 hat die Französisch-Westindische Kompanie auch eine Kolonie auf Tortuga gepflanzt, worin die Pflanzer von Hispaniola mit einbegriffen waren. Diese wurden unwillig, dass man sie in einem Lande, das weder dem König noch der Kompanie zugehört, in Untertänigkeit bringen wollte, so dass sie beschlossen, lieber nicht zu arbeiten, als unter der Botmäßigkeit der Kompanie zu stehen. Diese, da sie hier keinen Vorteil, sondern vielmehr nur Schaden fand, ist bald wieder aus der Sache geschieden. Der Gouverneur von Tortuga, der bei den Pflanzern wohl gelitten war, vermeinte bessere Mittel zu finden, sie zu zwingen als die Kompanie. Macht ihnen also weis, wie er ihnen allerhand Gut, so sie nötig haben, zu viel besserem Kaufpreis

---

4) *Der Text enthält einige Begriffe, die man heute nicht mehr kennt und zuordnen kann, dazu zählt auch Gimbes.*

geben wolle als die fremden Nationen, die dahin kamen Handel zu treiben, und weil er ihnen sonderlich geneigt sei, wolle er auch bewerkstelligen, dass viermal des Jahres Schiffe kommen und ihre Waren nach Frankreich bringen sollten.

Auf diese Weise würden sie, was ihnen vonnöten sei, von dort her besser beziehen und vorteilhafter, als wenn sie ihr Gut an fremde Nationen verkauften. Zugleich brachte er die Vornehmsten auf seine Seite, den übrigen ließ er das Nachsehen; sie konnten nicht eine Elle Leinwand bekommen als mit Bitten und Flehen, und auch ihre Waren konnten sie nicht weg senden; denn alle Schiffe, die dahin kamen, waren an den Kommandeur empfohlen und er selbst war Teilhaber an ihnen. Zuerst wurde sein Gut eingeschifft und dann das seiner Freunde; war dann noch Platz übrig, so wurden Anweisungen ausgegeben an die, denen er es gewährte.

Unterdessen bekamen die Pflanzer im Jahr 1669 Zeitung, dass an der Küste von Hispaniola zwei holländische Schiffe angelangt seien. Sie beschlossen also mit diesen zu handeln und dem Gouverneur ein Schnippchen zu schlagen, was sie denn auch taten. Kurz danach kam auch der Gouverneur mit seinem Schiff, allein sie verboten ihm das Land und schossen sogar auf ihn, so dass er nicht zu landen wagte, sondern gezwungen ward, wieder nach Tortuga zurückzukehren und seine Schiffe nur halb beladen nach Frankreich zu senden. Inzwischen kamen die holländischen Schiffe zu den Pflanzern. Die Freunde und Offiziere des Gouverneurs wollten zwar diesen Handel verbieten, mussten aber schweigen, man hätte ihnen sonst die Hälse gebrochen. Mittlerweile haben die Pflanzer mit den Holländern gehandelt und beide Schiffe fuhren von dannen mit einer vollen Ladung von Häuten und Tabak und dem Versprechen wieder zu kommen, was sie ohne Zweifel getan hätten, wenn sie nicht durch den Krieg daran verhindert worden wären. Es waren aber die Pflanzer so sehr erbittert über den Gouverneur von Tortuga, dass sie sich versammelten, aus jedem Haus ein Mann, mit dem Vorhaben in Kanus nach Tortuga überzufahren, die Insel einzunehmen und dem Gouverneur den Hals zu brechen. Sie vertrauten darauf, von den Holländern jederzeit Beistand und Notdurft zu erlangen, was, wie ich glaube, auch geschehen wäre, wenn der Krieg solches nicht verhindert hätte.

Während dieser Begebnisse hatte der Gouverneur von Tortuga einen nach Frankreich gesandt und um Assistenz angehalten, indem er dem König vorstellte, wie diese Meuterer leicht verursachen könnten, dass alle seine Inseln von ihm abfielen. Das alles wurde noch einmal so schlimm vorgebracht, als es in der Tat war. Er erhielt also vom König zwei Kriegsschiffe, die Insel Tortuga zu schützen. Diese Schiffe, daselbst angelangt, gingen auf die Rebellen los, um sie wieder unter Gehorsam zu zwingen. Jedoch anstatt Gehorsam zu bezeugen, flüchteten alle Mann beim Ansichtigwerden der Kriegsschiffe in den Busch, worauf ihre Häuser von dem Kriegsvolk in Brand gesteckt wurden. Der Gouverneur kam ihnen gleichwohl wieder mit Milde entgegen, und weil die Pflanzer sahen, dass sie ihrerseits von niemand Hilfe oder Beistand zu gewärtigen hatten, begaben sie sich auf gewisse Bedingungen wieder unter dessen Gehorsam. Dessen ungeachtet ließ der Gouverneur ein oder zwei ihrer vornehmsten Rädelsführer aufhängen, begnadigte aber alle die anderen und gab ihnen Freiheit mit allen Nationen nach ihrem Wohlgefallen zu handeln. Sie haben also ihre Plantagen wieder angebaut und erzeugen eine große Quantität guten Tabaks, so dass sie alle zusammen jährlich fünfundzwanzig- bis dreißigtausend Rollen Tabak liefern.

Die Pflanzer haben da wenig Sklaven, sie arbeiten meistens selber mit Knechten, die ihnen für drei Jahre verbunden sind, und treiben also Kaufmannschaft mit Menschen, wie man in der Türkei zu tun pflegt, denn sie verkaufen ihre Knechte einer dem andern, wie man in Europa mit Pferden tut. Es gibt auch welche, die machen ein Geschäft daraus: Sie gehen nach Frankreich, suchen Volk in den Landstädten und bei den Bauern, machen große Versprechungen, aber wenn sie dorthin kommen, werden sie verkauft und müssen werken wie die Pferde, ja schlimmer als die Neger. Denn die Pflanzer sagen, dass sie einen Neger mehr schonen müssen als einen weißen Menschen, weil der Neger ihnen sein Leben lang dienen muss, der Weiße aber nur eine kurze Zeit. Sie traktieren ihre Knechte ebenso übel wie die Bukaniere tun und fühlen kein Mitleiden. Ob sie krank sind oder nicht, sie müssen gleichwohl in der Sonnenhitze arbeiten, die öfters ganz unerträglich ist, dass gar der Rücken dieser elenden Menschen durch den Sonnenbrand oft voller Krusten wird wie der von Pferden, die allzu schwere Lasten getragen haben.

Die Knechte sind da gewissen Krankheiten unterworfen durch die unverdaulichen Speisen und Veränderung der Luft. Sie werden schlaff, wassersüchtig und kurz von Atem, das nennen sie *mal d'estomac*, das kommt von nichts anderem als von übler Nahrung und Melancholie, von wegen der bösen Behandlung, die sie leiden. Es geraten manchmal Söhne aus gutem Hause dahin, die durch die Seelenhändler verführt worden, wenn sie dann in solches Elend fallen, werden sie bald krank an der Landseuche, und dennoch werden sie deswegen nicht geschont, noch ihnen geholfen, im Gegenteil, man zwingt sie mit Schlägen zur Arbeit, also dass sie oft tot zu Boden sinken. Dann heißt es: Der Schelm hat lieber wollen sterben als arbeiten. Das habe ich mehrmals mit großer Betrübnis hören und mit ansehen müssen. Hier will ich einige Exempel erzählen.

Ein junger Mensch aus gutem Hause war wegen übler Behandlung durch seinen Ohm, der Vormund über ihn war, hierher gelangt und kam in die Hände eines dieser Pflanzer. Dieser behandelte ihn sehr grausam und verlangte Arbeit von ihm, die ihm zu tun unmöglich war, gab ihm auch nichts zu essen. Darüber wurde der arme Mensch so desperat, dass er in den Busch lief und daselbst Hungers starb. Ich selbst habe ihn dort tot gefunden, halb von den Hunden gefressen.

Noch etwas anderes will ich erzählen, was nicht weniger merkwürdig ist, nämlich von einem Pflanzer, dessen Knecht wegen schlechter Behandlung in den Busch lief. Doch wurde er wieder gefangen, sein Herr macht ihn an einem Baum fest und schlug ihn so lang, bis ihm das Blut stromweise den Rücken hinablief. Hierauf ließ er ihn schmieren mit einer Salbe, aus Limonensaft, spanischem Pfeffer und Salz zubereitet, und also vierundzwanzig Stunden an den Baum gebunden stehen, hub darauf an ihn aufs Neue zu schlagen, bis dass er ihm unter den Händen verstarb. Die letzen Worte, die er redete, waren diese: »Gott gebe, dass der Teufel Euch vor Eurem Ende solang quäle, als Ihr mich vor dem meinen gequält habt.« Drei oder vier Tage nach dieses Knechts Tod wurde dieser Tyrann (so muss ich ihn nennen) gequält von einem bösen Geiste, der ihn Tag und Nacht quälte und noch quält, so er nicht gestorben ist. Er wird stetig geschlagen und gekratzt, dass er keinem Menschen mehr gleicht, ich glaube, dass Gottes gerechtes Urteil dies zuließ, um den Missetäter zu strafen für alle die Mordtaten, die er bei dergleichen Gelegenheiten getan hat.

Ich habe noch drei Jünglinge gesehen, die aus Verzweiflung ihren Meister umbrachten, wie sie Tag und Nacht arbeiten mussten und kein Essen kriegten, sondern gezwungen waren, bei den Nachbarn um ein Stück Kassawe zu betteln. Diese Jünglinge wurden aufgehängt und bezeugten vor ihrem Tod, dass ihr Herr auch einen ihrer Mitgesellen totgeschlagen hätte. Solche abscheulichen Grausamkeiten werden zumeist von den Pflanzern ausgeübt, welche von den Karibischen Inseln kommen, denn dort behandeln sie ihre Knechte noch unbarmherziger als auf Española. Zu St. Christoph ist einer namens Belteste, der hat über hundert Knechte totgeschlagen. Und, um zu beweisen, dass er ihnen gut begegnet, ließ er, sobald sie tot waren, frisch Fleisch, Eier und Wein neben sie setzen, dass man sagen sollte, er versorge seine Knechte auf das beste. Dieser scheute sich nicht zu sagen, es sei ihm alles eins, ob er selig oder verdammt werde, wenn er nur soviel Gut hinterlasse, dass seine Kinder sich Pferde und einen Kutschwagen halten könnten. Der Mann, von dem ich spreche, ist den holländischen Kaufleuten, die da gewohnt haben, gar wohl bekannt. Ich könnte hier noch mehr dergleichen Gräueltaten beibringen, erachte aber, dass der Leser aus den angeführten Exempeln das Ganze wird beurteilen können.

Die Engländer traktieren ihre Knechte nicht besser, sondern wohl noch schlimmer, denn sie behalten die ihren gewöhnlich sieben Jahre. Und wenn sie sechs Jahre gedient haben, behandelt man sie dergestalt, dass es härter nicht geschehen kann; man zwingt sie so ihren Meister zu bitten, sie an einen anderen zu verkaufen, was ihnen freilich nicht verweigert wird. Dann werden sie wieder für sieben Jahre verkauft oder mindestens für drei. Ich habe etliche gesehen, die fünfzehn, zwanzig, ja manche, die sogar achtundzwanzig Jahre Sklaven gewesen sind. Viele dieser Sklaven sind so einfältig, dass sie sich selber auf ein ganzes Jahr verkaufen und zwar für eine gute Mahlzeit. Wenn bei den Engländern Feiertage (die sie mit Essen und Trinken herrlich begehen) zelebriert werden, geben die Herren den Sklaven, was sie begehren, aber hernach bringen sie es ihnen teuer genug auf die Rechnung. Die Engländer haben auf den Inseln unter sich ein sehr strenges Gesetz, nämlich wenn jemand die Summe von fünfundzwanzig englischen Schillingen schuldig ist, und nicht bezahlen kann, soll er für eine gewisse Zeit, ein Jahr oder sechs Monate, als Sklave verkauft werden.

Da habe ich nun von des Landes Gewächsen, Einwohnern und deren Leben gehandelt, will aber den Leser nicht länger hinhalten, sondern auf unser eigentliches Vorhaben kommen und von den Seeräubern erzählen.

Sechstes Kapitel – Die Seeräuber

Handelt von den Seeräubern

ICH HABE BEREITS hiervor berichtet, auf welche Weise ich genötigt worden, mich unter die Seeräuber von Tortuga und Jamaika zu begeben. Ich nenne sie hier – nicht wissend, ob ihnen irgendein anderer Name oder Titel zusteht – Seeräuber, weil sie von keinem Potentaten gestützt werden. Das erhellt aus folgendem: Als der König von Spanien zu wiederholten Malen seine Gesandten an den französischen und englischen Hof geschickt hatte, über diese Leute zu klagen, da doch kein Krieg zwischen ihnen sei und sie gleichwohl nicht abließen, die Spanier wegzunehmen und ihre Städte und Dörfer auszuplündern, bekamen die Gesandten von den Königen zur Antwort, die Leute seien ihre Untertanen nicht, und Seine Katholische Majestät könne, wenn sie ihrer habhaft würde, mit ihnen tun, was ihr beliebe.

Der König von Frankreich entschuldigte sich wegen der Insel Española auf diese Manier, er habe keine Fortifikation dort und ziehe von dort auch keinen Tribut. Der König von England sagte, er habe niemals an die von Jamaika Befehl ergehen lassen, wider die Untertanen Seiner Katholischen Majestät einige Hostilität oder Feindschaft zu üben. Und um den spanischen Hof zufrieden zu stellen, hat er den Gouverneur von Jamaika abberufen und einen anderen an seine Stelle gesetzt. Trotzdem haben die Seeräuber von ihren Räubereien nicht lassen können. Hier will ich nur eine kurze Historie schreiben von ihrem Aufkommen, den vornehmsten Raubstücken, die sie ausgeübt, auch von dem Leben und Treiben der vornehmsten Räuber, ihrer Lebensart untereinander und von der Ausrüstung ihrer Schiffe zur See.

Unter diesen Räuber, die auf der Insel Tortuga gewesen, war einer namens Pierre le Grand aus Dieppe gebürtig, welcher im Jahre 1602 mit einer Barke von nur achtundzwanzig Mann Besatzung an der Westspitze der Insel Española bei Cabo del Tiburon den Vizeadmiral der spanischen Flotte gefangen nahm (denn damals hatten die Spanier den Kanal von Bahama noch nicht gefunden, so dass sie durch die Caicos in See gingen), und dort hatte er die Spanier an Land gesetzt, das Schiff aber hat er nach Frankreich gebracht. Noch auf See, erbat er eine Kommission, um in einen Hafen einlaufen zu dürfen.

Nun will ich nach dem Tagebuch einer glaubwürdigen Person berichten, wie sich die Sache zugetragen hat. Dieser Räuber war schon geraume Zeit auf See, ohne dass ihm eine Beute aufstieß, und begann Mangel an Nahrung zu leiden, zudem war sein Fahrzeug so untauglich worden, dass er sich mit Not auf See zu halten vermochte. Sobald er dieses Schiff, das von der Flotte abgekommen war, ansichtig geworden, segelte er darauf los, es auszukundschaften, und als er so dicht dabei war, dass es ihm nicht mehr entwischen konnte, beschloss er mit seinen Leuten an Bord zu klettern, mutmaßend, es unvorbereitet zu finden. Die Mannschaft zeigte sich willig, ihrem Hauptmann zu gehorchen, weil sie einsahen, dass er selbst nicht mehr Aussicht habe davonzukommen als sie, schworen also einander Treue. Der Wundarzt hatte vom Hauptmann Befehl, die Barke mit einem Kuhfuß in Grund zu bohren und mit an Bord zu kommen.

Es war um die Zeit der Abenddämmerung, als sie an das Schiff kamen, ohne alle Umstände liefen sie ihm an die Seite und enterten es. Sie hatten keine anderen Waffen als jeder ein Pistol *[altertüml.: Pistole]* und einen Haudegen. Ohne Widerstand liefen sie nach der Kajüte, darin der Kapitän samt einigen anderen Karten spielte, sofort wird ihm das Pistol auf die Brust gesetzt und er gezwungen, sein Schiff zu übergeben. Andere waren indessen nach der Waffenkammer gelaufen und hatten da die Waffen genommen. Etliche Spanier, die sich zur Wehr setzen wollten, schoss man nieder. Der Kapitän war selbigen Tags gewarnt worden, dass das Fahrzeug, so er vor sich sähe, ein Räuber wäre und ihnen Ungemach bereiten könnte, doch er ließ denjenigen, der solches vorbrachte, barsch abfahren: Er fürchte seinesgleichen nicht, viel weniger noch diese winzige Barke. Und also wurde ihm durch seine Unachtsamkeit sein Schiff mit Schanden weggenommen. Die Barke aber war an Lee des großen Schiffes gesunken. Als nun einige Spanier des fremden Volks auf ihrem Schiff gewahr wurden, meinten sie, es sei aus der Luft gefallen, und sagten: Jesus, son demonios estos. Der Räuber behielt darauf so viele von den spanischen Matrosen, als er das Schiff zu regieren für nötig erachtete, die übrigen ließ er an Land setzen, er selbst aber segelte mit dem Schiff nach Frankreich, wo er geblieben und seither nicht wieder auf See gekommen ist.

Die Pflanzer und Jäger auf der Insel Tortuga, als sie die Fortun dieses Räubers sahen, verließen Jagd und Feldbau und suchten nach Mitteln, Schiffe zu bekommen, um damit gleichfalls auf die Spanier loszugehen und ihnen das Ihre zu rauben. Dieses ihr Vorhaben auszuführen, nahmen sie ihre Kanus und kreuzten damit bei Cabo d'Alvarez. Die Spanier trieben von einer Stadt zur anderen auf Barken Handel, besonders mit den Häuten und dem Tabak, den sie da erzeugen und nach Havanna bringen (denn die spanischen Schiffe kommen nicht weiter als Havanna, welches die Hauptstadt der ganzen Insel Cuba ist). Diese Räuber nun nahmen den Spaniern verschiedene mit Häuten und Tabak beladene Barken ab und brachten sie nach Tortuga, wo sie ihren Raub an die Kauffahrer, die da im Hafen lagen, verkauften. Für das Geld aber kauften sie andere Notdurft, als Pulver, Blei und anderen Vorrat, der ihnen dienlich war.

Hierauf machten sie ihre Boote wieder bereit und liefen aufs neue aus, nämlich in den Golf von Campeche und in den Golf von Neu-Spanien, wo die Spanier beträchtlichen Handel trieben und viele Schiffe hatten. Sie säumten nicht, Beute zu machen, denn einen Monat darauf kamen sie mit zwei Schiffen, die nach der Küste von Caracas bestimmt gewesen waren, wieder nach Tortuga. Ihre Ladung bestand aus Silber.

Und es währte nicht lange nach dieser Rückkunft, da liefen sie wieder in See mit diesen zwei Schiffen und begannen binnen kurzem so stark zu werden, dass sie an die zwanzig Raubschiffe aufstellen konnten, und dies alles in der Zeit von zwei Jahren. Die Spanier, als sie dies sahen, waren genötigt, einige Fregatten auszurüsten um ihre Schiffe zu beschützen und auf die Räuber zu kreuzen.

Siebtes Kapitel – Wie die Seeräuber leben

Wie die Seeräuber ihre Schiffe ausrüsten
und wie ihre Lebensart untereinander ist.

DIESE RÄUBER können ihre Schiffe leichten Kaufs in See rüsten und kommen auch unschwer dazu, wie ich bereits oben erzählt. Wenn ein Seeräuber in See geht, tut er es allen, die mit ihm fahren wollen, kund, und wenn sie denn allesamt fertig und beisammen sind, gehen sie zu Schiff und ein jeder bringt an Pulver, Blei und Gewehr mit sich, was er benötigt. Sind sie vom Land abgefahren, ratschlagen sie miteinander, wohin sie sich wenden wollen, Viktualien zu suchen, nämlich Fleisch. Denn sie essen auf ihren Schiffen nichts anderes als Fleisch und wiederum Fleisch, es sei denn, dass sie den Spaniern andere Esswaren abnehmen; zuweilen machen sie ihren Proviant von wilden Schweinen, zuweilen von Schildkrötenfleisch, das sie auch einsalzen, zuweilen auch gehen sie die Corrales der Spanier plündern, das sind Hürden, worin die Spanier wohl an tausend Stück zahmer Schweine beisammen haben.

Sie kommen des Nachts und fragen nach dem Haus, worin der Bauer wohnt, der die Wacht hat, und holen ihn aus dem Bett. Dann muss er ihnen soviel Schweine geben, als sie begehren, sonst hängen sie ihn ohne Gnade auf. Wenn sie aber selber jagen gehen müssen, nehmen sie einen Jäger ihrer eigenen Nation mit, der eine Koppel Hunde hat und geben ihm soviel von jedwedem Wildschwein als ihnen gut dünkt. Ein Teil von ihnen geht mit ihm, das Fleisch einzusalzen und zu räuchern, wie ich vorhin berichtete, ein anderer Teil bleibt beim Schiff, dasselbe vollends auszurüsten, Kiel zu holen und abzudichten, kurz alles zu tun, was vonnöten ist. Wenn sie dann soviel Fleisch eingesalzen haben als ihnen dünkt genug zu sein, so bringen sie es zu Schiff und stapeln es in den Raum auf den Ballast. Davon kochen sie dann zweimal des Tags. Nachdem das Fleisch gekocht ist, wird das Fett, so obenauf im Kessel schwimmt, abgeschöpft und in soviel kleine Kalebassen zum Eintunken getan, als da hölzerne Mulden sind. Und also wird die Mahlzeit eingenommen mit nur einem Gericht, das zum öfteren besser schmeckt als die delikatesten Speisen, die man auf großer Herren Tafel findet. Der Kapitän darf keine bessre Schüssel haben, als der geringste, der da ist, oder, wenn sie es merken, nehmen sie die ihrige, und stellen sie an des Käptn's Platz.

Nachdem das Schiff ausgerüstet und die Viktualien hineingebracht sind, wird abgestimmt und bestimmt, wohin man seinen Lauf nehmen und kreuzen wolle, zugleich auch eine Übereinkunft gemacht, die sie Chasse-Partie *[Piratenkodex]* nennen, darin wird spezifiziert, was der Kapitän für sich und sein Schiff haben soll. Gemeiniglich wird diese Vereinbarung unter ihnen also so gemacht: Wenn etwas aufgebracht wird, soll von dem ganzen Kapital vorerst der Jägersold abgezogen werden, so gewöhnlich zweihundert Stück von Achten beträgt, und dann der Lohn des Zimmermanns, der das Schiff gebaut und klar gemacht hat, der beträgt hundert oder hundertfünfzig Stück von Achten, je nach dem Abkommen. Dann das Geld für den Wundarzt: Für seine Medikamente zweihundert oder zweihundertfünfzig Stück von Achten nach der Größe des Schiffes.

Ferner die Entschädigung der Verwundeten, so Glieder verloren haben, oder die gewöhnlichen Bedingungen für die, so verwundet sind und werden rekompensiert, wie folgt: für einen rechten Arm 600 Stück von Achten oder sechs Sklaven. Für einen linken Arm 500 Stück von Achten oder fünf Sklaven. Für ein rechtes Bein 500 Stück von Achten oder fünf Sklaven. Für ein linkes Bein 400 Stück von Achten oder vier Sklaven. Für ein Auge 100 Stück von Achten oder ein Sklave. Für einen Finger 100 Stück von Achten oder ein Sklave. Für einen steifen Arm, soviel, als wenn er ab wäre. Für eine Wunde im Leib, darin eine Röhre getragen wird, 500 Stück von Achten oder fünf Sklaven. Dieses alles wird vorher vom Kapital abgezogen und dann der Rest gleichmäßig geteilt in soviel Teile, als Mann auf dem Schiff sind. Der Kapitän kriegt vier bis fünf Mannsteile für sein Schiff, manchmal wohl mehr, und für seine Person zwei Teile, der Rest wird unter die Mannschaft gleichmäßig verteilt, die Schiffsjungen kriegen die Hälfte von einem Mannsteil. Es geschieht auch wohl, dass untaugliche Gesellen dabei sind, die noch niemals gefahren sind, denen wird jedem etwas abgezogen und unter die anderen verteilt. Ist ein Schiff erobert, so steht es in ihrem Belieben, es dem Kapitän zu geben oder nicht. Sollte das Schiff, das sie genommen haben, besser sein als das ihre, so nehmen sie das bessere und stecken das ihre in Brand.

Wenn sie ein Schiff erobern, darf niemand plündern, noch etwas nehmen, um es zu behalten, sondern alles Erbeutete an Geld, Juwelen, köstlichen Steinen und Kaufmannswaren wird ganz und gar unter sie geteilt, also dass keiner einen Pfennig mehr davon genießt als der andere; und damit kein Betrug unterlaufe, ist ein jeder, ehe das Gut geteilt wird, verbunden auf die Bibel einen Eid zu tun, dass er auch nicht eines Schillings Wert an Seide, Leinen, Wolle, Gold, Silber, Juwelen, Kleidern, Blei, kurz allem was da erobert ist, für sich behalten habe. Und so einer einen falschen Eid tut, soll er von ihnen ausgestoßen und niemals mehr unter ihre Gesellschaft kommen dürfen. Sie sind einander sehr getreu und behilflich. Ist einer, der nichts hat, so helfen ihm die anderen aus und borgen ihm so lange, bis er zu bezahlen vermag. Auch üben sie Recht und Gericht untereinander, denn, so einer einen Totschlag begeht und seinen Widerpart meuchlerisch niederschießt, wird er an einen Baum gebunden und von einem, den er hierzu selbst erwählt, gleichfalls tot geschossen. Hat er aber auf seinen Gegner als ein ehrlicher Mann geschossen, nämlich dass er ihm Zeit gegeben sein Rohr zu laden und nicht von hinten auf ihn geschossen, so wird er von seinen Kameraden freigesprochen; denn sie fordern einander leicht zum Duell. Wenn sie ein Schiff erobert haben, setzen sie die Gefangenen ans Land, sobald es ihnen möglich ist, ausgenommen zwei oder drei, die sie behalten, um zu kochen und andere Dinge zu tun, die sie selber nicht tun wollen, und wenn sie diese zwei oder drei Jahre behalten haben, lassen sie sie wieder laufen.

Des öfteren gehen sie sich zu erfrischen auf eine oder die andere Insel und zwar meistens auf die Inseln, die an der Südseite der Insel Cuba liegen. Sie ziehen das Schiff an Land, es auszubessern, und jeder geht und spannt sein Zelt auf. Von da gehen sie mit ihren Kanus, ein Trupp um den anderen, auf Raub aus und heben die Schildkrötenfänger von Bayame auf, das sind arme Fischer, die Schildkröten fangen, um sie zu verkaufen und ihre Weiber und Kinder damit zu unterhalten. Wenn sie aber von den Räubern aufgegriffen worden sind, müssen sie für sie Schildkröten fangen, solange sie dort stille liegen. Und so es sich begibt, dass sie nach einer Küste kreuzen, wo Schildkröten zu fangen sind, nehmen die Fischer sie mit, so dass diese üblicherweise vier bis fünf Jahre von ihrem Weib und ihren Kindern wegbleiben, die unterdessen nicht wissen ob sie lebendig oder tot sind.

Dieweil wir hier der Schildkröten Erwähnung getan, und viel Leute gefunden werden, die nicht wissen, was Schildkröten sind, noch wievielerlei derselben sind, wollen wir dieselben kürzlich beschreiben. In Amerika sind viererlei Seeschildkröten. Die von der ersten Art sind sehr groß, so dass eine drei- bis viertausend Pfund wiegt. Sie haben keine harte Schale, sondern es lässt sich selbige mit einem Messer bequem durchschneiden. Inwendig sind sie voller Tran und daher zum Essen untauglich. Die andere Art ist grün. Diese sind von mittelmäßiger Größe, jedoch sind derer auch einige an vier Fuß breit. Ihre Schale ist härter als die der ersten Art und von einem kleinen Schild bedeckt, ungefähr so dick wie das Horn, das man zu den Laternen braucht. Diese Schildkröten sind sehr gut zu essen, ihr Fleisch ist sehr fein von Geschmack, ihr Fett grün und angenehm und so durchdringend, dass, wenn man drei Wochen nichts als Schildkrötenfleisch gegessen, die Hemden am Leibe von Schweiß so fett werden, dass man das Öl daraus winden kann. Die Glieder werden auch sehr schwer davon.

Die dritte Sorte von Schildkröten ist an Größe der zweiten gleich, sie haben aber einen dickeren Kopf und werden von den Engländern Lager-het (Loggerhead), von den Franzosen cavane genannt, sind zum Essen nicht geeignet, denn sie stinken auch nach Tran. Die vierte Art ist kleiner als die zweite, doch an Größe etwas länger. Diese werden Caret genannt und tragen einen solchen Schild, wie man ihn in Europa braucht und Schildpatt zu nennen pflegt. Diese Schildkröten halten sich unter Wasser in den Klippen und leben von dem Moos, das darauf wächst, und den Seeäpfeln, so da herum zu finden. Die anderen Schildkröten leben vom Gras, das unter Wasser wächst. Da sind einige Bänke so grün und voll Gras als wie die Wiesen in Holland, dahin gehen die Schildkröten des Nachts, um zu weiden. Sie können nicht lang auf Grund bleiben, sondern müssen nach oben kommen, um Luft zu schöpfen, und sobald sie geblasen, lassen sie sich wieder auf den Grund. Sie legen Eier wie die Krokodile, jedoch ohne Schalen, nur mit einem dünnen Häutlein bedeckt, welches nicht stärker ist als das innere Häutlein von einem Hühnerei.

Sie vermehren sich dermaßen stark, dass wenn sie nicht von den Vögeln vertilgt würden, man in diesen Meeren schwerlich fahren könnte, ohne Berührung der Schildkröten. Ihre Eier legen sie des Jahrs dreimal, im Mai, Juni und Juli, und jedes Mal legen sie hundertfünfzig, wohl auch hundertneunzig Eier. Wenn sie legen wollen, kommen sie an den Strand und graben ein Loch in den Sand, in das sie die Eier legen, decken sie dann mit Sand wieder zu. Durch die Hitze der Sonne werden die Eier in der Zeit von drei Wochen ausgebrütet, dann kriechen die jungen Schildkröten aus und laufen in die See. Allein, sobald sie im Wasser sind, werden sie von den Wasservögeln aufgeschluckt, denn sie können nicht früher auf den Grund als neun Tage nach ihrer Geburt, so dass es ein Glück ist, wenn von hundert ihrer zwei oder drei davonkommen.

Die Schildkröten haben ihre gewissen Örter, wo sie alle Jahre ihre Eier hinlegen. Die Hauptplätze, die sie haben, das sind die Inseln, Caymanes genannt. Dieser Inseln sind an der Zahl drei, eine große und zwei kleine, an welche die Schildkröten zumeist kommen. Sie liegen auf der Höhe von zwanzig Graden und fünfzehn Minuten nördlicher Breite, ungefähr fünfundvierzig

Meilen südlich der Insel Cuba. Sie kommen in so großer Anzahl auf diese Inseln, dass jährlich wohl zwanzig Schiffe, sowohl englische als französische, dort ihre Ladung an Schildkrötenfleisch einnehmen, welches eingesalzen wird. Dorthin kommen die Männchen die Weibchen zu befruchten, und wenn da zwei Schildkröten miteinander spielen, bleiben sie einen oder zwei Tage aufeinander. Es ist unbegreiflich, wie diese Tiere die Insel zu finden wissen, da sie doch andere Länder verlassen, um dahin zu schwimmen, denn sie kommen aus dem Golf von Honduras, der ungefähr hundertfünfzig Meilen von dort entfernt ist.

Da waren Schiffe, die hatten die Richtung verloren, konnten auch die Breite nicht bestimmen und wussten sich nicht Rat, endlich haben sie ihren Kurs nach dem Blasen der Schildkröten gerichtet und haben also das Eiland gefunden. Dahin kommen keine anderen Schildkröten als die grünen, die gut zum Essen sind. Die Schiffsleute, die hinkommen, bedürfen keiner Instrumente, die Schildkröten zu fangen, da diese alle Nacht an Land gehen, ihre Eier zu legen, dann werden sie von zwei Männern mit einem Hebebaum umgekehrt, und wenn sie auf dem Rücken liegen, können sie sich nicht mehr rühren. Wenn viel Schiffe um dieser Ladung willen da liegen, wird der Strand geteilt, so dass jedes Schiff eine gewisse Länge am Strand hat, um daselbst Schildkröten umzukehren; auf eine Länge von fünfhundert Schritten können wohl hundert Schildkröten umgekehrt werden. Die Karettschildkröten legen ihre Eier überall hin und haben keinen gewissen Ort; die Cawane kommen an eine kleine Insel gelegen bei Cabo Catoche ihre Eier zu legen; die englischen Seeräuber nennen sie daher die Insel Logerhet.

Wenn die Zeit der Schildkröten auf der Insel Cayman vorbei ist, so begeben sie sich nach der Insel Cuba, wo sehr schöne Gründe sind, dorthin gehen die Schildkröten, um zu fressen, denn die ganze Zeit, die sie auf der Insel Cayman sind, fressen sie nichts. Wenn eine Schildkröte gefangen ist, kann sie wohl einen Monat lang also auf dem Rücken liegend am Leben bleiben, jedoch ihr Fett verändert sich in Schleim und das Fleisch wird ohne

Geschmack. Nachdem die Schildkröten ungefähr einen Monat auf der Insel Cuba gewesen und wieder fett geworden sind, kommen die spanischen Fischer, dieselben zu fangen und ihre Städte und Dörfer damit zu verproviantieren. Gefangen werden sie aber auf diese Art: Sie bedienen sich eines vierkantigen Nagels von ungefähr zwei Daumen Länge und an einem Ende wie eine Harpune an einem Stocke festgemacht, der zwei bis drei Faden lang ist.

Wenn nun die Schildkröte nach oben kommt, um zu blasen, werfen sie ihr den Stock wie eine Harpune auf den Leib, dass der Nagel in ihr stecken bleibt, dann lassen sie fünfzig bis sechzig Klafter Seil schießen, und wenn die Schildkröte wieder nach oben kommt, um Luft zu schöpfen, schlagen sie ihr noch einen Stachel in den Leib, und also wird sie in das Kanu gezogen. Sie werden auch wohl meistens unter Wasser bis zu vier Faden Tiefe geschossen, je finsterer es ist, desto besser, denn in dunklen Nächten, geben die vier Pfoten einer schwimmenden Schildkröte ein Schimmern von sich und auch der Schild ist ganz blank, also dass man sie leicht sehen kann. Diese Schildkröten sind sehr scharf von Gesicht, können aber schlecht hören, so sie aber etwas hören, kann man sie unmöglich kriegen. Um dieser Ursache willen also werden die armen Fischer gefangen und müssen solange in der Sklaverei bleiben, als die Räuber wollen.

Der Seeräuber gewöhnliche Beschäftigung ist, nach dem Ziel schießen und ihr Gewehr sauber halten. Sie haben gutes Gewehr, nämlich Rohre und Pistolen. Ihre Rohre sind ungefähr viereinhalb Fuß lang und schießen eine Kugel, deren sechzehn aufs Pfund gehen. Auch haben sie Patronen und Patronentaschen, worin dreißig Schüsse sind, die tragen sie jederzeit bei sich, also dass man sie niemals unvorbereitet findet. Wenn sie lange genug auf einem Platze verweilt haben, beratschlagen sie miteinander, wo sie nun hin sollen, ihre Abenteuer zu suchen.

Ist dann jemand unter ihnen, dem Küsten bekannt sind, wo die Kauffahrer ihren Handel treiben, der bietet seinen Dienst an. Sie haben verschiedene Plätze, wo sie kreuzen, je nach den Zeiten des Jahres, denn diese Gegenden können von wegen der starken

Winde und Strömungen nicht jederzeit befahren werden, daher es auch kommt, dass die Kauffahrer ihre gewissen Zeiten haben, auf jeder Küste ihre Geschäfte zu treiben. Die von Neuspanien und von Campeche haben den meisten Verkehr mit Schiffen, die von Campeche kommen im Winter nach der Küste von Caracas, den Trinidadischen Inseln und Margarita, weil die Ost- und Nordostwinde nicht zulassen, dass sie zur Sommerzeit kommen, denn sie haben alsdann Wind und Strömung gegen sich. Wenn aber der Sommer kommt, fahren die Schiffe wieder nach Hause. Die Kaperer wissen die Straße, welche sie passieren müssen, sehr wohl, und kreuzen dort auf sie. Wenn diese Räuber einige Zeit in See gewesen sind, ohne etwas aufgebracht zu haben, unternehmen sie manchmal desperate Anschläge, die ihnen zuweilen auch wohl glücken. Ich will davon hier einige Exempel erzählen.

Ein gewisser Räuber, Pierre Franc genannt, von Dünkirchen gebürtig, war mit einer Barke und sechsundzwanzig Mann darauf einst lang in See gewesen. Er hatte bei Cabo de la Vela gekreuzt, um auf einige Schiffe zu passen, die von Maracaibo nach Campeche unterwegs waren. Weil er aber diese Schiffe verfehlt hatte, beschloss er mit seinem Volk, nach der Rancheria zu gehen und die Perlfischer anzugreifen. Diese Rancheria ist nämlich ein Platz unweit von Rio de la Hache unter zwölfeinhalb Grad nördlicher Breite gelegen, wo eine Perlenbank ist. Dahin kommt alle Jahre eine Flotte von zehn bis zwölf Barken samt einem mit einundzwanzig Kanonen bewaffneten Begleitschiff von Cartagena, um mit Tauchern zu fischen. Jede Barke hat zwei Neger, die vier bis sechs Faden tief nach Muscheln tauchen können. Diese Flotte hat er nun auf folgende Manier angegriffen. Die Barken lagen vor Anker auf der Bank, und das Kriegsschiff am Gestade ungefähr eine halbe Meile davon. Es war eben still Wetter, daher der Räuber ohne Segel längs der Küste hin rudern konnte, als ob er ein Spanier wäre, der von Maracaibo käme. Wie er aber die Perlenbank vor sich hatte, fuhr er auf das Hauptschiff unter den Barken los, das mit acht Stück Kanonen montiert war und sechzig wohlgewaffnete Leute an Bord hatte.

Er kam heran und forderte sie auf sich zu ergeben, sie aber im Gegenteil begannen alle zugleich auf ihn zu schießen. Die Räuber warteten solange, bis sie ihre Ladung abgeschossen hatten, dann feuerten auch sie und trafen so wohl, dass der Spanier nicht wenig dadurch erledigt wurden. Und ehe sie sich bereit gemacht, die zweite Charge abzugeben, kletterten ihnen die Räuber an Bord und zwangen sie um Pardon zu bitten, was sie auch taten in der Hoffnung, ihr Kriegsschiff würde ihnen zu Hilfe eilen. Doch der Räuber bohrte, um das Kriegsschiff zu betrügen, seine eigene Barke in den Grund und ließ auf dem eroberten Schiff die spanische Flagge wehen, bis er zur Abfahrt fertig war. Sie trieben alsbald die Spanier in den unteren Schiffsraum und stachen in See. Inzwischen hatte das Kriegsschiff bereits Viktoria geschossen in der Meinung, der Räuber sei erobert. Wie sie aber sahen, dass das Schiff seewärts lief, kappten sie augenblicklich ihr Tau ab und setzten ihm nach bis in den dunklen Abend, wo es ihnen beinahe gelang, den Räuber einzuholen, ungeachtet derselbe soviel Segel beisetzte, als ihm nur möglich war. Der Wind begann sich zu versteifen, trotzdem ließ der Räuber die Segeln stehen, dem Kriegsschiff zu entrinnen.

Da traf ihn das Unglück, dass sein großer Mast durch die Kraft der vielen Segel niederstürzte. Gleichwohl ließ er den Mut nicht sinken, sondern machte seine Stücke klar, ließ die Spanier paarweise zusammenbinden und war willens, mit nur zweiundzwanzig Mann gegen das Kriegsschiff zu fechten, denn der Rest seiner Mannschaft war verwundet und zum Kampf untauglich. Er ließ also seinen großen Mast fahren und machte mit dem Fockmast und Bugspriet soviel Segel vor Wind als er konnte. Endlich aber erreichte ihn das Kriegsschiff und griff ihn so tapfer an, dass er gezwungen war sich zu ergeben, jedoch unter Bedingung, nämlich, dass weder er noch seine Mannschaft Kalk oder Steine tragen müssten (denn wenn die Spanier Räuber fangen, zwingen sie selbige als Sklaven Kalk und Steine zu tragen und behalten sie drei oder vier Jahre, und wenn sie ihrer nicht mehr bedürfen, schicken sie sie mit den Galionen nach Spanien), auch ward ihm zugebilligt, ihn mitsamt seiner Mannschaft bei erster Gelegenheit nach Spanien zu senden. Er übergab nun die Beute mit großem Leidwesen, weil da mehr als hunderttausend Stück von Achten an Perlen vorhanden waren, denn der Fang von allen Barken war da zusammengeschüttet. Gewisslich wäre das für diesen Räuber eine große Beute gewesen, wenn er sie hätte behalten dürfen, was ihm ohne allen Zweifel hätte glücken müssen, wäre der große Mast nicht gebrochen. Seht, hier noch noch ein anderes Beispiel, das nicht minder kühn begonnen und nicht minder unglücklich geendigt hat.

Bartholomäus de Portugees, ein Portugiese von Geburt, fuhr von Jamaika in einer Barke, montiert mit vier Stücken und dreißig Köpfen. Als er in der Gegend des Cabo Corrientes an der Insel Cuba war, kam ihm ein Schiff entgegen, das von Maracaibo und Cartagena nach Havanna und weiter nach Española wollte. Das Schiff war montiert mit zwanzig Kanonen und siebzig Mann, sowohl Passagieren als Schiffsvolk und auch mit allem anderen wohl versehen. Die Räuber entschieden untereinander solches anzugreifen, was sie auch mit großer Courage taten, wurden aber von den Spaniern tapfer abgeschlagen, sie aber fielen ein zweites Mal an und nahmen das Schiff mit Verlust von nur zehn Mann und vier Verwundeten. Also haben das Schiff ihrer fünfzehn in Besitz genommen, während von den Spaniern an Gesunden und Verwundeten noch vierzig am Leben waren.

Weil ihnen nun der Wind nach Jamaika zu segeln konträr war, beschlossen sie, da sie an Wasser Mangel litten, nach Cabo S. Antonio zu gehen, welches die westliche Ecke von Cuba ist. In der Nähe von Cabo S. Antonio stießen sie auf drei Schiffe, die von Neuspanien nach Havanna gingen; diese liefen auf sie los, zwangen ihnen die Beute ab, und sie mussten sich alle gefangen geben. Dies jammerte sie nicht wenig, eine so köstliche Beute ausliefern zu müssen, denn das Schiff war mit hundertzwanzigtausend Pfund Kakao geladen und enthielt außerdem an siebzigtausend Stück von Achten. Zwei Tage nachdem sie genommen waren, erhob sich ein großer Sturm, so dass die

Schiffe voneinander gerieten. Das große Schiff, auf welchem die Räuber gefangen waren, lief in Campeche ein. Da kamen verschiedene Kaufleute an Bord dieses Kauffahrers, um dem Kapitän Willkommen zu bieten; und diesem war der Räuberkapitän bekannt, dieweil er an dieser Küste mit Morden und Brennen viel Schaden getan. Anderntags kam die Justiz an Bord, den Kapitän zu ersuchen, die Räuber in ihre Hände zu überstellen, was er auch tat, da er es nicht verweigern durfte. Weil sie aber nicht wagten, ihn in die Stadt zu bringen, fürchtend, er würde ihnen entwischen, was er oftmals getan hatte, ließen sie ihn an Bord und richteten des anderen Tags am Strande einen Galgen auf, ihn daran aufzuknüpfen.

Da er aber gut Spanisch verstand, hörte er dies alles von den spanischen Matrosen erzählen, und begann deshalb etwas auszusinnen, sein Leben zu salvieren. Er nahm zwei Gefäße, in denen Wein gewesen, und stopfte sie mit Kork zu, so dass sie dicht hielten. Des Nachts, da sie allesamt schliefen außer dem Wächter, der neben ihm stand und auf ihn Acht haben sollte, wandte er allen Fleiß an, denselben zum Schlafen zu kriegen; weil der aber nicht wollte, beschloss er, ihm die Kehle abzuschneiden, welches er denn tat, ohne dass der Wächter einen Laut von sich gab. Gleich darauf ließ er sich sachte mit seinen beiden Gefäßen ins Wasser fallen, schwamm mit ihrer Hilfe an Land und begab sich in den Busch, wo er drei Tage verborgen blieb, ehe er einen Weg erwählte. Des anderen Tages in der Frühe wurden Soldaten längs der Küste dahin ausgeschickt, wo sie ihn vermuteten, doch war er listiger als sie, denn er beobachtete sie; und als sie wieder nach der Stadt zurückgekehrt waren, nahm er seinen Weg längs der Strandes nach einem Ort, genannt El Golfo de Triste (ungefähr dreißig Meilen von der Stadt Campeche).

Dort kam er endlich nach Verlauf von vierzehn Tagen an, nicht ohne viel gelitten zu haben, sowohl Hunger und Durst wie Mühsal der Reise; denn er durfte den rechten Weg nicht nehmen, aus Furcht, den Spaniern in die Hände zu fallen. Vier ganze Tage arbeitete er sich auf Bäumen fort, ohne einen Fuß auf die Erde zu setzen. Es sind die krüppelhafte Bäume, die am Strand wachsen, und haben soviel Wurzeln im Wasser als Äste in der Höhe, so dass man durchlaufen kann, jedoch nicht ohne Mühe. Er hatte nichts als eine Kalebasse mit Wasser in diesen vier Tagen und aß nichts wie einen Schulp-Fisch, den er auf den Klippen fing, ähnlich einer gewissen Art Schnecken. Auch musste er einige Ströme passieren, wiewohl er nicht gut schwimmen konnte, doch einer, der in großer Not sein Leben zu salvieren trachtet, unternimmt, was ein anderer nicht zu ersinnen wagt. Er fand am Strand eine alte Planke, die durch die See angespült war, darin waren einige Nägel. Diese Nägel klopfte er mit Steinen platt und schliff sie hernach, solange bis sie so scharf waren, dass er damit schneiden konnte. Er schnitt sich einige Rangen ab, etliche Hölzer, die er gesammelt, miteinander zu verbinden, und machte daraus ein Floß, um über den Strom zu setzen

So kam er endlich nach Triste, wo er ein Raubschiff von Jamaika fand. Nachdem er diesem sein Abenteuer erzählt hatte, redete er ihnen zu, ihm ein Kanu mit zwanzig Mann zu geben, um damit das Schiff, so vor Campeche lag, und darinnen er gefangen gewesen, bei Nacht zu überfallen. Sie willfahrten ihm, und acht Tage darauf kam er bei dunkler Nacht vor die Stadt Campeche und ging unverzüglich und ohne ein Wort zu sprechen an Bord des Schiffs. Die auf dem Schiff meinten, es sei ein Kanu, das vom Land käme und Schleichware brächte, befanden es aber sehr bald anders, da diese Räuber allesamt aufs Schiff sprangen und es eroberten. Stracks kappten sie das Ankertau und liefen unter Segel. Da war noch viel Kaufmannsware an Bord, jedoch das Geld war schon weggebracht.

Dieser Räuber hatte nun alles erlittene Unglück vergessen, weil er ein schönes Schiff und Hoffnung hatte, damit eine große Fortun, die ihn ständig verfolgte, bald wiederum ein Bein, denn nachdem er seinen Kurs nach Jamaika gerichtet, war er unfern der Insel Pinols, die an der Südseite der Insel Cuba gelegen ist, von einem südlichen Wind ergriffen, der sein Schiff wider die Klippen oder Bänke Jardines genannt anschmiss, also dass er samt seiner Mannschaft das Schiff mit Verdruss verlassen und auf seinen Kanus nach der Insel Jamaika flüchten musste. Hier verzogen sie nicht lange, sondern machten sich wieder fertig nach Beute zu gehen, allein das Glück war ihnen stets zuwider.

Dieser Räuber hat viel Tyrannei an den Spaniern verübt, jedoch wenig Genuss aus seinen Räubereien gezogen, denn ich habe ihn in dem größten Elend von der Welt sterben sehen.

Nunmehr will ich noch einige Stücke von einem Räuber erzählen, der noch auf Jamaika ist, und nicht minderes vollbracht hat als die, derer hier bereits Erwähnung geschehen. Dieser nun war ein Groninger von Geburt und hat lang in Brasilien gewohnt. Als nämlich die Portugiesen Brasilien wieder in Besitz nahmen, waren da verschiedene Familien, die sich weg begaben, einige gingen nach Holland, andere auf die französischen oder englischen Inseln, auch nach Virginien. Dieser nun kam nach Jamaika und weil er nicht wusste, was er tun sollte, um seinen Lebensunterhalt zu finden, begab er sich unter Räuber und ward von ihnen genannt Rock der Brasilianer.

ROCK, de Brasiliaen Genaemt
Gebooren tot Groningen
Capt van een Troep Engelse Rovers.

Dieser Rock fuhr anfänglich als gemeiner Mann und machte sich beliebt bei allem Volk, so kriegte er eine Partei auf seine Seite, die wider ihren Kapitän meuterte, von ihm abfiel, eine Barke nahm und diesen Rock zu ihrem Kapitän machte. In kurzer Zeit eroberten sie ein Schiff, das mit einer großen Summe von Neuspanien kam, und brachten es nach Jamaika.

Hierdurch kam dieser Rock in großes Ansehen und wurde schließlich so vermessen, dass ganz Jamaika vor ihm bebte, allerdings ohne einige Zucht durch nichts anderes als dumme Furie. Wenn er betrunken war, lief er wie ein Toller durch die Stadt, und dem ersten, der ihm entgegenkam, haute er Arm oder Bein ab, ohne dass es ihm jemand verweisen durfte, außer mit guten Worten, denn er war wie ein unsinniger Mensch. Er hat wider die Spanier die größten Tyranneien verübt, die man nur ersinnen kann, einige von ihnen hat er an hölzerne Spieße gesteckt oder gebunden und zwischen zwei Feuern lebendig braten lassen, wie man einem Schweine tut, bloß darum, weil sie ihm den rechten Weg nicht gewiesen, als er Schweinehöfe zu plündern gedachte.

Einst war er längs der Küste von Campeche hingefahren, daselbst seine Fortun zu suchen, es hatte ihn aber ein Sturm überfallen und das Schiff an den Strand geschmissen, so dass er mit seiner Mannschaft das Schiff verlassen und an Land flüchten musste, ohne etwas mitnehmen zu können als das Gewehr und etwas Pulver und Blei. Der Ort, wo sie gestrandet, war zwischen Campeche und Triste. Sie nahmen nun stracks ihren Weg nach dem Golf von Triste, wo die Räuber ihre Schiffe auszubessern pflegen. Nach drei oder vier Tagen waren sie durch Hunger, Durst und die Beschwerlichkeit des Weges so abgemattet, dass sie kaum mehr weiter konnten, das Schlimmste aber war, dass sie von hundert spanischen Reitern wahrgenommen wurden, die ihnen entgegen geritten kamen. Kapitän Rock feuerte seine Kameraden tapfer an und sagte, dass er für seinen Teil nicht gesinnt wäre sich zu ergeben, sondern lieber sterben als sich den Spaniern gefangen geben wollte. Sie waren dreißig Mann stark, allesamt wohl gewaffnet, und weil sie sahen, dass sie einen Kapitän hatten, der ihnen guten Mut gab, beschlossen sie, lieber mit ihm zu sterben als sich zu ergeben.

Unterdessen stürmten die Spanier gewaltig heran, doch die Räuber ließen sie so nahe kommen, dass sie nicht fehlen konnten, so dass jeder Schuss ein Mann war. Nachdem dieses Gefecht ungefähr eine Stunde gewährt hatte, ergriffen die übrig gebliebenen Spanier die Flucht. Die Räuber plünderten nun einige Packpferde, schlugen die verwundeten Spanier vollends tot, nahmen auch von den Pferden und dem Mundvorrat, den die Spanier bei sich gehabt, also dass sie ihren Weg bequem fortsetzen konnten, ohne mehr als zwei ihrer Gesellen verloren und zwei verwundet zu haben. Sie zogen nun zu Pferde der Küste entlang und noch ehe sie an den Golf gekommen waren, sahen sie eine spanische Barke, die unweit vom Gestade lag, um Holz zu holen. Sie ritten nicht weiter und schickten sechs Mann voraus, um die dazugehörigen Kanus auszukundschaften. Des Morgens, als die Leute an Land kamen, eroberten sie diese Kanus und bald darauf auch die Barke, weil aber wenig Proviant darin war, schlachteten sie einige von ihren Pferden und salzten das Fleisch mit dem in der Barke gefundenen Salze ein, um solange davon zu leben, bis sie es besser bekommen würden.

Kurze Zeit darauf nahm dieser Räuber ein Schiff, das von Neuspanien nach Maracaibo ging, um Kakao zu kaufen, es war mit Mehl und viel Geld geladen. Er kam mit seiner Prise nach Jamaika und dominierte da mit seinen Kameraden solange bis alles dahin war; denn es ist die Manier dieser Räuber, dass wenn sie etwas aufgebracht haben, sie dessen nicht lange Meister bleiben, sondern sie spielen, huren und saufen, solange sie was haben. Einige von ihnen haben in einem Tag wohl zwei bis dreitausend Stück von Achten durchgebracht, dass sie am nächsten Morgen kein Hemd am Leibe behalten. Ich habe einen auf Jamaika gekannt, der einer Hure fünfhundert Stück von Achten gegeben, allein um ihre Heimlichkeit zu sehen. Ja, sie tun noch viele andere Gottlosigkeiten. Mein eigener Herr hat des öfteren ein Fass Wein gekauft, es mitten auf die Straße gesetzt, den Spund eingeschlagen, stellte sich dann dazu und alle, die vorübergingen, mussten mit ihm trinken, andernfalls er sie mit einem Rohre, das er zu diesem Ende bei sich hatte, totgeschossen haben würde. Er hatte auch eine Tonne Butter gekauft, nahm die Butter heraus und schmierte sie jedem, der vorbeiging, auf seine Kleider oder auf den Kopf, wohin er gerade traf.

Untereinander sind diese Räuber barmherzig, denn wenn einer nichts hat, wird er von den anderen unterstützt. Sie haben auch guten Kredit bei den Schankwirten, aber in Jamaika darf man diesen nicht viel trauen, weil sie Euch schnell wegen Schulden verkaufen, wie ich des öfteren gesehen, selbst an dem, von welchem ich oben erzählt, dass er, eine Hure ihre Heimlichkeit zu sehen, so viel Geld gegeben. Er hatte wohl damals dreitausend Stück von Achten, und drei Monate hernach ward er um seiner Schulden willen verkauft, und zwar von eben dem Mann, in dessen Hause er das meiste seines Geldes verprasst hatte.

Aber um wieder auf unsere Erzählung zu kommen. Dieser Räuber hatte binnen kurzem all sein Geld aufgezehrt und musste mit seinen Kameraden wiederum in See. Er ging also nach der Küste von Campeche (denn dies war sein gewöhnlicher Raubplatz), war kaum vierzehn Tage da und fuhr in einem Kanu die Reede von Campeche auszukundschaften, ob er nicht einige Schiffe daraus wegnehmen könnte. Da fügte es aber sein Unglück, dass er selbst von den Spaniern weggenommen wurde samt seinem Kanu und noch zehn seiner Gesellen. Er wurde sogleich vor den Gouverneur gebracht, der ihn in ein dunkles Loch setzen ließ und ihm wenig zu essen gab. Dieser Gouverneur hätte ihn gar zu gerne aufhängen lassen, wagte es aber nicht, wegen der feinen List, die der Räuber ersonnen hatte. Schrieb nämlich an den Gouverneur einen Brief, so als ob der von seinen Genossen käme; darin wurde gedroht, wenn er ihm irgendein Leid antäte, würden sie keinem Spanier, den sie kriegten, Pardon geben. Der Gouverneur mochte bei diesem Briefe fürchten, dass es ihm selbst an den Hals gehen könnte, denn die Räuber hatten unter

Anführung eines gewissen Mansveldt, der ein berühmter Räuber auf Jamaika gewesen, einmal Campeche schon beinahe genommen.

Daher beschloss er, ihn mit den Galionen nach Spanien zu senden, ließ ihn mit einem Eide geloben, dass er nie mehr rauben wollte, und drohte ihm, wenn er ihn wieder finge, ihn ohne Gnade aufzuhängen. Dieser Räuber war nicht lang in Spanien, sondern suchte Gelegenheit wieder nach Jamaika zu kommen. Er hatte unter den Spaniern auf der Reise aus Westindien durch Fischen fünfhundert Stück von Achten gewonnen, welches Geld er, Kleider und andere Notwendigkeiten zu kaufen, anwendete und damit wieder nach Jamaika zurückkehrte. Daselbst angekommen, übte er seine Räubereien schlimmer als zuvor und tat den Spaniern Übles an, soviel als er nur vermochte.

Als nun die Spanier merkten, dass sie dieser Räuber nicht ledig werden konnten, beschlossen sie die Zahl ihrer Fahrten zu vermindern, doch hat ihnen das nichts geholfen; denn weil die Räuber auf See keine Schiffe mehr kriegen konnten, taten sie sich zusammen, setzten an Land und plünderten viel Städte und Dörfer aus. Der erste Räuber, der diese Manier in Schwung gebracht hat, war ein gewisser Ludwig der Schotte (Lewis Scot), der die Stadt Campeche eingenommen, geplündert und gebrandschatzt, hernach aber wieder verlassen hat. Nach ihm kam ein gewisser Mansveldt, der sich unterstand in Neu-Granada zu landen und bis in die Südsee auf Raub auszugehen, aber durch Mangel an Viktualien wieder umzukehren gezwungen ward. Er nahm zuerst die Insel Santa Catalina ein und machte daselbst Gefangene, die ihn auf den Weg nach der Stadt Cartago brachten, welche in dem Reich von Neu-Granada liegt.

Ein gewisser Räuber, genannt Johann Davis von Jamaika, hat in demselbigen Reich eine kühne Tat getan. Er war lange Zeit in dem Golf von Pocatauro gewesen, daselbst einigen Schiffen aufzupassen, die von Cartagena nach Nicaragua unterwegs sein sollten. Weil er sie aber verfehlte, vereinbarte er mit seinen Leuten, nach dem Fluss von Nicaragua zu gehen, das Schiff an der Mündung zu lassen, mit Kanus stromauf zu fahren und also bei Nacht in die Stadt zu gelangen, um die Kirchen und die vornehmen Kaufleute auszuplündern. Sie waren neunzig Mann stark auf dem Schiff und hatten drei Kanus bei sich. Sie ließen also zehn Mann auf dem Schiff zurück, die anderen begaben sich alle in die Kanus, dann ruderten sie bei Nacht den Fluss hinauf, des Tags hielten sie sich unter den Bäumen verborgen (wie sie es auch mit ihrem Schiff getan, damit es von den Indianern, die zum Fischen an die Flussmündung kommen, nicht gesehen werden sollte).

In der dritten Nacht, ungefähr um Mitternacht, kamen sie in die Stadt. Die Schildwache hielt sie für Fischer, die in der Lagune fischen, weil ein Teil von ihnen sehr gut spanisch sprach, auch war ein Indianer mit ihnen, der dort gewohnt hatte aber geflohen war, weil die Spanier ihn hatten zum Sklaven machen wollen. Dieser Indianer sprang an Land, stürzte auf die Schildwache, die sie Vigia *[portugiesisch]* nennen, los und ermordete sie. Darauf gingen sie allesamt drei oder vier der vornehmsten Bürger aufzuklopfen und nahmen dort alles Geld, das sie im Hause fanden, raubten auch einige Kirchen aus. Jedoch von einigen Flüchtlingen, die ihnen aus den Händen entwischten, war ein Geschrei durch die ganze Stadt gemacht. Die Bürgerschaft und die Garnison begann auf die Beine zu kommen, wodurch denn die Räuber gezwungen wurden, soviel von der Beute zusammenzuraffen, als sie konnten, und zu flüchten. Auch nahmen sie einige Gefangene mit, um, falls man sie einholte, durch diese Pardon zu erlangen. Sobald sie an die Küste hinabgekommen waren, machten sie ihr Schiff auf das schleunigste bereit und stachen in See, die Gefangenen aber mussten ihnen als Lösegeld soviel Fleisch zukommen lassen, als sie benötigten, um nach Jamaika zu kommen. Derweil sie noch vor der Mündung des Stromes waren, kamen wohl fünfhundert Mann in Waffen heran, in welche sie lustig mit ihren Kanonen hinein feuerten; und mussten also die Spanier sie mit ihrem Gut zu ihrer größten Schande hinweg segeln sehen und leiden, dass neunzig Räuber da landen und an ihre Stadt kommen durften, die doch mehr denn vierzig Meilen von der Küste abgelegen ist und über achthundert Mann Besatzung hat, und in so kurzer Zeit sich eine so schöne Beute von dort zu holen. Die Räuber hatten über vierzigtausend Stück von Achten an gemünztem Geld und silberne Gefäße und Juwelen mitgenommen.

Kurze Zeit hernach kam dieser Räuber mit seiner Beute in Jamaika an, wo er alles gar bald aufzehrte, so dass sie wieder ausfahren mussten, ein neues Abenteuer zu suchen. Er kriegte dann mehrere Räuber zusammen, die stellten ihn, weil er ein guter Anführer war, zum Oberhaupt auf über ihre sieben oder acht Schiffe. Sie entschieden, längs der Nordküste von Cuba hinzusegeln, um der Flotte von Neuspanien aufzupassen und womöglich einige von den Schiffen zu rauben, doch das missglückte ihnen. Um aber dessen ungeachtet nicht ohne Beute nach Hause zu kommen, beschlossen sie, nach der Küste von Florida zu gehen, wo sie landeten und ein Städtchen genannt S. Augustin de la Florida einnahmen. Das Städtchen war mit einem Kastell versehen, darin zwei Kompanien Soldaten lagen. Gleichwohl und dem Kastell zum Trotze, plünderten sie die Stadt und liefen mit der gemachten Beute wieder davon, ohne dass ihnen die Spanier irgendein Leid antun konnten.

Ende des ersten Teils, darin zumeist gehandelt worden von des Landes Eigenschaft, Früchten und Einwohnern. Nunmehr wollen wir auch zu den Seeräubern üblicherweise kommen, womit der zweite Teil beginnt.

ZWEITER TEIL

Enthaltend: Das Aufkommen der berühmten Seeräuber François l'Olonnais und John Morgan samt derselben berühmtesten Räubereien in Amerika, gegen die Spanier verübt, wie auch Leben und Tagen einiger anderer Seeräuber, die sich in diesen Gewässern aufgehalten haben.

Erstes Kapitel – Der Seeräuber François l'Olonnais

Aufkommen des berühmten Seeräubers François l'Olonnais und der Anfang seiner Räubereien.

FRANÇOIS L'OLONNAIS war aus Frankreich gebürtig von einem Platz genannt Les Sables d'Olonnes, in Frankreich am Meere gelegen. Er wurde in seinen jungen Jahren nach den karibischen Inseln eingeschifft als ein Knecht oder Sklave (wie wir im ersten Teil erzählt haben, dass solches ihre Gepflogenheit sei) und nachdem er da seine Zeit ausgedient hatte, kam er nach der Insel Española zu den Jägern, unter denen er eine Zeit lang blieb, hernach zog er zum Rauben wider die Spanier aus, wobei er große Beute erlangte und unaussprechliche Grausamkeiten beging. Ich will hier nur die vornehmsten Stücke beschreiben, die er bis zu seinem Tode verübt hat. Nachdem er zwei bis drei Reisen mit den Räubern ohne ein eigenes Schiff getan und sich jedes Mal sehr mutig erwiesen hatte, gab ihm der Gouverneur von Tortuga, Monsieur de la Place, ein Schiff, damit auf Raub auszugehen und sein Glück zu versuchen, zumal zu selbiger Zeit zwischen Frankreich und Spanien Krieg war. Er brachte damit große Beute auf, aber seine Grausamkeiten machten ihn unter den Spaniern so berüchtigt, dass sich die ganze Küste entlang, so von den Spaniern bewohnt ist, ein groß Geschrei erhob, und wenn sie ihm auf See begegneten, fochten sie solang, bis sie nicht mehr konnten, denn er gab den Spaniern wenig Pardon. Jedoch Fortuna, die ihm lange Zeit gedient, begann ihm alsbald den Rücken zu kehren, wodurch er in großes Unglück geriet, denn er verlor sein Schiff bei einem Sturm aus Norden an der Küste von Campeche und war gezwungen, um das Leben zu salvieren, mit seiner Mannschaft an Land zu gehen.

Hier wurde er von den Spaniern wahrgenommen, die den größten Teil seiner Leute totschlugen. Er aber, als er sah, dass es da für ihn keine Gnade gab, und auch nicht entlaufen konnte, denn er war bereits verwundet, beschmierte sich mit Blut und kroch unter die Leichen, die da lagen. Nachdem der Feind weg war, lief er buschwärts, um dort zu überlegen, wie er sein Leben retten könne. Da er nun wieder zu sich selbst gekommen und seine Wunden verbunden hatte, machte er sich in spanischen Kleidern auf nach Campeche, redete dort einige Sklaven an und gelobte ihnen die Freiheit zu verschaffen, wenn sie seiner Weisung folgten. Diese Sklaven gehorchten seinen Worten, stahlen ihrem Meister ein Kanu, und begaben sich mit dem Räuber auf See, um nach Tortuga überzufahren. Die Spanier, die einige seiner Gesellen ins Gefängnis geworfen hatten, fragten nach ihm, bekamen aber zur Antwort von ihnen, die es auch nicht besser wussten, er sei tot. Da machten sie in den Kirchen eine Danksagung und brannten Viktoria darob ab, Gott dankend, dass er sie von einem so grausamen Räuber erlösen wollen.

Inzwischen war dieser Räuber, der sich mit dem Kanu und den Sklaven auf die Reise begeben hatte, in Tortuga angelangt, und anstatt sich nach einem anderen Amte umzusehen, um dergleichen Gefahren als er ausgestanden, zu entrinnen, suchte er Mittel, wie er am besten wieder zu einem Schiff kommen könne. Er begab sich mit einem kleinen Schiff, das er mit List gewonnen und einundzwanzig wohlbewaffneten Mann wieder auf See nach der Nordküste der Insel Cuba, vor ein Städtchen, genannt la Villa de los Cayos, wo ein Handel von Häuten, Tabak und Zucker nach Habana *[Havanna]* geschieht. Und weil es da längs der Küste hin sehr untief ist, gebrauchen die Spanier keine anderen Fahrzeuge als Barken. l'Olonnais meinte nun einige dieser Barken zu rauben, doch war er von etlichen Fischern, die ihm zu ihrem Glück entrannen, gesehen, sie gingen über Land nach Habana und klagten dem Gouverneur, dass der französische Räuber l'Olonnais mit zwei Kanus an der Küste wäre, sie zu plagen, und dass sie nicht wagten, ihren Handel fortzusetzen.

Der Gouverneur konnte das nicht glauben, da er Schreiben aus Campeche erhalten, dass dieser Räuber tot wäre; trotzdem ließ er auf der klagenden Spanier Ansuchen hin ein Schiff bereitmachen, montiert mit zehn Kanonen und mit neunzig streitbaren Männern wohlbewaffnet, und schickte es aus mit Order, nicht wieder zu kommen, ohne die Räuber gänzlich ausgetilgt zu haben. Und zu diesem Ende gab er ihnen einen Neger mit, der Henker sein und die Räuber alle aufknüpfen sollte, ausgenommen den Hauptmann, den sollten sie nach Habana bringen. Dieses spanische Fahrzeug langte also vor la Villa de los Cayos an, aber statt dass es die Räuber aufsuchte, wurde es selbst von den Räubern aufgesucht, denn sie hatten von einigen Fischern, die sie gefangen, Zeitungen erhalten, dass das Schiff an den und den Platz und in solcher Absicht gekommen sei; und damit meinten diese die Räuber zu erschrecken und von der Küste zu vertreiben, aber im Gegenteil, denn aus Begier ein Schiff zu haben, und vermittels dessen desto mehr Unheil anzurichten und auch größere Fortun zu machen, beschloss er, mit seinem Volk das Schiff anzugreifen.

Selbiges lag nun auf einem salzigen Fluss, welchen die Spanier Estera nennen. Die Räuber zwangen einen von diesen Fischern, sie hinzubringen, es war etwa zwei Uhr in der Nacht, als sie anlangten und sich sogleich zu beiden Seiten des Schiffes unter den Bäumen verbargen. Jedoch die Wache rief sie an, und sie ließen durch den Gefangenen antworten, der bei ihnen war. Sie wurden gefragt, ob sie die Räuber nicht gesehen hätten. Darauf antworteten sie nein, und sie glaubten, die Räuber wären, von ihrer Ankunft benachrichtigt, geflüchtet; doch wurden sie am nächsten Morgen eines anderen belehrt, da sie von den Räubern begrüßt wurden, ohne dass sie sie sehen konnten. Die Spanier stellten sich sogleich in Kampfstellung auf und schossen, weil auf jeder Seite des Stromes eines von der Räuber Kanus lag, nach beiden Seiten aus ihren Kanonen; nachdem aber die Spanier zwei- oder dreimal chargiert hatten, nahmen die Räuber ihre Gelegenheit wahr, kamen beiderseits mit den Haudegen in den Fäusten an Bord und jagten alle Spanier in den unteren Schiffsraum. l'Olonnais ließ sie einen nach dem anderen heraufkommen, und sowie sie durch die Klappe hervorkamen, hieb er ihnen den Kopf ab.

Nachdem er so einen Teil um den Kopf gebracht, kam der Neger, der den Henker der Räuber hätte machen sollen, und rief: »Senor Capitan, no mé matéis yo os diré la verdad.« Das heißt: Herr Kapitän tötet mich nicht, ich will euch die Wahrheit offenbaren. l'Olonnais ließ ihn beichten und fuhr darauf in seiner vorigen Arbeit fort, allen Spaniern die Köpfe abschlagend bis auf einen, dem er einen Brief für den Gouverneur von Habana gab und auch mündlich auftrug zu sagen, dass er keinen Spanier, soviel er auch deren kriegte, Pardon geben würde, tat auch zur gleichen Zeit ein Gelübde, dass er sich lieber selbst morden als in der Spanier Hände übergeben wollte. Selbigen Inhalts war der Brief und unter anderem auch, dass er hoffe, dem Gouverneur von Habana noch einstens selbst zu tun, was er an ihm hätte tun wollen. Als der Gouverneur von Habana die Nachricht von diesem üblen Vorgang erfahren hatte, ergrimmte er so sehr, dass er allen Räubern, so er in diesen Gewässern kriegen würde, den Tod schwor, allein er ward von allen Inwohner der Insel Cuba ersucht, solches nicht zu tun, weil doch die Räuber hundert von ihnen bekommen könnten, ehe sie einen von den Räubern bekämen, und sie doch alle Tage auf See sein müssten ihren Unterhalt zu suchen. Also baten sie den Gouverneur inständig, solche Hostilität zu unterlassen.

Francois l'Olonnais

Dieser Räuber hatte nun zwar ein Schiff erobert aber wenig Beute darin gefunden, so dass er beschloss, hier und da einige Mannschaft zu sammeln und mit seinem Schiff wiederum zum Kreuzen auszulaufen. Dies tat er denn auch mit gutem Gelingen, denn er nahm in der Bai von Maracaibo ein Schiff weg, das mit viel Geld und Kaufmannsware nach Maracaibo ging, um Kakao einzuhandeln; danach kam er in Tortuga mit großen Freuden wieder an. Er war da noch nicht lange gewesen, da fasste er den Entschluss, eine Flotte zu formieren und damit an der spanischen Küste zu landen, hatte auch einige Gefangene, die versprachen, ihn dahin zu bringen, doch müsste er eine Macht von fünfhundert Mann beisammen haben. Seine Meinung war nämlich, Maracaibo einzunehmen und weiterhin den ganzen See zu umfahren und alle Städte und Dörfer auszuplündern. Diese Gefangenen waren dort sehr wohl bekannt, namentlich ein Franzose, der daselbst beweibt war.

Zweites Kapitel – l'Olonnais macht eine Flotte startklar

l'Olonnais equipiert eine Flotte, um an der spanischen Küste von Amerika zu landen.

L'OLONNAIS ließ alle Räuber, die in See waren, sein Vorhaben wissen, so dass er in der Zeit von zwei Monaten an vierhundert Köpfe beisammen hatte und also zu seiner Absicht gelangte. Nun war auf der Insel Tortuga noch ein anderer Räuber genannt Michael der Baske, welcher mit seinen Räubereien soviel gewonnen hatte, dass er nicht mehr in See fuhr; er war Major auf der Insel Tortuga. Dieser, da er mutmaßte, es dürfte große Beute geben, wofern des l'Olonnais Anschlag wohl ablief, schloss Freundschaft mit l'Olonnais und bot ihm seinen Dienst an. Er sei, so sagte er, geschickt das Volk zu befehligen, bei was für Gelegenheit immer, und weil er sich in Europa im Kriege verdient gemacht hatte, setzte ihn l'Olonnais zum Hauptmann ein über seine Macht zu Lande. Sie schifften ihr Volk in acht Fahrzeugen ein, darunter des l'Olonnais Schiff das größte war, montiert mit zehn Stücken.

Nachdem sie nun alle bereit waren, gingen sie sechshundertsechzig Mann stark am letzten April von der Insel Tortuga unter Segel und fuhren an einen Platz, Bayaha genannt, an der Nordseite von Española gelegen, wo sie noch einen Trupp Jäger mitnahmen, samt allen Viktualien, so sie vonnöten hatten, um bis an den Ort, wo sie landen wollten, versorgt zu sein.

Am letzten Juli des selbigen Jahres gingen sie unter Segel, setzten ihren Kurs nach dem Osteck der Insel, genannt Punta Espada, wo sie ein Schiff zu Gesicht bekamen, das von Puerto Rico nach Neuspanien gehen sollte; es war mit Kakao geladen. Der Admiral l'Olonnais verfolgte es allein, indem er seiner Flotte Order gab, an der Insel Savona, die an der Südseite der Insel Española unweit der Punta Espada liegt, auf ihn zu warten.

Endlich nachdem er es zwei Stunden gejagt hatte, kehrte sich das spanische Schiff gegen ihn, als welches zum Schlagen wohl versehen war; trotzdem wurde es nach zweistündigem Gefecht erobert. Es war montiert mit sechzehn Kanonen und hatte fünfzig wehrbare Mann an Bord. Darin wurden gefunden hundertzwanzigtausend Pfund Kakao, vierzigtausend gemünzte Stück von Achten samt wohl zehntausend Stück von Achten an Juwelen.

Das Schiff wurde von l'Olonnais nach Tortuga gesandt, um zu löschen, mit Order, sobald dies geschehen sei, wieder nach der Insel Savona zurückzukehren, wo die Galiote⁵ darauf warten sollte. Als sie mit der Flotte bei der Insel Savona anlangten, fanden sie da ein Schiff, so von Comana kam, mit Kriegsmunition und Geld zur Bezahlung der Garnison von S. Domingo geladen. Dieses Schiff kriegten sie ohne einen Schuss, es war montiert mit acht Kanonen, hatte siebentausend Pfund Pulver, eine Partie Musketen, Lunten und zwölftausend gemünzte Stück von Achten. Dies war ein sehr glücklicher Anfang und gab den Räubern große Courage, weil ihre Flotte gleich fürs erste so sehr vermehrt worden war.

Als das Schiff mit Kakao nach Tortuga kam, ließ der Gouverneur sofort ausladen und schickte es mit frischem Proviant versehen eilig dem l'Olonnais, der darauf wartete, wieder zurück. Nach Ablauf von vierzehn Tagen kam es bei l'Olonnais wieder an, der sich auf demselben einschiffte und sein eigenes Schiff seinem Maat, Antony du Puis genannt, überließ. Er hatte auch anstelle der bei der Eroberung des Schiffes Getöteten und Verwundeten neue Rekruten bekommen, so dass seine Flotte nun in gutem Stande war, und jedweder frischen Mut fühlte, sich Beute zu erkämpfen.

Also gerüstet, segelten sie ab und nahmen ihren Kurs nach der Bai von Maracaibo. Diese Bai ist am Festland von Nueva Venezuela gelegen, zwölf Grad und einige Minuten nördlicher

---

5) *Galioten sind seegehende, flachbodige Rundgattschiffe. Aufgrund des geringen Tiefgangs häufig in der Küstenschifffahrt eingesetzt.*

Breite; sie geht ungefähr zwanzig Meilen ins Land hinein und ist ungefähr zwölf Meilen breit. Vor der Bai liegen die Inseln Aruba und Monges; das Osteck dieser Bai wird genannt Cabo San Roman, das Westeck Cabo Caquibacoa. Diese Bai wird gemeiniglich Golfo de Venezuela genannt, von den Räuber aber die Bai von Maracaibo. In der Bai liegen zwei Inseln, die sich zumeist von Osten nach Westen erstrecken. Die östliche heißt Isla de la Vigia, weil auf einem hohen Hügel inmitten der Insel ein Haus steht, darin ein Wächter Tag und Nacht wacht. Die andere nennen sie Isla de la Palomas, das ist die Taubeninsel. Hinter diesen beiden Inseln liegt ein See von süßem Wasser, der sechzig Meilen tief ins Land geht und dreißig Meilen breit ist. Dieser See läuft zwischen diesen beiden Inseln und um dieselben herum ins Meer, jedoch die Einfahrt in den See für die Schiffe ist zwischen den beiden Inseln, ungefähr so breit als eine achtpfündige Kanonen schießt.

Auf der Taubeninsel liegt ein Kastell, die Einfahrt zu sperren, weil nämlich diejenigen, die in diesen See wollen, dicht unter der Taubeninsel laufen müssen. An der Mündung ist eine Barre oder Bank, wo allezeit vierzehn Fuß Wasser ist; etwa eine Meile einwärts liegt noch eine Bank, genannt El Tablazo, wo nur zehn Fuß Wasser ist, und hinter der Bank bis an den Fluss de las Espinas (der ungefähr vierzig Meilen weit weg in der Lagune ist), ist es sechs, sieben und auch acht Faden tief. Ungefähr sechs Meilen in den See hinein an seinem Westufer liegt die Stadt Maracaibo, welche sehr lustig ist, dieweil die Häuser längs des Wassers gebaut sind und ein sehr angenehmes Aussehen haben, sie ist auch ziemlich bevölkert. Man rechnet, dass sie mitsamt den Sklaven von drei- bis viertausend Seelen bewohnt ist, darunter achthundert wehrhafte Männer, allesamt Spanier, auch ist daselbst eine große Pfarrkirche, vier Klöster und ein Spital. Diese Stadt wird durch einen Untergouverneur von dem Gouverneur von Caracas regiert, zu dessen Gouvernement sie gehört. Der Handel, der da betrieben wird, besteht in Häuten und Talg. Die Bürger sind reich an Vieh, haben auch Pflanzungen auf jener Seite, ungefähr dreißig Meilen von Maracaibo in einem großen Dorf genannt Gibraltar.

Daselbst wird eine große Quantität von Kakao erzeugt und allerhand Erdgewächs zur Speisung von Maracaibo; denn das Land von Maracaibo ist ganz dürr und bringt nichts hervor, so dass alle Tage Barken von Gibraltar kommen, beladen mit allerhand Erfrischung als Limonen, Pomeranzen, Melonen, mancherlei Kohl und anderen Früchten mehr. Diese Barken nehmen von Maracaibo wieder Fleisch mit, weil nämlich zu Gibraltar weder Kühe noch Schafe fortkommen. Vor der Stadt liegt ein sehr guter Hafen, wo sie Gelegenheit haben Schiff zu zimmern, soviel sie wollen, doch muss das Holz von oben kommen. Nahebei liegt auch eine kleine Insel genannt Isla Borica, auf dieser werden viel Ziegen geweidet und vermehrt; daselbst ist eine große Quantität von Geissen und Böcken, die sie allein der Felle und des Talgs wegen halten, denn das Fleisch wird wenig gegessen, oder es muss von den Jungen sein. Sie haben auch viel Schafe um Maracaibo; landeinwärts sind viel Felder, jedoch dürr und trocken. Das Vieh ist da sehr klein, was ein Zeichen ist von geringem Futter.

An diesem See gibt es auch Indianer, die noch nicht gezähmt sind, und von den Spaniern *Indios bravos* genannt werden. Diese mögen keine Spanier leiden und haben ihre Wohnungen an der Westseite des Sees. Ihre Häuser stehen auf Bäumen, die im Wasser wachsen, was darum geschieht, damit sie von den Mosquitos nicht geplagt werden. So sind auch an der Ostseite ganze Fischerdörfer der Spanier, die gleichfalls im Wasser auf Pfählen gebaut sind, weil das Land dort so niedrig ist, dass sie es vor Mosquitos nicht aushalten könnten.

Es ist aber auch wegen der Plagen des Wassers; denn wenn es andauernd regnet, wird das Wasser (da dieser See aus fünfundsiebzig Flüssen und Quellen gespeist wird, die alle darein fließen) so hoch, dass das Land wohl zwei oder drei Meilen überströmt wird. Das Dorf Gibraltar kommt öfters so tief unter

Wasser, dass die Einwohner gezwungen sind, ihre Häuser zu verlassen und landeinwärts auf die Plantagen zu flüchten.

Gibraltar ist am Gestade ungefähr vierzig Meilen see-einwärts gelegen und wird von Maracaibo verproviantiert, wie hiervor erzählt worden. Daselbst wohnen ungefähr fünfzehnhundert Seelen, worunter vierhundert wehrhafte Männer. Sie sind meistenteils Krämer und Handwerksleute. Rings um das Dorf sind viele Pflanzungen von Kakao und Zuckerrohr. Das Land ist sehr fruchtbar und voll lustiger Bäume, die sehr geeignet zu Bauholz sind, sowohl für Schiffe als für Häuser; man findet da Zedern, sieben Klafter dick. Von solchen machen sie Fahrzeuge, die aus einem Stück sind und Marssegel führen können, sie nennen sie Piraguas[6]. Das Land ist auch versehen mit schönen Flüssen, die es ganz bewässern.

Die Kakaopflanzungen sind nahe den Flüssen und wenn es nicht regnet, lassen sie das Wasser durch die Äcker rinnen und zwar in Gräben, woran Schleusen sind, um das Wasser, wenn sie davon genug haben, hemmen zu können. Es wird dort auch eine ziemlich große Quantität Tabak erzeugt, der in Europa in großer Achtung steht und der unverfälschte virginische Tabak ist, den man auch Pfaffentabak heißt. Diese Landschaft hat ungefähr zwanzig Meilen in der Runde und ist von Bergen und Morästen umschlossen. Die Berge sind sehr hoch, allezeit mit Schnee bedeckt. Auf der anderen Seite der Berge liegt eine große Stadt genannt Merida, unter die gehört Gibraltar. Die Kaufmannswaren werden von Gibraltar dorthin mit Mauleseln über die Berge geführt und zwar nur einmal im Jahr, weil es da oben dermaßen kalt ist, dass man es kaum ertragen kann. Von Merida bringen sie Mehl zurück, das von Peru über Santa Fé kommt.

Ein Spanier hat mir von einer gewissen Sorte von Menschen erzählt, die sich in diesen Bergen aufhalten; an Gestalt gleichen sie den Indianern, außer dass sie kurzes und gekräuseltes Haar haben

---

6) *Piroge: Großes Einbaum-Kanu, mit erhöhten Seitenwänden und stabilisierenden Auslegern.*

und lange Klauen an den Füßen wie die Affen. Sie sind hart gegen Pfeile und andere starke Instrumente und sehr hurtig im Klettern, da sie große Stärke haben. Die Spanier haben verschiedene dieser Art mit ihren Lanzen töten wollen, sagten aber, sie hätten ihre Haut dermaßen dicht zusammen gerunzelt, dass das Eisen da nicht durchkönnte, daher sie selbige gefangen, auf einen Baum hinaufgebracht und von oben herab geworfen. Sie haben dieses Volk niemals sprechen hören, zuweilen kommen sie nach den Pflanzungen, die den Bergen zunächst liegen und nehmen die Sklavinnen weg, wenn sie welche kriegen können, tun ihnen aber, außer dass sie ihren Willen mit ihnen vollbringen, nichts zu Leide.

Ich habe verschiedene Beschreibungen von Amerika gelesen, aber nirgends von diesem Menschenschlag etwas gefunden, weshalb ich glaube, dass es eine gewisse Art von Barbarinnen sein müsse, die dort herum gefunden werden. Ich habe zu verschiedenen Malen im Busch viele Affen gesehen, allein es haben mich mehrere Spanier versichert, dass es Menschen wären und sie solche öfters gesehen hätten, welches ich hier um denselben Preis geben, als es mich gekostet. Es ist wahr, die Werke Gottes sind große und es könnte in der Tat also wohl sein. Es hat uns gut gedünkt, die Beschaffenheit der Lagune von Maracaibo im Vorbeigehen zu beschreiben, damit der günstige Leser von allem was da vorgefallen, einen besseren Begriff haben möge.

Als nun l'Olonnais mit seiner Flotte in dem Golf von Venezuela angekommen war, ging er außer Sicht der spanischen Vigia vor Anker. Des anderen Tags in der Früh war er mit seiner Flotte vor der Mündung des Sees, genannt Laguna de Maracaibo, wo er vor der Barre den Anker fallen ließ und sein Volk an Land setzte, um ein Fort, genannt El Fuerte de la Barra zu attackieren, weil er, ohne dicht an der Festung vorbeizukommen, da nicht durchkonnte. Diese Festung bestand aus nichts anderem als einigen Schanzkörben, die rund um eine Batterie mit sechzehn Kanonen gesetzt waren, dazu war Erde aufgeworfen, um denen, die darin waren, Deckung zu geben. Die Räuber waren ungefähr eine spanische Meile von da gelandet und stellten sich in Schlachtordnung auf, das Fort zu erstürmen. Der Kommandant des Forts hatte einige Soldaten in einen Hinterhalt gelegt, um den Räubern in den Rücken zu fallen und sie womöglich in Unordnung zu ringen, inzwischen wollte er von vorne einen Ausfall tun.

Allein die Räuber hatten ungefähr fünfzig Mann vorausgesandt, die der im Hinterhalt Liegenden gewahr wurden, dieselben schlugen und auch verhinderten, dass sie wieder in das Kastell retirierten. Unterdessen kam der helle Haufen im Sturm hinterdrein und in der Zeit von drei Stunden hatten sie das Fort erobert, ohne andere Waffen als mit ihren Rohren in der Faust. Mittlerweile waren die Spanier, die im Hinterhalt gelegen, nach der Stadt Maracaibo geflüchtet und setzten da die Bürger in großen Schrecken, indem sie berichteten, dass die Räuber mit einer Macht von zweitausend Mann anrückten. Diese Stadt war nämlich zehn oder zwölf Jahre zuvor von den Räubern geplündert worden, was noch in der Bürger Gedächtnis war. Sie begannen nun alle ihre Habseligkeiten zu packen, um zu flüchten. Die Fahrzeuge hatten, schifften ihr Gut darein und setzten nach Gibraltar über, wo sie von Stund an die Ankunft der Räuber ruchbar machten und meldeten, dass das Fort de la Barra bereits genommen sei; die aber keine Gelegenheit fanden ihr Gut auf Schiffen zu salvieren, führten es auf Pferden und Mauleseln zu Lande weg.

Die Räuber, als sie das Fort erobert hatten, ließen sogleich ihre Flagge wehen zum Zeichen, dass ihre Schiffe einfahren sollten. Die übrige Zeit des Tages verwendeten sie darauf, das Fort zu schleifen, alles darinnen zu verbrennen, die Stücke zu vernageln, ihre Verwundeten an Bord zu bringen und ihre Toten zu begraben. Des folgenden Tags in der Früh gingen sie mit der Flotte nach Maracaibo unter Segel, das ungefähr sechs Meilen von da weg liegt. Es war völlig windstill, also dass sie nicht anders als mit der Flut gehen und an diesem Tag nur wenig vorwärts kommen konnten.

Am nächsten Tag waren sie vor der Stadt Maracaibo und stellten sogleich ihre Schiffe in Ordnung, um unter dem Schutz ihrer Kanonen zu landen, denn sie meinten, die Spanier würden einiges Volk hinter dem Gesträuch, so am Ufer steht, verborgen haben. Ihre ganze Mannschaft wurde in die Kanus eingeschifft, um an Land geführt zu werden. Als sie sich dem Strand zu nähern begannen, lösten die Schiffe ihre Kanonen, und alsbald sprang die Hälfte der Mannschaft aus jedem Kanu an Land, während die andere Hälfte, die darin geblieben war, in den Busch schoss, jedoch ohne Antwort blieb. In die Stadt gekommen, fanden sie niemand, denn alle die Spanier waren mit Weib und Kind geflohen; jedoch fanden sich in den Häusern noch allerhand Vorräte, als Wein, Branntwein, auch eine Menge von Hühnern, Schweinen, Brot, Mehl usw.

Hier begannen sie sich lustig zu machen, denn sie waren viele Wochen lang in keiner so guten Küche gewesen, hatten vielmehr im Gegenteil ein kärglich Leben geführt. Jedwede Kompanie legte Beschlag auf die besten Häuser, so auf dem Markte stehen. Alsbald wurden Wachen ausgestellt und die große Kirche wurde zum Haupt-Corps de Garde gemacht. Am nächsten Tag schickten sie eine Partei von hundertfünfzig Mann aus, um einige Gefangene zu kriegen und von denselben zu erforschen, wo das Gut der Bürger verborgen wäre.

Gegen Abend kam die ausgesandte Partei wieder in die Stadt mit ungefähr zwanzigtausend Stück von Achten, etlichen mit unterschiedlichen Gütern beladenen Mauleseln und ungefähr zwanzig Gefangenen, sowohl Frauen als Männern und Kindern. Von diesen Gefangenen legten sie am folgenden Tag einige auf die Folterbank, um zu erfahren, ob sie kein verborgenes Gut mehr wüssten, aber niemand wollte bekennen. l'Olonnais, der den Tod von zehn oder zwölf Spaniern für nichts achtete, zog seinen Säbel aus der Scheide und hieb vor aller anderen Augen einen Spanier in Stücke, indem er ihnen zurief, wo sie nicht sagen wollten, was sie wüssten, würde er ihnen allen miteinander dasselbe tun.

Also kriegte er durch seine Drohungen einen von ihnen so weit, dass er versprach ihn dahin zu bringen, wo seine Leute waren. Die Flüchtlinge aber, als sie merkten, dass sie von den Gefangenen verraten waren, vergruben einen Teil ihres Gutes in der Erde und veränderten alle Tage ihren Lagerplatz, so dass die Räuber sie schwerlich, es sei denn durch Zufall, finden konnten, zumal sie sich dermaßen voreinander selbst fürchteten, dass der Vater auch seinem Sohn nicht traute.

Endlich da die Räuber vierzehn Tage dort gelegen, beschlossen sie nach Gibraltar zu gehen. Die Spanier aber, die ihre Macht ausgekundschaftet hatten, schickten stracks mit einer Barke an die von Gibraltar und gaben ihnen zu wissen, dass die Räuber wohl die Absicht hätten bis nach Merida zu ziehen, was unter denen zu Gibraltar große Bestürzung erregte. Sie sandten unverzüglich einen Boten an den Gouverneur, ihm Nachricht von diesen Dingen zu geben. Der Gouverneur von Merida, der lange in Flandern als Oberst gedient hatte, war guten Muts, die Räuber mit wenig Mühe zu bezwingen.

Er kam also hinab nach Gibraltar mit ungefähr vierhundert wohlbewaffneten Mann und gab den Bürgern sogleich Order, sich unter Waffen zu stellen, musterte sie hierauf und fand sie an vierhundert Mann stark, also dass sie mit dem von ihm mitgebrachten Volk an achthundert Mann ausmachen mochten. Dann ließ er längs dem Strande eine Batterie von zweiundzwanzig Stück Kanonen aufwerfen und mit Schatzkörben decken; überdies hatte er noch eine Redoute mit acht Stück Geschütz. Am Strande hin ging eine große Straße, diese ließ er stopfen und eine andere in den Morast machen, die ganz unbrauchbar war, weil man bis an die Knie in den Schlamm einsank.

Die Räuber, die von all diesen Vorbereitungen nichts wussten, hatten ihre Gefangenen auf die Schiffe gebracht, mit dem Raub, den sie in Maracaibo geholt, und begaben sich unter Segel nach Gibraltar. Als sie aber dieses Platzes ansichtig wurden, sahen sie die Flagge über dem Orte wehen und viel Volks am Strand. l'Olonnais, als Hauptmann dieser Räuber, hielt Rat mit seinen Unterhauptleuten und danach mit dem Volk, er stellte ihnen vor, wie es da ein heiß Eisen anzutasten gäbe, da die Spanier, so lange vorher von ihrer Ankunft in dem See benachrichtigt, sich sehr stark gemacht hätten. Hierauf erklärte er seine Meinung: »Sind sie stark,« sagte er, »um so größere Beute haben wir zu erwarten, wenn wir den Sieg über sie davontragen.« Sie stimmten ihm einhellig zu und sagten, lieber wollten sie in Hoffnung auf gute Beute kämpfen, als viel umherschweifen, ohne was zu finden. Er antwortete mit dieser Rede: »Ich will Euch vorangehen, den ersten, der sich im Gefecht nicht mutig zeigt, schieße ich nieder.«

Nachdem sie dergestalt ihren Entschluss gefasst gingen sie mit ihren Schiffen unter der Küste, ungefähr eine viertel Meile von der Stadt vor Anker. Am nächsten Morgen vor Sonnenaufgang ließ l'Olonnais sein ganzes Volk an Land gehen. Sie waren dreihundertachtzig Mann stark, ein jeder mit einem guten Rohr versehen und die Patronentasche an der Seite, darin dreißig Schuss Pulver waren, daneben eine oder zwei Pistolen und einen guten Haudegen. Nachdem sie einander die Hand gegeben und eidlich gelobt, einander bis in den Tod beizustehen, begann l'Olonnais zu marschieren und rief: »Allons mes Frères, suivez moi et ne faîtes point les lâches!« Das heißt: Wohlan, meine Brüder, folgt mir und seid nicht zaghaft. Und so rückten sie denn vor, um anzugreifen. Da sie aber vermeinten auf den Weg zu kommen, der ihnen durch ihren Führer gewiesen war, fanden sie denselben gestopft und einen anderen in den Morast gemacht, welchen die Spanier nach Wohlgefallen beschießen konnten.

Dennoch ließen sie den Mut deshalb nicht sinken, zogen ihre Säbel, hieben Äste von den Bäumen und füllten den Weg damit, um nicht so tief im Schlamm zu waten. Inzwischen schossen die Spanier mit Kanonen dermaßen auf sie los, dass sie von dem Rauch und dem Getöse, das die Kugeln in dem Gehölz machten, weder hören noch sehen konnten. Endlich kamen sie auf festen Grund, wo sie sechs Kanonen vor sich sahen, die wurden mit Schrot und Musketenkugeln auf sie abgeschossen. Nach Abschießen dieser Geschütze machten die Spanier einen Ausfall, fanden aber bei den Räubern einen solchen Empfang, dass ihrer wenig wieder in die Schanze zurückkamen. Unterdessen spielten die Kanonen beständig auf die Räuber, wodurch sie viel Tote und Verwundete kriegten; suchten deshalb durch den Busch zu brechen, es wollte ihnen aber solches nicht glücken, dieweil die Spanier große Bäume abgehauen hatten, die Wege damit zu sperren. Dieses Missgeschicks ungeachtet verloren sie den Mut nicht, sondern antworteten mit ihren Feuerrohren den Spaniern nach Kräften.

Die Spanier wagten es nun nicht mehr einen Ausfall zu machen, die Räuber aber konnten nicht über die Schanzkörbe kommen. Da l'Olonnais dies merkte, ersann er eine List die Spanier zu täuschen, begann deshalb mit seinem Volk zurückzuweichen. Sobald die Spanier dies sahen, fielen sie mit ungefähr zweihundert Mann aus. Da kehrten die Räuber stracks wieder um, schossen ihre Rohre ab, nahmen dann ihre Haudegen zur Hand, fielen über die Spanier her und schlugen die meisten tot. In dieser Furie schritten sie über die Toten hinweg, überwältigten die Schanzkörbe, trieben die dahinter liegenden Spanier in die Flucht und verfolgten sie bis in den Busch, wo sie alles totschlugen, was sie fanden.

Eine Abteilung, die sich in die Redoute zurückgezogen hatte, ergab sich Unter der Bedingung, dass sie Pardon haben sollte. Die Räuber verbrannten sofort die spanische Flagge, nahmen alles gefangen, was sie im Dorfe fanden, und jagten es in die große Kirche, vor die sie auch ein gut Teil Kanonen schafften und eine Brustwehr anlegten, weil sie nicht wussten, was über sie noch kommen könnte, und sich einbildeten, es würden die Spanier noch Volk zusammen bringen, sie von da zu vertreiben.

Doch anderen Tages waren sie nicht mehr in Sorge, als sie, um dem Gestank zu wehren, die Leichname zusammenbrachten und wohl fünfhundert Spanier erschlagen befanden, ohne die Verwundeten, die in den Busch geflohen und dort gestorben waren; zudem hatten sie noch mehr als hundertfünfzig Mann gefangen und wohl fünfhundert an Weibern, Sklaven und Kindern. Nachdem nun alles in Stille war, zählten sie auch ihre eigenen Toten, deren vierzig waren und dreißig Verwundete, von denen der größte Teil hinstarb, von wegen der Luft, die Fieber verursachte, auch kam der kalte Brand in kurzer Zeit in ihre

Wunden. Die Räuber schmissen alle toten Spanier in zwei alte Barken, die am Strand lagen, und fuhren damit eine Viertelmeile Wegs in den See hinein, wo sie die Barken versenkten.

Nun versammelten sie alles Geld und Gut, das sie in der Stadt gefunden, und blieben vier oder fünf Tage in der Stadt, um auszurasten, ohne auf Partei zu gehen. Die Spanier verbargen inzwischen ihre Habe so gut als es ihnen möglich war, die Räuber aber begannen danach wieder auf Partei zu gehen, wodurch sie viel Geld in der Stadt zusammen brachten wie auch viele Sklaven, die sie auf den Plantagen erhaschten.

Sie waren da ungefähr vierzehn Tage lang gewesen, als die Gefangenen vor Hunger und Ungemach zu verschmachten begannen, weil nämlich die Räuber da wenig Fleisch gefunden. Mehl war wohl genug da, doch waren sie zu faul, Brot für sich selber zu backen, geschweige denn für die Spanier. Die Hühner, Schafe, Kühe und Schweine, die da waren, wurden von ihnen totgeschlagen zu ihrer eigenen Nahrung; für die Spanier aber schlugen sie Esel und Maulesel. Wer das aber nicht essen wollte, musste Hungers sterben, denn anderes kriegten sie nicht. Besser ging es den Weibern, die sich die Räuber hielten, mit ihnen zu buhlen; einige brauchten sie mit Gewalt, andere mit ihrem eigenen Willen, viele aber ließen es aus Hungersnot zu. Die Gefangenen, die sie für reich hielten, legten sie alle Tage auf die Folterbank und wenn sie nichts bekennen wollten, schlugen sie dieselben gar tot.

Endlich, nachdem sie etwa einen Monat da gelegen, schickten sie vier Gefangene, um die Bürger aufzufordern, zehntausend Stück von Achten als Brandschatzung[7] herbeizuschaffen, wo nicht, würden sie das ganze Dorf in Brand stecken. Dazu gaben sie den Spaniern zwei Tage Zeit. Da nach Verlauf dieser zwei Tage die Brandschatzung noch nicht beisammen war, fingen sie an das Dorf anzustecken. Als die Spanier sahen, dass die Räuber das

---

7) *Brandschatzung ist die Zwangserhebung von Geld- oder Naturalabgaben im feindlichen Land unter Androhung des Niederbrennens oder der Plünderung der betroffenen Stadt.*

ganze Dorf zu Asche verbrennen lassen wollten, baten sie, es möge ihnen doch belieben, das Feuer wieder zu löschen, und das geheischte Geld würde aufgebracht werden. Die Räuber löschten das Feuer, freilich nicht, ohne dass etliche Häuser Schaden nahmen, ja eine Klosterkirche brannte bis auf den Grund ab. Nach Empfang der Schatzung brachten sie ihr Raubgut zu Schiff samt einer großen Menge Sklaven, für die kein Lösegeld gezahlt worden war (denn alle Gefangenen mussten Lösegeld zahlen, und die Sklaven mussten zurückgekauft werden) und segelten nach Maracaibo ab.

Daselbst angekommen fanden sie, dass die Spanier noch ebenso bestürzt waren als zuvor und schickten einige Gefangene, die sie aus Maracaibo hatten, den Gouverneur und die Bürgerschaft aufzufordern, dreißigtausend Stück von Achten als Lösegeld für die Stadt an Bord zu bringen, andernfalls sie die ganze Stadt verbrennen würden. Unterdessen liefen sie noch allenthalben auf Partei nach Beute, nahmen die Bildsäulen, Glocken und Gemälde aus den Kirchen und brachten sie zu Schiff, dazu auch viel Schiffsvorrat, den sie in den Packhäusern fanden.

Die Spanier, die ausgesandt waren, die Brandschatzung einzutreiben, kamen wieder zurück mit der Order eine Vereinbarung zu treffen. Endlich wurde unter ihnen verglichen, dass die Spanier zwanzigtausend Stück von Achten und fünfhundert Rinder geben sollten, wenn dies bezahlt wäre, sollten die Räuber nicht mehr auf Partei auslaufen, sondern nach Schlachtung des Viehs davonfahren, als welches sie auch taten zu großer Freude der Einwohner, die ihnen ein besser Ade als Willkommen boten. Drei Tage nach ihrem Wegzug kamen sie aber zur großen Verwunderung der Spanier zurück, wodurch neuer Schrecken entstand. Die Ursache war, dass sie ein Warenschiff, das sie mitgenommen, nicht über die Bank an der Mündung der Lagune hinüberbringen konnten, weswegen sie genötigt waren, umzukehren und einen Lotsen zu holen, den ihnen die Spanier alsbald zusandten, um sie desto geschwinder los zu werden, wie sie denn auch zu guter letzt, nachdem die Räuber zwei Monate in diesem See geweilt hatten, ihrer gänzlich ledig wurden.

Hierauf nahmen die Räuber ihren Kurs nach Española und kamen acht Tage später an einen Platz genannt Isla Vaca (das ist ein Platz, wo sich einige französische Bukaniere aufhalten und das Fleisch an die Kaper verkaufen). Hier brachten sie ihr Gut an Land, um solches nach ihrer Gepflogenheit untereinander zu teilen. Verteilten es also und befanden, dass es in Kontant *[Bargeldbeträge]*, Silberarbeit und Juwelen zweihundertsechzigtausend Stück von Achten wert sei. Überdies bekam jeder noch wohl hundert Stück von Achten an Leinwand und Seidenwaren, samt noch anderen Kleinigkeiten mehr. Zuerst bekamen die Verwundeten ihre Entschädigung so wie ich im ersten Teil berichtet. Hierauf wurde das Silberwerk gewogen und zu zehn Stück von Achten das Pfund gerechnet, die Juwelen wurden ungleich gewertet, weil sie keine genaue Kenntnis davon hatten. Nachdem sie allesamt einen Eid getan, dass sie nichts beiseite gebracht, wurde einem jeden sein Geld, das ihm zukam, gegeben. Die Anteile derjenigen, so im Gefecht umgekommen waren, wurden ihren Kameraden oder Anverwandten gegeben.

Da nun alles gut geteilt war, fuhren sie von dannen und nahmen ihren Kurs nach Tortuga, wo sie einen Monat später mit großer Freude ankamen, als welche aber für den einen länger als für den andern währte, denn so mancher blieb keine drei Tage Meister seines Geldes, es war alles verwürfelt. Doch denen, die das ihre verloren, halfen die anderen aus. Es waren kurz zuvor drei Schiffe mit Wein und Branntwein aus Frankreich gekommen, also dass das Getränk sehr billig war, doch nur für kurze Zeit, denn es schlug bald wieder auf, so dass hernach ein Maß Branntwein für vier Stück von Achten verkauft wurde. Jedermann war damals Kaufmann in Tortuga, auch begannen manche zum Fischen zu gehen. Der Gouverneur bekam das Schiff voll Kakao für den zwanzigsten Teil seines Werts. Auch die Schankwirte bekamen ihren Anteil an dem Geld und die Huren den Rest, so dass die Räuber wieder zusehen mussten, welchen Weg sie nehmen sollten, um neues Geld und neue Beute zu erjagen, selbst l'Olonnais, der doch ihr Haupt war.

Drittes Kapitel – Sturm auf die Stadt St. Jago

Neue Anstalten von l'Olonnais, um die Stadt St. Jago de Leon und Nicaragua einzunehmen, wo er in großem Elende stirbt.

L'OLONNAIS hatte unter denen vor Tortuga großen Ruf erworben durch den letzten Zug, den er unternommen und der ihm so wohl geglückt war – hatte er doch große Beute gemacht. Allein es ging mit ihm, wie es im Sprichwort heißt: »Was mit der Flut gekommen ist, geht mit der Ebbe wieder dahin«; so dass er sich denn bald genötigt sah, eine neue Unternehmung anzufangen. Ward ihm auch nicht mühsam, seine Leute dazu zu bestimmen, denn die letzte Fahrt hatte sie dermaßen gelockt, dass es sie gar nicht schwer ankam, eine neue auf sich zu nehmen. Zudem war das Vertrauen, das sie auf l'Olonnais setzten, so groß, dass sie ihm, ob er sie gleich in die größten Gefahren der Welt hinein geführt hätte, dennoch nachgefolgt wären. Endlich beschloss l'Olonnais mitsamt seinen Mithauptleuten, einen Raubzug nach den Gewässern von Nicaragua anzutreten, um dort die sämtlichen Städte und Dörfer zu plündern.

Ich will aber, meinen Lesern wohl zu dienen, hier eine Beschreibung des Nicaragua-Sees geben, damit meine Erzählung desto besser verstanden werde; allein dies wird sich doch noch besser für den dritten Teil schicken, wo ich gelegentlich der Einnahme von Panama eine Beschreibung von Costa Rica nebst verschiedenen Landkarten darbieten möchte.

Nachdem solchergestalt also l'Olonnais den bestimmten Entschluss gefasst hatten, den Nicaraguazug zu tun, zog er etwa siebenhundert Mann zusammen und ließ das Verladeschiff, das er in Maracaibo gekapert hatte, fertig machen. Auf dieses kamen dreihundert Mann; die übrigen begaben sich auf kleine Schiffe, fünf an der Zahl, so dass es im Ganzen eine Flotte von sechs Schiffen ausmachte. Ihr Versammlungsort war der Ort Bayaha auf der Insel Española, wo sie den Fleischvorrat für die Fahrt einsalzten und an Bord nahmen.

Nachdem sie ihren Akkord gemacht, und die Schiffe fahrtbereit dalagen, gingen sie unter Segel und nahmen Kurs nach einer Ortschaft namens Matamano, am Südende der Insel Cuba: Ihre Absicht war, dort alle Kanus zu rauben, die sie finden könnten; es wohnen dort nämlich viele Schildkrötenfischer, die Schildkröten fangen und einsalzen, um sie nach Havanna zu bringen. Die Räuber aber hatten Kanus nötig, um ihr Schiffsvolk auf den Strom zu verbringen, weil ihre Schiffe zu starken Tiefgang hatten, um durch die Untiefen hindurch zu kommen. Endlich – nachdem sie diese armen Leute ihrer nötigsten Geräte beraubt und noch einen Teil von ihnen selbst mitgeschleppt hatten, stachen sie in See und nahmen Kurs nach Cabo Gracias a Dios, das auf fünfzehn Grad nördlicher Breite an der Festlandküste liegt, etwa hundert Meilen südlich von der Insel de los Pinos.

Allein sie wurden von Windstille überkommen, und die Strömung trieb sie nach dem Golf von Honduras. Sie taten wohl ihr Bestes, um wieder hinauf zu gelangen; jedoch hatten sie Wind und Strömung wider sich, auch konnten die anderen Schiffe dem des l'Olonnais nicht nachkommen. Das Ärgste von allem aber war, dass ihnen die Lebensmittel auszugehen anfingen, so dass sie gezwungen waren, Örter zu suchen, wo sie neuerlich Proviant finden konnten. Zuletzt nötigte sie der Hunger, Land zu kiesen, und mit ihren Kanus den ersten besten Flusslauf aufwärts zu fahren, um nach Nahrung zu suchen.

Sie kamen mit einigen Kanus in den Xaguastrom, an dessen Ufern Indianer wohnen, plünderten dort alle Indianerbehausungen, die sie fanden, und brachten zu ihren Schiffen hernieder etlichen spanischen Weizen, den sie Mais nennen, auch Schweine, Hühner, Truthühner – alles, was sie eben erwischen konnten. Allein dies alles war noch nicht genug, damit an den Platz zu kommen, wo sie hin wollten; hielten darum nochmals miteinander Rat und beschlossen, einstweilen die ungünstige Witterung vorübergehen zu lassen: Währenddessen wollten sie alle Städte und Dörfer am ganzen Golfe ausplündern. Sie segelten also der Küste entlang und suchten für diesmal nichts anderes als Nahrung; und überall wo sie hin kamen, räumten sie so gründlich auf, dass sie die Einwohner selbst in Hungersnot brachten; denn sie aßen alles auf, dessen sie habhaft werden konnten; ja, selbst die Affen auf den Bäumen schossen sie, so sie an Land kamen, tot, um sie zu verzehren. Sodann kamen sie nach Puerto Cavallo, wo es etliche spanische Lagerhäuser gibt, in welche man die Güter vom Binnenlande her so lange verbringt, bis sie von den Schiffen abgeholt werden.

Dort fanden sie einen spanischen Kauffahrer, der war ausgerüstet mit zwanzig Stücken und sechzehn Bassen[8]; nachdem sie diese weggenommen, gingen sie an Land, plünderten alles, was sie fanden, und verbrannten die Lagerhäuser mitsamt den Häuten, die darin waren; auch machten sie eine Anzahl Gefangene, die sie sehr übel traktierten, so dass diese armen Leute alle Tage gepeinigt wurden mit allen Marterarten, die man ausdenken kann. Wenn l'Olonnais jemanden auf die Folterbank hatte spannen lassen, und der nicht sogleich auf seine Frage antwortete, so hieb er ihn mit seinem Seitengewehr in Stücke und leckte dann mit der Zunge das Blut vom Degen ab, indem er den Wunsch aussprach, er möchte solchermaßen den letzten Spanier totgeschlagen haben; und wenn einer von den armen Spaniern in seiner Herzensangst oder unter der Wirkung der schweren Foltern, die er über sie verhängte, sich erbot, sie zu anderen Landsleuten hinzuführen, dann aber in seiner Verstörtheit den Weg nicht recht finden konnte, so taten sie dem tausenderlei Martern an und schlugen ihn zu guter Letzt noch tot.

Nachdem sie die meisten ihrer Gefangenen durch die aller furchtbarste Quälerei und Marter ums Leben gebracht hatten, fanden sie schließlich doch noch zwei, die sie nach einer etwa zwölf Meilen von Puerto Cavallo gelegenen spanischen Stadt Namens San Pedro führen sollten. l'Olonnais machten sich in

_____

8) *Bassen: Vermutlich kleine Kanonen*

eigener Person bereit, mit dreihundert Mann dorthin zu ziehen, und ließ als Obersten seiner zurückbleibenden Leute den Moses van Wijn zurück. Er selbst machte sich mit den beiden Führern auf den Weg, doch kaum war er drei Meilen marschiert, da stieß er auf einen Hinterhalt etlicher Spanier, die ihm wacker Widerstand leisteten; trotzdem nahm er binnen kurzem die Stellung ein und trieb die Spanier in die Flucht. Die sämtlichen Verwundeten, die die Spanier zurückließen, fragte er nach der Stärke der spanischen Macht aus; danach schlug er sie, auf dass sie ihn nicht verrieten, tot. Auch einige unverletzte Gefangene hatte er gemacht: Diese fragte er nach dem Wege und danach, ob noch andere Spanier in solchen gedeckten Stellungen lägen, was sie mit »Ja« beantworteten. Er nahm dann von diesen jeden einzeln auf die Seite und fragte sie, ob sich kein anderer Weg finden ließe, derlei Hinterhalte zu vermeiden.

Als sie hierauf verneinende Antwort gaben, brachte er sie vor die sämtlichen anderen Gefangenen und fragte sie nach dem Wege: Jedoch sie antworteten, dass sie keinen anderen Weg wüssten. l'Olonnais ward derentwegen von teuflischer Bosheit ergriffen, öffnete einen von den Gefangenen bei lebendigem Leibe, schnitt ihm das Herz heraus, biss hinein und schmiss es einem der anderen ins Gesicht mit den Worten: »So ihr mir keinen anderen Weg weiset, werde ich Euch dasselbe tun.« Diese armen Kerle in höchster Not versprachen, ihn einen anderen Weg zu führen – der wäre freilich schwer gangbar. Wie dem auch sein mochte: um ihm zu willfahren, brachten sie ihn auf einen anderen Weg; aber, da dieser sich als unbrauchbar erwies, sah er sich gezwungen, auf die große Straße zurückzugehen, wobei er voll Zorneswut sagte: »Mordieu les bougres d'Espagnols me le payeront.« Am nächsten Tag kam er wiederum an einen Hinterhalt, den er mit solcher Wucht angriff, dass die Spanier keine Stunde lang standhielten. Er befahl seinen Leuten, keinen Pardon zu geben: Je mehr sie am Wege totschlügen – sagte er –, desto geringeren Widerstand würden sie in der Stadt finden. Die Spanier aber gingen darauf aus, von diesen verdeckten Stellungen her den Räubern möglichst viel zu schaffen zu machen; deshalb retirierten sie von einer zur anderen.

Endlich kam l'Olonnais an die dritte solche Stellung und verschonte diese ebenso wenig wie die beiden anderen; sie war allerdings sehr viel stärker, aber durch den Wurf etlicher Handgranaten nötigte er die Spanier, die Flucht zu ergreifen und verfolgte sie dann so heftig, dass er die meisten tötete, bevor sie die Stadt erreichten. Dort war man des Kommens der Räuber gewärtig, und der Weg, darauf sie kommen mussten, war wohl versehen mit guten Barrikaden, auch war kein anderer zu finden, auf dem man etwa diesem ausweichen konnte: waren doch ringsum die ganze Stadt Bäume gepflanzt, die man ›Raqueltes‹ *[eine Kakteenart]* nennt; die sind dermaßen voll Dornen, dass es unmöglich ist, hindurch zu kommen. Solches ist viel ärger als die spanischen Reiter, die man in Europa einem anmarschierenden Heere in den Weg stellt.

Als die Spanier, die hinter den Barrikaden lagen, die Räuber zu Gesicht bekamen, begannen sie diese eifrig mit Kanonen zu beschießen. Aber die Piraten legten sich platt auf den Bauch nieder, und, nachdem einmal das grobe Geschütz abgefeuert war, machten sie einen Ansturm mit ihren Feuerrohren und Handgranaten, womit sie den Spaniern großen Schaden taten. Gleichwohl vermochten sie mit diesem Sturm noch nicht in die Stadt einzudringen, weshalb sie sich zum Rückzug genötigt sahen. Später rückten sie neuerdings heran, in geringer Zahl, und schossen nicht eher auf die Spanier, als sie sicher zu zielen imstande waren; so dass denn auf jeden Schuss ein Spanier getötet oder verwundet ward.

Endlich gegen den Abend mussten die Spanier den Widerstand aufgeben. Sie ließen eine weiße Fahne wehen, zum Zeichen, dass sie parlamentieren wollten, und übergaben dann die Stadt, mit der Bitte um Pardon und zwei Stunden Zeit, um sich mit etlichen Habseligkeiten an einen anderen Ort begeben zu können, was ihnen von l'Olonnais auch zugestanden ward. Hierauf kamen die Piraten in die Stadt und verhielten sich, ihrem Versprechen getreu, zwei Stunden lang ruhig; aber das konnte den Spaniern wenig fruchten, denn die Räuber waren ihnen dicht auf den Fersen und nahmen ihnen alle ihre mitgenommenen Habseligkeiten, und dazu wurden sie selbst auch noch gefangen genommen.

Übrigens war das meiste von ihrem Hab und Gut vorher fortgeschafft worden, so dass man in der Stadt nichts weiter fand als etliche Ledersäcke voll Indigo. Nach einigen dort verbrachten Rasttagen, an denen sie ihre gewohnten Grausamkeiten verübten, verbrannten sie die Stadt und zogen mit der gemachten Beute ab. Als sie wieder an die Meeresküste zurückkamen, hatten indessen ihre bei den Schiffen zurückgebliebenen Gefährten der Küste entlang Streifereien unternommen und dort ein paar indianische Fischer eingefangen, die hatten ihnen gesagt, am Flusse Guatemala erwarte man ein Heckboot aus Spanien. Beschlossen also, sich nach den Inseln auf der anderen Seite des Golfes zu begeben, um dort ihre Schiffe herzurichten; zwei Kanus aber ließen sie vor der Mündung des Guatemalastromes, dem aus Spanien erwarteten Schiff aufzupassen. Nach den Inseln gingen sie übrigens hauptsächlich der Verproviantierung wegen – denn dort gibt es eine Menge Schildkröten, so wohl zur Speise taugen.

An Ort und Stelle angelangt, zerstreuten sie sich, ein jeder Haufen hatte seinen gewohnten Ort zum Fischen. Da war nun jedermann geschäftig, Netze für den Schildkrötenfang zu knüpfen. Die Netze machen sie aus einem Bast von Bäumen, die sie ›Makao‹ nennen: Hieraus machen sie auch allerhand Tauwerk für ihre Schiffe, so dass sie denn niemals verlegen sind – wissen sie sich doch immer auf die ein oder die andere Weise zu behelfen. Es gibt dort auch gewisse Inseln, wo sich eine Menge jenes Pechs findet, das zum Dichten der Schiffe geeignet ist; wenn sie also Teer brauchen, machen sie dieses Pech durch Haifischtran weich. Dieses Pech wird vom Meere angespült, bisweilen in so großen Mengen, dass es ganze Inselchen bildet; es ist nicht von der Art wie das hierzulande gebräuchliche Schiffspech, sondern es ist jener Meeresschaum, den die Naturforscher ›Bitumen‹ nennen: Meiner eigenen Ansicht nach kommt er von dem Wachs, das durch Stürme und Unwetter ins Meer geworfen und an jener Stelle an Land gespült wird. Es ist nämlich mit Sand vermischt und hat einen ähnlichen Geruch wie das aus dem Orient kommende dunkle Ambra[9].

In diesen Landschaften gibt es ja auch viele Bienen, die an den Waldbäumen ihren Honig machen, und so passiert es denn nicht selten, dass durch heftige Stürme das Wachs mitsamt dem an den Bäumen hängenden Honig dem Meere zugetrieben wird. Manche Naturforscher wollen wissen, dass durch die Wirkung des Salzwassers aus diesem Honig und Wachs eine Materie ausgeschieden wird, von der man sodann das dunkle Ambra gewinnt. Was recht wohl glaubhaft ist: Denn dieses Ambra ist, wenn man es findet, noch weich und riecht wie Wachs.

Die Piraten setzten also ihre Schiffe instand, so rasch sie nur konnten, und hielten sich bereit für den Fall, dass ihnen Nachricht von der Ankunft des Schiffes zukäme. Einstweilen fuhren sie auf ihren Kanus die Küste von Yucatan entlang, wo sich viele Indianer aufhielten, um auf das Ambre de gris zu passen, das an die längs der festländischen Küste gelegenen Inseln angetrieben wird. Da uns nun einmal die Räuber in diese Landschaften geführt haben, will ich einiges über diese Indianer aufzeichnen, da an ihrer Religion und ihrer Lebensweise so manches Bemerkenswerte ist. Diese Indianer stehen schon mehr als hundert Jahre unter spanischer Herrschaft; so oft die Spanier sie brauchten, führten sie sie hinweg und traktierten sie sehr übel. Alljährlich pflegten sie einen Priester dorthin zu entsenden, der angeblich ein Werk der Bekehrung an jenen tun sollte. Aber dies gedieh mehr zu Gottlosigkeit als zu Gottes Ehr' und Dienst; denn sie kommen zu keinem anderen Zweck hin, als um diese armen, einfältigen Leute all' ihrer Habe zu berauben.

Denn, sobald der Priester zu ihnen kommt, muss der Oberste der Eingeborenen, den sie den ›Kaziken‹ nennen, ihm seine Tochter oder eine andere nach seinem Sinn geben: Die muss ihm dann zu willen sein, solange er da ist. Überdies müssen ihm die

---

9) *Ambra/Amber ist eine graue, wachsartige Substanz aus dem Verdauungstrakt von Pottwalen. Sie wurde früher bei der Parfümherstellung verwendet und extrem teuer gehandelt.*

Indianer tagtäglich so viele Hühner, so viele Eier und so viel Baumwolle, kurz so viel von allem, was sie haben, geben, als der Priester ihnen anbefiehlt; und wenn man sie über ihrem eigenen Gottesdienst antrifft, so werden sie von dem Priester und dessen Gesellen gefangen gesetzt und bestraft. Sobald aber der spanische Priester sieht, dass sie nichts mehr aufzubringen vermögen, zieht er ab, und, wenn er fort ist, begehen die Indianer ihren Gottesdienst wiederum auf ihre eigene Weise.

Jeder unter ihnen hat seinen besonderen Götzen, dem er nach Belieben Dienst und Anbetung zollt. Wenn bei ihnen ein Kind geboren wird, so bringt man es schleunigst in ihren Tempel, wo sie täglich ihren Göttern Opfer darbringen. Dort wird Asche (durchgesiebt, damit kein Schmutz darein vermischt sei), kranzförmig ausgestreut und das Kind in die Mitte solchen Aschenkranzes gelegt. Es muss dann die ganze Nacht daselbst bleiben und der Tempel ist ringsum offen, so dass alle Tiere nach Gefallen hereinkommen können. Am nächsten kommen die Verwandten, um nach dem Kind zu sehen und festzustellen, ob auch etliche Tiere des Nachts da gewesen sind: War dies nicht der Fall, so lassen sie es noch weiter liegen, so lange, bis sie bemerken, dass Tiere bei dem Kinde gewesen sind. Das sehen sie an den Fußstapfen: Und nun halten sie das Tier, das dort war – mag es eine Katze, ein Hund, ein Pferd oder auch ein Löwe sein, welcher Art Tier es auch immer sein mag – für den Schutzpatron des Kindes, der es behüten und ihm in allen Widrigkeiten zu Hilfe kommen muss; ihm zu Ehren zünden sie dann ein stark riechendes Harz an, das sie Copal[10] nennen und das bei uns Gomma Caragna genannt wird. Wenn das Kind zu Jahren gekommen ist, teilen ihm die Eltern mit, wen es anbeten müsse, worauf es sich in den Tempel begibt und demjenigen Tiere opfert, das ihm seine Eltern genannt haben. Wenn ihnen irgendein Leid widerfahren ist, oder einer von anderen bestohlen worden ist, geht der Geschädigte gleicherweise hin und bringt seinem

---

10) Kopal/Copal: Sammelbegriff für verschiedene, oft fossile Harze. Den Stoff verwendeten die Indios zu kultischen Räucherungen und Reinigungen.

Schutzpatron Opfer, klagt ihm auch das Leid, das ihm geschehen, und bittet, dass solche Unbill gerächt werde. In der Tat kommt es des öfteren vor, dass zwei oder drei Tage nachher demjenigen, der die Unbill getan, von dem angebeteten Tier, der Hals gebrochen oder ein Biss oder Schlag zugefügt wird. Woraus man erkennen mag, wie diese unwissenden Menschen vom Teufel verführt und geplagt werden.

Ein Spanier hat mir hierüber eine kleine Geschichte erzählt, die hier an der rechten Stelle stehen wird: Dieser Mann war gekommen, etwelchen Handel mit den Indianern zu treiben, und, dieweil er einige Zeit dableiben musste, die Spanier aber so geartet sind, dass sie ohne Frauen nicht leben können, hatte er ein indianisch Weib zur Bedienung aufgenommen, die er aber recht eigentlich zu seiner Lust (wenn man solches Lust nennen mag) hielt. Es begegnete nun einmal, dass dieses Indianerweib in die Plantage gegangen war, um einiges Obst von dort zu holen, wobei sie so lange ausblieb, dass der Spanier ihr nachging, um zu sehen, wo sie denn bliebe.

Als er zu der Plantage kam, sah er die Indianerin mit einem löwenähnlichen Tiere, das sein Gelüste an ihr stillte. Hierüber entsetzte sich der Spanier dermaßen, dass er sogleich wieder nach Hause lief. Als dann das Indianerweib nach Hause gekommen war, fragte er sie, was sie mit dem Löwen, den er bei ihr gesehen, getan habe. Anfangs schien sie sich zu schämen und wollte die Sache ableugnen, aber schließlich gestand sie es zu, wobei sie sagte, der Löwe sei ihr Schutzpatron gewesen. Der Spanier jagte sie dann fort und wollte seitdem nicht mehr mit ihr zu tun haben.

Diese Indianer wohnen auf allen im Golfe von Honduras gelegenen Inseln, wie auch an der Festlandküste von Yucatan, wo sie an verschiedenen schönen Orten ihre Wohnplätze haben. Sie halten untereinander nicht zusammen, so dass sie genötigt sind, ihre Felder tief im Waldesinneren anzulegen, ohne Kenntnis ihrer Mitgesellen. Sie haben auch bestimmte Heiratsgebräuche. Wenn nämlich jemand unter ihnen ein Mädchen zur Ehe begehrt, so hält er zunächst um sie bei ihrem Vater an. Er wird dann von dem

Vater ausgefragt: Ob er noch keine andere Frau zur Ehe genommen, ob er ein großes Feld habe, sich wohl auf die Fischerei verstünde, und viel dergleichen mehr. Wenn er dann alles nach dem Sinne des Vaters beantwortet hat, überreicht ihm dieser einen Pfeil samt Bogen. Nun geht er so gleich zu der Tochter und gibt dieser einen aus Blättern geflochtenen Kranz mit einigen Blumen darin; den muss sie aufsetzen und den anderen, den sie vorher getragen, wegwerfen (es ist nämlich Brauch der Mädchen, die noch Jungfrauen sind, einen geflochtenen Kranz auf dem Kopfe zu tragen). Worauf alle beide ihren Schutzpatronen Opfer darbringen und diese fragen, ob die Sache ihren weiteren Lauf nehmen solle.

Sodann wird in des Mädchens Vaterhause eine Art Maistrank bereitet, und alle Verwandten versammeln sich dort; der Vater übergibt die Tochter dem, welcher um sie angehalten, und, nachdem die Eheschließung vor sich gegangen, führt der Bräutigam die Braut fort. Tags darauf kommt die Tochter zu ihrer Mutter, nimmt das Kränzlein vom Haupt und zerreißt es unter großem Geschrei vor der Mutter Augen in Stücken; und ihr Mann kommt mit seinen Waffen, wobei er dem Vater viele Freundlichkeit bezeigt. Es ist eben Sitte bei ihnen, dass ein Mädchen, sobald es vom Manne berührt worden ist, den Kranz zu Füßen ihrer Mutter zerreißt und dabei ein lautes Geschrei anhebt. Das ist es, was ich von der Lebensweise dieser Wilden dem günstigen Leser zu vermelden habe. Nun wollen wir wieder unsere Erzählung fortsetzen und zu den Piraten übergehen.

Die Räuber hatten auf der Insel Sambale, die etwa fünf Meilen von der Küste Yucatans abliegt, einige Indianerkanus weggenommen. An dieser Insel wird Ambra de gris angespült, sobald ein Sturm aus Osten weht; die Strömungen bringen allerhand Dinge dahin; man hat auch Stücke von Kanus gefunden, die von den (an die fünfhundert Meilen entfernten) Karibeninseln durch die Strömung herüber getrieben worden waren. Zwischen dieser Insel und der Festlandküste ist das Meer ganz seicht, so dass größere Fahrzeuge nicht durchkommen. Auf dieser Insel gibt es viel Campecheholz – wie übrigens auch an der festländischen Küste – sowie mancherlei anderes Farbholz: Diese Hölzer würden uns hierzulande höchst zustatten kommen können, wenn man nur die nötigen Kenntnisse darüber hätte; die Indianer wissen daraus ihresteils nämlich sehr schöne Farben zu bereiten, die nicht gleich den unsrigen abbleichen.

Nachdem die Räuber dort etwa drei Monate lang zugewartet hatten, bekamen sie Nachricht von dem spanischen Schiffe, auf das sie passten. Machten sich denn schleunig segelfertig und begaben sich dahin, wo das Schiff vor Anker lag und mit Löschen seiner Ladung beschäftigt war. Sie machten sich zum Entern bereit und sandten zugleich einige kleinere Fahrzeuge an die Flussmündung, eine Barke abzuwarten, die sehr köstliche Waren stromabwärts brachte, als Cochenille, Indigo und Silber.

Das große Schiff war wohl versehen mit allem, was zu einer Verteidigung not tut: War es doch darauf aufmerksam gemacht worden, dass die Piraten an der Küste lägen, weshalb es denn ausgerüstet war mit einundvierzig Stücken und anderer Munition im entsprechenden Verhältnis, überdies hatte es hundertdreißig Mann Besatzung. l'Olonnais versuchte den Spanier mit seinem Schiffe, auf dem er achtundzwanzig Kanonen hatte, zu entern, ward aber von dessen Besatzung dermaßen empfangen, dass er und noch ein anderes Schiff, das mit ihm war, sich zurückziehen musste. Während die Piraten mit den Spaniern in Aktion waren, kamen aber vier Kanus mit Kriegsvolk mitten im dichten Rauche heran, enterten den Spanier und zwangen ihn zur Übergabe. Allein die Beute war nicht so groß, als sie vermeinten; denn das Schiff war auf das schleunigste ausgeladen worden, da ja die Spanier gewarnt worden waren. Sie fanden also nur noch fünfzig Lasten Eisen, fünfzig Lasten Papier und eine gute Anzahl von Krügen mit Wein, auch noch einige andere Ballen von geringem Nutzen.

Nach Eroberung des Schiffes hielt l'Olonnais Rat mit seiner ganzen Flotte, in der Absicht, nach Guatemala zu fahren. Etliche stimmten ihm hierin bei, andere wieder nicht. Da waren ihrer viele, die noch nie bei den Räubern gewesen, und vermeinten, wenn sie nur denen zögen, könnten sie die Stücke von Achten von den Bäumen schütteln: Wie sie sich nun darin betrogen sahen, wollten sie allesamt wieder nach Hause zurück. Die anderen jedoch, die dieses Leben schon gewohnt waren, sagten, lieber wollten sie Hungers sterben, als ohne Geld wieder nach Hause kommen.

Da die meisten von ihnen sahen, dass der Zug nach Nicaragua nicht glücken wolle, auch der größte Teil der Mannschaft also den Mut aufgab, beschlossen diese, sich von l'Olonnais zu trennen. Zunächst wandte sich ein gewisser Moses Vanklijn, der das bei Puerto Cavallo eroberte Schiff hatte, von ihnen und nahm Kurs gegen Tortuga, in diesen Gewässern zu kreuzen. Ein anderer namens Pierre le Picart beschloss, als er sah, dass der andere auf und davon war, desgleichen zu tun. Dieser fuhr der Festlandküste entlang und kam nach Costa Rica, wo er am Fuße Veraguas landete; marschierte sodann mit seinem Volk nach dem Städtlein Veraguas und plünderte dieses, ungeachtet des bewaffneten Widerstands, den sie dort von Seiten der Spanier fanden. Sie brachten einen Teil der Bürger gefangen auf ihr Schiff, doch war die Beute, die sie dort machten, unbeträchtlich, weil der Ort nur von armen Leuten bewohnt ist, so in den Bergwerken arbeiten.

Es gibt dort zwar etliche Goldminen, aber diese werden bloß von den Sklaven aufgeschlossen, als welche die Erde aus den Bergen heraus graben und am Flusse auswaschen: Finden dabei meist kleine Goldkörnlein, so große wie Erbsen, manche wohl größer, andere wieder kleiner, so dass denn auch die Räuber nicht mehr vorfanden als etwa sieben bis acht Pfund Goldes. Ihre Meinung war wohl gewesen, sich höher hinauf zu begeben nach einer an der Südsee (Stiller Ozean) gelegenen Stadt namens Nata, diese zu plündern – es wohnen dort nämlich die meisten Kaufleute, die in Veraguas ihre Sklaven haben. Allein sie konnten nicht zu ihrem Ziel gelangen wegen der großen Menge Spanier, die auf sie passten.

l'Olonnais war im Golfe von Honduras allein zurückgeblieben mit dem Heckboot, das er mit seinen Gesellen den Spaniern abgenommen, und auf welchem er dreihundert Mann hatte. Er wäre wohl den anderen nachgefolgt, aber weil sein Schiff schwer war, konnte er nicht also gegen die Strömung lavieren, wie die anderen leichteren Schiffe taten; dazu gebrach es ihm an Proviant, so dass er Mundvorrat zu suchen, sich nahe am Lande halten musste; sie schossen sich denn Affen und andere Tiere, deren sie habhaft werden konnten, zur Nahrung. Endlich kam *l'Olonnais* nach vielem Umherschweifen über Cabo Gracias a Dios zu gewissen kleinen Inseln namens Islas de las Pertas, worunter sich zwei ziemlich große befinden, so die Piraten Carne-Land nennen. In der Gegend dieser Inseln lief des l'Olonnais Schiff auf eine Sandbank auf, da sein Tiefgang bedeutender war als er selbst gedacht hatte. Sie gingen mit allen Mann sofort an Land, die Geschütze wurden heruntergeholt und auch alles Eisen, das darin war, ausgeladen; half aber alles nichts – das Schiff blieb stecken. Beschlossen des ungeachtet, aus der Not eine Tugend zu machen, das Schiff zu zerschlagen, so gut als es gehen wollte, um dann von dem also gewonnenen Holz und Eisen eine lange Barke zu bauen. Indes nun unsere Piraten an ihrer Arbeit sind, will ich von diesen Inseln und deren Bewohnern eine kurze Beschreibung geben.

Diese beiden Inseln sind von Leuten bewohnt, die man mit gutem Recht Wilde nennen mag, dieweil noch kein Christenmensch mit ihnen gesprochen oder ihre Wohnungen gefunden hat. So mancher schon war sechs oder sieben Monate auf diesen Inseln und hat dennoch ihre Behausungen nicht entdecken können. Diese Indianer sind von starkem Körperbau, dazu sehr gewandt im Laufen und Tauchen. Sie haben einmal den Anker eines Raubschiffes, der gut sechshundert Pfund wog, vom Meeresgrund heraufgeholt und sein Kabeltau an einer Klippe befestigt. Ihre Waffen sind lauter Holz, ohne alles; zuweilen haben sie am Ende der Waffe einen Haifischzahn. Sie schießen nicht nach Art anderer Indianer mit Bogen, sondern mit einer Art Wurfspeeren, die etwa anderthalb Faden lang sind. In den

Wäldern ihrer Insel haben sie verschiedene Anpflanzungen, von denen sie die Früchte genießen, wie Pataten, Bananen, Bacoven *[Kochbananen]*, Ananas und andere mehr, nach des Landes Art, doch sind bei diesen Pflanzungen keine Häuser. Man sagt, es seien Menschenfresser.

Während l'Olonnais sich dort aufhielt, ging einer seiner Leute in Begleitung eines Spaniers in das Gehölz, ohne anderes Geleit und bloß mit einem einzigen Feuerrohr bewaffnet. Als sie eine bis anderthalb Meilen tief im Walde waren, wurden sie von einem Trupp Indianer überfallen; der Franzose gab einen Schuss ab und hub an sich auf die Beine zu machen, aber der Spanier blieb zurück, weil er nicht so gut laufen konnte. Jener gelangte bald darauf an den Strand, hatte jedoch seinen Gesellen verloren, der auch nicht wieder kam. Einige Zeit hernach gingen ihrer zehn bis zwölf in den Busch, alle wohl bewaffnet; jener Franzose war unter ihnen, und aus Neugier führte er sie in die Gegend, wo er die Indianer gesehen.

Sie kamen schließlich an eine Stelle, wo die Indianer Feuer angemacht hatten, und fanden dort die Gebeine des vermissten Spaniers nebst einer gebratenen, halb aufgefressenen Hand. An dieser Hand erkannten sie, dass es die seine war, denn er hatte nur drei Finger gehabt. Nun sie einmal da waren, machten sie eine Jagd auf die Indianer, und haben von ihnen auch vier Weiber und fünf Männer gefangen. Die brachten sie an den Strand und riefen die Indianer, die sie im Lager hatten, herbei, vermeinten durch diese mit ihnen reden zu können (denn die hatten da herum gewohnt), allein sie verstanden einander nicht.

Die Räuber wiesen ihnen Korallen, Messer und Beile, die sie annahmen, begegneten ihnen überaus freundlich, boten ihnen auch Speis und Trank; sie wollten aber weder essen noch trinken, noch hat jemand bemerkt, dass sie während ihrer Gefangenschaft jemals untereinander geredet hätten. Als die Räuber sahen, dass die Indianer in so großer Angst vor ihnen waren, ließen sie sie laufen, gaben ihnen auch allerlei Krimskrams mit, um sie anzulocken, und bedeuteten ihnen, wiederzukommen. Sie kamen aber nicht wieder. Noch haben die Räuber sie seither auf der Insel wahrgenommen, wiewohl sie niemals irgendein Fahrzeug bei ihnen vorgefunden, mit dem sie hätten übersetzen können: mussten also mutmaßen, dass jene bei Nacht auf die kleinen Eilande hinübergeschwommen seien.

Indessen waren l'Olonnais und die Seinen eifrig dabei, das große Schiff auseinanderzunehmen; aber da sie sahen, es würde längere Zeit dauern, bis sie allesamt fortkommen könnten, begannen sie zu arbeiten und Pflanzungen anzulegen, auf welchen sie einige Früchte zu ihrem Lebensunterhalt anbauen wollten. Die erste der ausgesäten Arten war eine Gattung Bohnen; welche die Spanier ›Friholes‹ (frijoles), die Italiener ›Facioli‹ (fagioli) nennen; nach sechs Wochen hatten sie auch eine große Menge spanischen Weizens wie auch Bananen und Bacoven, so dass sie nicht mehr fürchten mussten, Hungers zu sterben. Nachdem sie dort fünf bis sechs Monate verweilt und aus den Trümmern des großes Schiffs eine lange Barke gebaut hatten, beschlossen sie unter sich, eine Partie nach dem Nicaraguaflusse auszusenden, um dort Kanus zu nehmen und auf dieser dann die zurückgelassene Mannschaft abzuholen – und damit keine Uneinigkeit entstünde, würfelten sie es aus, wer in die Barke und die etlichen Kanus, die sie noch hatten, kommen sollte. Die Hälfte der Leute begab sich dann in die Fahrzeuge, die andere verblieb auf der Insel.

Nach einer Segelfahrt von etlichen Tagen gelangte l'Olonnais an die Mündung des Nicaraguastromes, und dort kam ihm das Unglück, das ihn seit langem verfolgt, nun dicht auf die Fersen: Er wurde nämlich sowohl von den Indianern als von den Spaniern ausgespäht; ein großer Teil seiner Leute ward totgeschlagen, indes er selbst mit dem Rest zu flüchten genötigt war. Dennoch konnte sich l'Olonnais nicht entschließen, zu seinen Gesellen ohne Schiff zurückzukommen; hielt drum Rat mit dem Volk, das er noch hatte: Sie wollten auf der Barke, die ihnen geblieben war, nach der Küste von Cartagena fahren und zusehen, ob sie dort kein Schiff bekommen könnten. Allein es schien, dass Gott die Ruchlosigkeiten dieses Menschen nicht mehr weiter dulden, sondern ihn durch einen grausamen Tod strafen wollte für alle die Grausamkeiten, die er an so vielen unschuldigen Menschen verübt hatte. Als sie nämlich nach dem Golf von Darien kamen, fiel er mit seinen Leuten in die Hände der Wilden, welche die Spanier ›Indios bravos‹ nennen.

Die haben ihn denn in Stücke gehauen und gebraten, nach dem Berichte eines seiner Gesellen, der dasselbe Schicksal erlitten haben würde, hätte er sein Leben nicht durch die Flucht salviert. Dies war das Ende eines Menschen, der so viel unschuldiges Blut vergossen und so viele Gräueltaten begangen hat.

Als die auf der Insel Zurückgebliebenen keine Nachricht von l'Olonnais bekamen, gingen sie an Bord eines von Jamaika kommenden Piraten, der vor hatte, an Cabo Gracias a Dios zu landen und von dort auf Kanus flussaufwärts zu rudern, um die Stadt Cartagena zu erobern. Diese beiden Räuberbanden waren froh, einander angetroffen zu haben: Die einen, weil sie solchermaßen von dem Elende erlöst wurden, in dem sie seit nahezu zehn Monaten gelebt hatten; die anderen, weil sie ihr Vorhaben nun mit so stark vergrößerter Macht angehen konnten. Als sie nun endlich bei Cabo Gracias a Dios angelangt waren, wurde die Mannschaft in Kanus verschifft, um stromaufwärts zu fahren; sie waren mitsamt den Räubern, die sie von der Insel abgeholt hatten, etwa fünfhundert Mann stark; ihre Schiffe ließen sie, mit je fünf bis sechs Mann an Bord eines jeden, an der Flussmündung zurück. Diese Piraten hatten gar keine Lebensmittel mitgenommen, weil sie vermeinten, unterwegs genug davon zu finden. Allein in dieser Annahme sahen sie sich betrogen: Denn die Indianer, die ihre Felder am Flussufer haben, waren geflüchtet, und hatten ihnen nichts zurückgelassen (das wenige, das sie hatten, nahmen sie mit, um in den Wäldern verborgen, davon zu leben).

So begannen die Räuber schon bald nachdem sie die Meeresküste verlassen, großen Hunger zu leiden; allein die Hoffnung auf gute Beute beschwichtigte sie einigermaßen, so dass sie sich mit etlichen Früchten, die sie am Flussufer fanden, behalfen. Aber nachdem die Reise vierzehn Tage gewährt hatte, fingen sie an, matt zu werden, da es ihnen an den allernötigsten Lebensmitteln gebrach: So dass sie denn übereinkamen, den Fluss zu verlassen und, durch die Wälder ziehend, den Versuch zu machen, ob sie nicht ein Dorf oder eine Stadt finden möchten, wo sie einige Nahrung bekämen. Allein nachdem sie einige Tage im Busch umhergeirrt waren, sahen sie sich gezwungen, unverrichteter Dinge wieder zurückzukehren; und wieder an den Fluss gelangt, beschlossen sie, nach der Meeresküste zu ziehen – waren doch viele von ihnen Hungers gestorben, und sie aßen alles, was sie finden konnten, selbst die Schuhe von ihren Füßen und die Scheiden von ihren Messern; ja, sie gerieten in solche Not, dass sie sich vornahmen, sofern sie Indianer anträfen, diese aufzufressen. Jedoch als sie zu den Indianern an die Meeresküste kamen, fanden Sie Nahrung, ihren Hunger zu stillen. Und damit sind und die Tagen und Grausamkeiten von Franciscus l'Olonnais und seinem Anhang zu Ende. Jetzt wollen wir die wichtigsten Raubzüge des John Morgan beschreiben, eines Engländers, der nicht mindere Grausamkeiten gegen die Spanier verübt hat als l'Olonnais, jedoch mit mehr Glück.

Viertes Kapitel – Der Engländer John Morgan

Der Engländer John Morgan; seine Herkunft, seine ersten Räubereien und sein Aufstieg.

JOHN (richtig: HENRY) MORGAN war ein geborener Engländer aus der Provinz Wales, genannt Welsch-England; sein Vater war ein Bauer, jedoch wohlbemittelt. Da dieser Morgan zur Bauernarbeit keine Neigung hatte, begab er sich auf See, kam auch in einen Hafen, von wo Schiffe nach Barbados gingen. Verdingte sich zur Mitfahrt und ward, an Ort und Stelle angelangt, nach englischer Weise in Sklaverei verkauft. Nachdem er seine Zeit abgedient, kam er auf die Insel Jamaika, wo gerade einige Piratenschiffe bereit waren, in See zu stechen. Er schiffte sich mit den Räubern ein und lernte binnen kurzem die Art ihres Lebens, so dass er nach drei oder vier mit ihnen getanen Zügen samt seinen Gesellen einiges Geld gewonnen hatte, sowohl durch Würfelspiel als durch den Ertrag der Räubereien. So kauften sie zusammen ein Schiff; dessen Kapitän ward er und zog damit auf Raub nach der Festlandküste von Campeche, wo er mehrere Schiffe kaperte.

Zu jener Zeit lebte auf Jamaika ein alter Seeräuber, genannt der alte Mansfeld; der hatte vor, eine Flotte auszurüsten, um damit an der Festlandküste an Land zu gehen. Da besagter Räuber sah, dass Morgan ein junger Mann mit ordentlicher Courage im Leibe war, forderte er ihn auf, mitzukommen, und machte ihn zum Vizeadmiral seiner Flotte. So stach denn diese Räuberflotte in See: fünfzehn Fahrzeuge mit etwa fünfhundert Mann darauf, Walliser und Franzosen. Der erste Ort, wo Mansfeld landete, war die Insel S. Catalina: Diese liegt nahe der Costa Rica genannten Festlandküste, auf 12 ½ Grad nördlicher Breite, nördlich des etwa fünfunddreißig Meilen entfernten Flusses Chagre. Nachdem diese Räuber die auf der Insel liegende spanische Garnison gezwungen hatte, die sämtlichen Befestigungsanlagen zu übergeben, ließ er einen Teil von diesen schleifen, die anderen stärker ausbauen als sie vordem gewesen, und beließ dort hundert Mann nebst allen Sklaven, die die Spanier dort hatten. Sein Volk nahm er auf ein Inselchen herüber, das so nahe bei der größeren Insel liegt, dass man auf einer Brücke herübergehen kann, auch alles Geschütz, das auf der großen Insel war, brachte er dahin; die Häuser auf dem größeren Eilande ließ er sämtlich verbrennen und stach dann in See, alle Spanier mit sich führend, die auf der Insel gelebt hatten: Diese brachte er an die Festlandsküste in einen Ort namens Puerto Belo *[auch: Puerto Velo, Portobelo oder nach italienischer Schreibweise Portobello]*.

Nachdem die Räuber alle Gefangen an Land gesetzt hatten, segelten sie weiter längs der Küste von Costa Rica; kurz darnach landeten sie an dem Strom de Colle, in der Absicht, da alle Dörfer auszuplündern und bis zu der Stadt Nata vorzudringen. Allein der Gouverneur von Panama, der von der Ankunft der Räuber Kundschaft erhalten, zog ihnen mit einer beträchtlichen Macht entgegen, so dass Mansfeld mit seinem Volke zurückweichen musste. Als nun der Räuber sah, dass er längs der ganzen Küste entdeckt sei und dort nicht viel würde ausrichten können, beschloss er, nach S. Catalina zurückzukehren, um zu sehen, wie es mit seinem Volk, das er dort zurückgelassen, stünde. Er hatte dort als Statthalter einen Franzosen namens St. Simon hinterlassen, der brachte, indes Mansfeld fort war, alles so trefflich in Ordnung, dass die sämtlichen Befestigungen uneinnehmbar gemacht worden waren; das kleine Inselchen hatte er bepflanzen lassen, so dass sie dort so viel Lebensmittel zusammenbringen konnten, als ihnen not tat, bis aus Jamaika neue Zufuhr käme. Mansfeld hätte gar zu gerne diese Insel gehalten, weil sie als Aufenthaltsort für die Räuber große Eignung hat, sowohl wegen der Güte des Hafens als deshalb, weil sie nahe der spanischen Küste liegt und sich leicht verteidigen lässt.

Er beschloss darum, sich nach Jamaika zu begeben und der Insel einige Unterstützung zukommen zu lassen, damit sie sich unterdes gegen eine etwa vom Festlande herüberkommende

spanische Truppenmacht verteidigen könnte. In Jamaika angelangt, macht er dem dortigen Gouverneur Mitteilung von seiner
Absicht, die Insel S. Catalina zu halten. Aber dieser verweigerte
ihm seinen Beistand, da er einerseits befürchtete, in Ungnade
beim Könige zu fallen, sofern Klagen hierüber an den englischen
Hof gelangte, anderseits, es könnte dadurch Jamaika selbst
geschwächt und gemindert werden. Als dann Mansfeld sah, dass
von dieser Seite keine Aussicht war, die Insel zu halten, selbst aber
nicht die Mittel hatte, dies aus eigener Kraft zu vollbringen,
beschloss er, den Gouverneur von Tortuga aufzusuchen, um von
dem Beistand zu erbitten: Allein er konnte auch da nicht zu
seinem Vorhaben gelangen, weil ihn der Tod daran hinderte. St.
Simon, der als Statthalter auf der Insel geblieben war, begann nun
schon gar dringlich Nachricht von Mansfeld zu erwarten.
Mittlerweile hatte Don Juan Perez de Gusman, der damals gerade
neu als Gouverneur nach Costa Rica gekommen und ein sehr
bedachtsamer und geschickter Kriegsmann war, ersehen, wie viel
der Krone Spanien daran gelegen sein müsse, das Eiland S.
Catalina wieder zu nehmen, bevor die Piraten daselbst
Verstärkungen erhielten.

Er rüstete also eine beträchtliche Streitmacht aus und sandte die
dahin, um die Insel von den Räubern zurückzuerobern und eine
ausreichende Besatzung dort zurückzulassen. Don Juan schrieb
zugleich einen Brief an den Obersten der Piraten, worin er
diesem etliche Belohnung versprach, so er die Insel freiwillig
übergäbe. St. Simon, der keinerlei Gelegenheit sah, da irgend
etwas auszurichten, dieweil er keinen Sukkurs [Beistand, Unter-
stützung] bekam, übergab denn die Insel zu den ihm von den
Spaniern auferlegten Bedingungen. Einige Tage, nachdem das
Eiland den Spaniern übergeben worden, kam ein englisches Schiff
aus Jamaika, das der dortige Gouverneur insgeheim abgefertigt
hatte: Darin waren vierzehn Mann und etliche Frauen.

Die Spanier ließen die englische Flagge wehen und zwangen St.
Simon, an den Strand zu laufen und das Fahrzeug nach seiner
Weisung in den Hafen einlaufen zu lassen, was denn auch

geschah: Nun ward das Schifflein von jenen weggenommen, und alle seine Insassen wurden gefangen. Ob dieses großen Sieges über die englischen Piraten zündeten die Spanier ein Siegesfeuer an. Von der ganzen Sache hat ein spanischer Ingenieur einen Bericht gefertigt, der mir, wie er von ihm eigenhändig in spanischer Sprache aufgezeichnet gewesen, zuhanden gekommen ist. Welchen ich denn zur Genugtuung wissbegieriger Leser übersetzt habe. Er lautet folgendermaßen:

»Wahrhafte Relation von dem Siege, welchen die Waffen Seiner katholischen Majestät gegen die englischen Piraten erfochten durch Don Juan Perez de Gusman, Ritter des Ordens von Santiago, Gouverneur und Generalkapitän der Tierra firme und der Provinz Veraguas:

Das Gebiet der Tierra firme fand sich wohl versehen und tüchtig, den Seeräubern von Jamaika entgegenzutreten. Grund dazu gab die Nachricht von vierzehn Schiffen, die jene längs der Küste hatten, an allen Untertanen seiner katholischen Majestät Plünderung und Räuberei zu verüben. Am 14. Juni 1665 kam Meldung nach Panama: Die englischen Räuber wären nach Puerto de Naos gekommen, wo sie die Garnison von S. Catalina an Land gesetzt hätten, unter ihnen den Gouverneur Don Esteban de Campo, dem sie die Insel abgewonnen, nebst zweihundert Mann verschiedener Nation. Auf diese Nachricht erteilte der Herr Feldmarschall Don Juan Perez de Gusman, Gouverneur und Generalkapitän dieser Landschaft, Weisung, die Gefangenen in die Stadt Puerto Belo hinein zu holen, wo sie Sr. Edlen genauen Bericht darüber erstatteten, wie die Räuber am 27. Mai gegen Mitternacht, ohne von der Insel aus bemerkt zu werden, an Land gekommen; am nächsten Tage des Morgens gegen sechs Uhr hätten sie sich ohne jedes vorhergegangene Gefecht zu Herren der gesamten Befestigungen gemacht und die Besatzung gefangen genommen.

Für den 27. Juni hatte nun Sr. Edlen den Kriegsrat einberufen, in welchem er darauf hinwies, wie große Fortschritte die Piraten tagtäglich machten; auch würden sie noch die Herrschaft über ganz Westindien gewinnen, zu großem Schimpf und Schaden der spanischen Nation. Da sie nun gar die Insel S. Catalina in ihrer Gewalt hätten, würden sie noch mehreres unternehmen, wie sie das ja bereits bewiesen hätten durch Plünderung verschiedener Plätze an der Festlandküste. Es wäre also vonnöten, solange sie noch nicht gar zu stark wären, etliche Streitkräfte zur Wiedereinnahme dieses Eilandes auszusenden. Einige in dem Kriegsrat stimmten ihm nicht bei: Es sei – sagten sie – nicht der Mühe wert, und die Räuber würden dort ja ohnedies keine Lebensmittel finden, so dass sie von selbst würden abziehen müssen. Andere fanden hingegen, der Plan des Gouverneurs sein hochnötig für die Krone Spanien und den Ruf selbiger Nation. Sr. Edlen gab als tapferer und weiser Anführer sogleich Befehl, Lebensmittel für die Soldaten nach Puerto Belo zu senden; da er aber diese Sache niemandem anvertrauen mochte, begab er sich selber dahin, nicht achtend der Mühsal des Weges, sämtliche Ströme, die auf dem Wege lagen, durchschwimmend, nicht ohne große Gefahr seines Lebens, sondern selbiges als ein treuer Untertan für seinen König in die Schanze schlagend.

Am 7. Juli langte er an, und, da er im Hafen ein mit Kriegsmunition wohl versehenes Schiff der Compa ia de los Negros, genannt St. Vinzenz, vorfand, ließ er dieses voll laden und setzte darüber als Kommandanten den Hauptmann José Sanchez Ximenez, Major der Stadt Puerto Belo, der ein mutiger Soldat war. Zweihundertsiebenundzwanzig Mann gab er diesem mit: Siebenundvierzig von den auf selbigem Eilande gefangen Genommenen, die, um zu erweisen, dass sie tapfere Kriegsleute wären, wie die Löwen auszogen, ihre Ehre wieder zu erlangen; vierunddreißig von den an Ort und Stelle in Garnison liegenden Spaniern, neunundzwanzig Mischlinge oder Mulatos aus Panama, zwölf Indianer, gar geschickte Bogenschützen, sieben in ihrer Kunst sehr erfahrene Kanoniere, zwei Adjutanten, zwei Lotsen, einen Barbier und einen Mönch vom seraphischen Orden, ihnen die Beichte abzuhören. Erteilte darauf dem Oberkommandierenden Instruktion, wie sein Befehl durchzuführen sei, und dass er, sofern der Gouverneur von Cartagena ihm nicht, wie er es von ihm verlange, mit Kriegsvolk und Fahrzeugen beistünde, ihm eine Anforderung im Namen Seiner Majestät zugehen lassen solle, seine Schiffe mit so viel Volks, als für ihn vonnöten wäre, zu bemannen. Befahl ihm auch nochmals den Zug nach der Insel in die Wege zu leiten und deren Wiedereinnahme zu bewerkstelligen, wozu er ja eine ausreichende Anzahl tapferer Soldaten zur Verfügung hätte. Gab ihm schließlich noch Kreditbriefe an die reichsten Kaufleute von Cartagena und ließ das Schiff, mit noch weiterer Kriegsmunition ausgerüstet fahrtbereit stellen.

Darauf musterte er das Kriegsvolk und ließ es an Bord gehen. Am 14. Juli morgens ging Sr. Edlen selbst an Bord, um das Schiff aus dem Hafen zu geleiten; wie er sah, dass der Wind günstig war, versammelte er die Besatzung und fachte deren Mut an, indem er ihr vorstellte, es sei ihre Pflicht, den heiligen katholischen Glauben zu verteidigen und die Vermessenheit zu bestrafen, mit welcher die Ketzer Gotteshäuser geschändet hätten: Es sähe aus, als fürchteten jene die Waffen Sr. Majestät gar nicht, dieweil sie die Kühnheit besäßen, deren Lande wegzunehmen, was er aber, so lange er im Amte sei, nicht dulden würde. Auch würde er, wenn sie mit einem schönen Siege wiederkehrten, alle wohl belohnen, die ihre Pflicht und Schuldigkeit getan. Unter solchen Reden voll echter Lieb und Treue, so alle Herzen durchdrang, nahm er seinen Abschied und verließ das Schiff, das sogleich in See stach.

Sie kamen am 22. desselbigen Monats mit ihrem Schiff nach Cartagena, wo der Major befehlsgemäß dem Gouverneur seine Instruktion überantwortete. Dieser ersah die Kühnheit des Unternehmens und beschloss, ihm zu helfen mit einer Fregatte, einer Galiote und drei Barken samt einhundertsechsundzwanzig Mann, nämlich sechsundsechzig Spaniern aus der eigenen Garnison und sechzig Mischlingen oder Mulatos, als deren Hauptmann Don José Ramirez de Leyva, jedoch unter dem

Oberbefehl des Majors. Nachdem alle Vorsorgen getroffen waren, ging man denn von Cartagena am 2. August unter Segel.

Am 10. des Monats bekamen sie die Westspitze der Insel S. Catalina zu Gesicht und ankerten des widrigen Windes ungeachtet vor dem Hafen, nachdem sie an der Klippe Quita Signos durch einen Sturm eine Barke eingebüßt hatten. Als der Feind ihrer gewahr ward, schoss er drei scharfe Schüsse ab, die sogleich durch drei andere Schüsse beantwortet wurden. Der Major sandte dann einen Mann zu ihnen, mit dem bündigen Befehl, die Insel zu übergeben, weil sie dieselbe entgegen des zwischen beiden Kronen vereinbarten Friedensartikeln besetzt hätten; wären sie aber obstinat, so würde er sie alle über die Klinge springen lassen. Worauf sie antworteten, die Insel habe ehedem der Krone England unterstanden, und sie wollten lieber sterben, als sie wieder zurückzugeben.

Am Freitag dem 13. desselbigen Monats kamen drei Schwarz vom Feinde her an Bord des Admirals und brachten Nachricht, dass sich bloß zweiundsiebzig Mann auf der Insel befänden, die durch das Erscheinen einer so großen Macht höchst beängstigt wären. Auf diese Meldung hin gingen die Unseren, die nach einer glückhaften Viktorie *[Sieg, Erfolg]* begierig waren, wohl ausgerüstet vor Anker unter dem Feuer der Forts, von wo sie gar mächtig mit Kanonen bis in die dunkle Nacht hinein schossen. Am 17., dem Tage Mariä Himmelfahrt, machte sich die Mannschaft bei einigermaßen bedecktem Wetter bereit, an Land zu gehen, und der Sieg ward denn auf folgende Weise errungen:

Das Admiralsschiff San Vincente feuerte den ganzen Tag gegen die Batterie La Concepcion.

Das Vizeadmirals-Schiff San Pedrito und die Galiote gaben Feuer auf die Batterie S. Jago.

Die Schaluppen brachten die Besatzung bei der Batterie S. Jago an Land; sie marschierten von dort nach der Stellung La Cortadura. Der Adjutant Francisco Carceres begab sich mit seinen Leuten, fünfzehn an der Zahl, auf Auskundschaftung der feindlichen Stellung, kam auch bis an das Fort La Cortadura heran, erhielt aber Befehl, sich zu retirieren – denn der Feind hatte Orgeln von sechzig Registern, die er in einem Zuge abfeuerte.

Kapitän Don Juan Ramirez de Leyva attackierte mit sechzig Mann das Fort La Cortadura, das er auch nach hartem Kampfe eroberte.

Hauptmann Juan Galeno mit neunzig Mann – Mulatten und Indianern, auch den drei vom Feinde herübergekommenen Mohren – marschierten durchs Gebirge, um von dort das Kastell S. Teresa anzugreifen.

Major Don José Sanchez Ximenez als General und Gouverneur nahm mit dem Rest der Truppe seinen Ausgang vom Fort S. Jago, überquerte den Hafen auf vier Schaluppen *[kleines einmastiges Segelboot]* und ging unter starkem feindlichen Kanonen- und Musketenfeuer an Land. Um ebendiese Zeit begann Kapitän Juan Galeno das Kastell zu stürmen, so dass unsere Leute den Feind an drei Stellen gleichzeitig attackierten, und zwar mit solchem Mute, dass sechs von des Feindes Volk totgeschossen wurden. Als sie sahen, dass sie sich nicht mehr halten könnten, ergriffen sie die Flucht und schlossen sich in der Festung La Cortadura ein, von wo sie um Pardon baten; das Leben ward ihnen geschenkt, worauf sie sofort alle Festungswerke übergaben. Don José Ramirez marschierte sogleich über die Brücke, worauf sofort die ganze Insel übergeben war, und im Namen Seiner Majestät die Flagge gehisst wurde. Man richtete auch zur Stund ein Dankgebet an die göttliche Majestät, welche uns am Tage Mariä Himmelfahrt einen so großen und glänzenden Sieg gnädig hatte verleihen wollen.

Die Anzahl der englischen Toten betrug sechs; dazu etliche Blessierte und siebzig Gefangene; von den Unseren wurden einer getötet und vier verletzt.

Gefunden wurden auf der Insel zweitausendachthundert Pfund Schießpulver, zweihundertfünfzig Pfund Musketenkugeln, achthundert Pfund Lunten und noch weitere Kriegsmunition.

Tags darauf ließ der Major, wie das seine Pflicht war, zwei Spanier, die es mit den englischen Piraten gehalten und

Heeresdienste gegen ihren König angenommen hatten, erschießen. Am 10. September kam ein englisches Schifflein in Sicht. Der Gouverneur erteilte Monsieur Simon, einem gebürtigen Franzosen, Weisung, zu sagen, dass das Eiland noch englisch wäre, was er auch mit allem Fleiß tat. Worauf das Schifflein in den Hafen einlief mit vierzehn Mann an Bord und einer Frau samt Töchterlein. Diese sechzehn Personen wurden zu den anderen Gefangenen hinzugetan.

Die englischen Seeräuber wurden dann nach unseren Landen geführt, wo Sr. Edlen Befehl gab, dass ihrer drei nach Panama gebracht werden sollten, der Rest sollte in Puerto Belo verbleiben, um an dem Kastell S. Jeronimo zu arbeiten, dessen Plan Sr. Edlen ebenso fest als kunstreich entworfen hatte. Es ist auf künstlichem Untergrunde inmitten des Hafens in viereckiger Gestalt aus Kalk und Stein errichtet: Seine Höhe beläuft sich auf achtundachtzig geometrische Fuß; die Mauern sind vierzehn Fuß dick, jede Courtine hat fünfundsiebzig Fuß im Durchmesser so dass sich im Ganzen samt allen Magazinen und Werken dreihundert Fuß ergeben. Dieses Kastell hat Sr. Majestät gar nichts gekostet; Sr. Edlen selbst hat eine große Geldsumme dafür beigesteuert. Etc. etc.«

Ich habe diese Erzählung hier wörtlich wiedergegeben, damit der Leser sehen möge, was für ein groß Geschrei die Spanier von unbedeutenden Dingen machen, und was sie für Zurüstungen trafen, um siebzig Mann aus einer Gegend herauszubringen, die sie gar gern zu verlassen bereit waren: Denn ungeachtet der spanischen Macht – hätten die Räuber es ernstlich gewollt, so hätten sie die Spanier gar wohl vertreiben können.

Fünftes Kapitel – Morgans Raubzüge

Morgan will die Insel S. Catalina als Piratennest halten, allein es gelingt ihm nicht. Landung in Puerto del Principe und Einnahme dieser Stadt.

ALS DER AUF DER INSEL CUBA weilende Morgan ersah, dass sein Vorgänger und Admiral tot war, hatte er zunächst die Absicht, die Insel S. Catalina als Raubnest zu halten und wandte unablässig alle Mittel daran, solches zu erreichen – hat er doch mehrmals dort Zusammenkünfte mit seinen Mitgesellen verabredet. Er hatte verschiedenen Kaufleuten in Neuengland geschrieben, um etliche Lebensmittel dorthin spedieren zu lassen, und mit der Zeit hätte er die Insel so stark befestigt, dass es den Spaniern unmöglich gewesen wäre, ihn von dort zu verjagen.

Auch die Macht des Königs von England hätte ihm nicht viel Abbruch tun können. Aber durch den Verlust der Insel wurde all sein Vornehmen zunichte. Freilich ließ Morgan drum den Mut nicht sinken, sondern begann im Gegenteil, neue Pläne in Angriff zu nehmen. Er ließ ein Schiff zurüsten und beschloss, aus so viel Piraten als irgend möglich eine Flotte zu formieren, mit der er dann einen ansehnlichen spanischen Platz zu attackieren gedachte. Als Treffpunkt bestimmte er die südlichen Voreilande von Cuba: Dort wollte er seine Flotte zusammenbringen und mit den anderen beratschlagen, welchen Ort sie angreifen sollten. Um aber dem Leser mit dieser Erzählung völlige Befriedigung zu bereiten, will ich zunächst eine kurze Beschreibung der Insel Cuba vorausschicken.

Die Insel Cuba liegt auf zwanzig bis dreiundzwanzig Graden nördlicher Breite und erstreckt sich in der Richtung von Westen nach Osten; sie ist hundertsechzig deutsche Meilen lang und deren vierzig breit; ihre Fruchtbarkeit ist nicht geringer als die der Insel Española, von der wir im ersten Teil gehandelt haben; sie liefert eine große Menge Häute, die man in Europa Habana-Häute nennt; ringsherum liegt eine unendliche Schar von kleinen Inselchen, die man dort Cayos benennt – dort haben meistenteils die Räuber ihre Schlupfwinkel, von denen aus sie die Spanier beunruhigen. Die Insel hat auch mehrere frische Ströme und einige gute Häfen wie Santaigo, Bayame, Santa Maria, Espiritu Santo, Trinidad, Xagoa, Cabo de Corrientes u. a. m. an der Südküste; Habana, Puerto Mariano, Santa Cruz, Mata Ricos und Barracoa an der Nordküste. Die Insel hat zwei Hauptstädte. Die eine – an der Südostküste der Insel gelegen – ist Santiago.

Diese Stadt regiert die Hälfte des Eilandes; es residieren daselbst ein Gouverneur und ein Bischof; ihr unterstehen folgende Städte und Dörfer: an der Südküste Espiritu Santo, Puerto del Principe und Bayame, an der Nordküste Barracoa und Villa de los Cayos. Den meisten Handelsverkehr unterhält die Stadt Santiago mit den Kanarischen Inseln; sie liefert Zucker, Tabak und Häute, was alles von den ihr unterstehenden Orten herankommt. Diese Stadt ist von den Piraten aus Jamaika und Tortuga geplündert worden; sie besitzt ein Kastell.

Die Stadt Habana liegt an der Nordküste der Insel; sie ist eine der berühmtesten und festesten Städte ganz Westindiens. Der Westteil der Insel wird von dieser Stadt aus verwaltet; folgende Örtlichkeiten unterstehen ihr: Santa Cruz an der Nordküste und Trinidad an der Südküste, wo ein lebhafter Tabakhandel betrieben wird; diese Stadt versorgt ganz Neuhispanien und Costa Rica bis zur Südsee hin mit sehr gutem Tabak, jedoch ungesponnenem. Die Stadt Habana wird beschirmt durch zwei starke Kastelle: zwei am Hafen und eines auf einer Anhöhe, welche die Stadt beherrscht. Sie hat mehr als zehntausend Einwohner; die dortigen Kaufleute treiben Handel mit Neuhispanien, der Campeche-Küste, Honduras und Florida. Alle von Caracas, Neuhispanien, Costa Rica, Cartagena und Honduras kommenden Schiffe wurden auf der Reise nach Spanien überholt, da es ja auf ihrem Wege gelegen ist. Auch die

Silberflotte landet dort stets, um den Rest ihrer Ladung an Bord zu nehmen, zum Beispiel solche an Häuten und Campecheholz.

Morgan mochte schwerlich ganze zwei Monate an den südlichen Nebeneilandes Cuba gelegen sein – da hatte er auch schon eine Flotte von etwas zwölf Fahrzeugen samt siebenhundert Mann, Engländern und Franzosen, beisammen. Er hielt nun einen entscheidenden Rat darüber, was man angreifen solle. Nun schlugen etliche vor, die Stadt Habana nächtens zu überfallen: Man könne sie unschwer plündern und einen Teil der Geistlichkeit gefangen nehmen, bevor die Kastelle sich zur Verteidigung parat gemacht haben würden.

Hierüber äusserte denn ein jeder seine Meinung, doch ward es nicht zum Beschluss erhoben, weil einige unter ihnen waren, die zu Habana in Gefangenschaft gewesen: Die sagten, sie seien nicht stark genug, um Habana zu plündern. Wenn man allerdings eine Flottille mit eintausendfünfhundert Mann Besatzung formieren könnte, dann wäre freilich gute Gelegenheit, die Stadt auf folgende Weise zu erobern: Man würde mit den Schiffen an dem Eilande de los Pinos vor Anker gehen und mittels kleiner Fahrzeuge die Mannschaft nach Matamano verbringen, das etwas vierzehn Meilen von Habana entfernt sei. Als man aber einsah,

JOHAN MORGAN,
geboren in de Provincie van Wallis in Engeland;
Generaal van de Rovers of Zeulals.

dass die Mittel nicht ausreichten, um so viel Volks zusammenzubekommen, entschied man, einen anderen Ort anzufallen.

Nun schlug denn ein anderer unter dem Haufen vor, die Stadt El Puerto del Principe, gleichfalls auf Cuba gelegen, anzugreifen: Er sei daselbst gewesen und es befände sich sehr viel Geld dort, weil die Kaufleute von Habana mit ihrem Gelde dahin kämen, um die Häute gegen bar zu kaufen, die in jener Gegend zugerichtet würden; auch sei der Ort noch nie geplündert worden, da er ziemlich weit von der Küste abläge – die Leute wären also vor den Engländern gar nicht auf der Hut. Dies ward von Morgan und seinen Mitgesellen gutgeheißen und zum Beschluss gemacht; sogleich gab jener den Schiffen, so er bei sich hatte, Order, die Anker zu lichten und nach dem Puerto del Principe zunächst gelegenen Hafen zu fahren: Es ist dies ein Ort, welcher jetzt El Puerto de Santa Maria heißt. Ehe sie aber dahin kamen, hatte ein Spanier, der lange Zeit bei den Engländern gefangen gewesen und dabei etliche Worte von ihrer Sprache aufgeschnappt hatte, allerhand von Puerto del Principe tuscheln hören; sprang drum bei Nacht über Bord und schwamm bis zum nächsten Eiland. Zwar sprangen die Englischen stracks in die Kanus, ihn wieder aufzufischen; allein er war rascher an Land als sie und versteckte sich unter den Bäumen, so dass sie ihn nicht finden konnten. Am nächsten Tag schwamm dieser Spanier von jenem Eiland zu einem anderen hinüber, so lange, bis er endlich an die Festlandküste kam: Da er aber mit Weg und Steg wohl bekannt war, brauchte er nicht lange, um nach Puerto del Principe zu kommen, wo er denn die Spanier vor den Räubern warnte und sie über deren Streitmacht unterrichtete.

Sogleich begannen diese ihr Gut zu bergen, und der Gouverneur des Ortes versammelte so viel Volk als er konnte, worauf er mit einem Trupp Sklaven auf den Weg hinaus zog, auf dem die Räuber kommen mussten. Ließ auch eine große Anzahl Bäume niederhauen, um den Weg zu stopfen, und legte unterschiedliche Hinterhalte an, nach denen er auch etliche Kanonen verbringen ließ. Er hatte nun aus der Stadt und den umliegenden Orten etwa achthundert Mann zusammengebracht und versah alle seine Hinterhalte mit so viel Besatzung als er für nötig hielt; den Rest hielt er en masse nahe der Stadt beisammen auf einem schönen weiten Felde, wo man den Feind von weitem herankommen sehen konnte. Noch waren die Spanier dabei, ihre Hinterhalte gegen den Feind wehrhaft zu machen, als ihnen die Piraten schon auf den Leib rückten; als sie die Wege versperrt fanden, zogen sie durch die Wälder, wodurch sie auch einigen von den spanischen Hinterhalten auswichen. Endlich kamen sie an jenes freie Feld, das von den Spaniern Savana genannt wird.

Als die Spanier sie zu Gesicht bekamen, schickt der Gouverneur den Räubern sogleich einen Schwarm Reiter entgegen, um sie – vermeinte er doch, sie würden Angst bekommen, so sie ihn mit solcher Macht wider sie anrücken sähen – falls sie die Flucht ergreifen sollten, durch diese Reiterei um Leib und Leben zu bringen. Allein es fiel ganz anders aus: Denn die Räuber, die bis dahin zum Schlag der Trommeln mit fliegenden Fahnen marschiert waren, fingen nun an, ihre Reihen aufzulockern und einen Halbmond zu bilden, indes sie gleichzeitig die Spanier attackierten. Diese hielten ihnen fürs erste ziemlich wacker Stand, aber das währte nicht lang – denn, wie sie sahen, dass die Räuber ihr Ziel keineswegs fehlten und unablässig auf sie Feuer gaben, begannen sie zu erlahmen und, zumal sie ihren Gouverneur zu ihren Füßen niedersinken sahen, dem Waldrand zuzustreben, um auf bessere Weise entwischen zu können. Ehe sie freilich dahin gelangten, waren schon die meisten auf dem Schlachtfelde geblieben, doch entlief der Rest in den Wald.

Hierauf marschierten die Räuber der Stadt zu, als unbestrittene Sieger und hohen Mutes voll; denn sie hatten bei diesem Gefechte, das etwas vier Stunden gewährt hatte, sehr wenig Tote und Verwundete zu beklagen. Kurz nach jenem Gefecht auf der Savana kamen die Räuber in die Stadt hinein, wo sie nochmals Gegenwehr fanden von einem Trupp, der bei den Frauen zurückgeblieben war; auch halfen jenen etliche, die auf der Savana gewesen, und noch Hoffnung hatten, die Räuber von der

Plünderung der Stadt abhalten zu können. Einige versammelten sich auch in ihren Häusern und schossen aus den Fenstern; als aber die Piraten dessen gewahr wurden, drohten sie, die ganze Stadt in Brand zu stecken und Frauen und Kinder niederzumachen. Auf diese Drohung hin ergaben sich die Spanier, die Unheil fürchteten: Denn sie wussten, dass die Räuber nicht lange weitermachen und die Stadt unter ihrer Botmäßigkeit halten könnten, weshalb sie das Befürchtete wohl wirklich zur Ausführung gebracht haben würden.

Nachdem die Räuber solchermaßen die Stadt erobert, hießen sie alle die Spanier, deren sie habhaft wurden, samt Weibern, Kindern und Sklaven in die Kirche gehen, wo sie alles, was sie in der Stadt finden konnten, zusammentrieben. Wie nun dort alles beieinander war, hoben sie an, auf die Streife zu gehen und brachten tagtäglich noch mehr Beute und Gefangene nach der Stadt, so dass ihnen die Zeit nicht lang ward, denn sie hatten ein Leben nach ihrem Sinn, aßen und tranken, solange etwas zu finden war. Allein die armen, elendigen Gefangenen, so in der Kirche waren, brachten die Zeit nicht auf so angenehme Art zu, sie waren viel weniger guten Mutes als die Räuber: Denn sie bekamen gar wenig zu essen und würden obendrein täglich mit unaussprechlichen Martern gequält und heimgesucht, auf dass sie verraten möchten, wo sie ihr Geld und Gut verborgen hielten.

Da war so mancher arme Teufel gefoltert, der weder Geld noch Gut hatte, sondern bloß von des Tages Arbeit Weib und Kind ernährte. Allein diese Wüteriche achteten solches gar nicht; sie sagten bloß: will er nicht bekennen, so hängt ihn auf! Da waren arme Frauen mit kleinen Kindlein an der Brust, die nichts hatten, diese unschuldigen Lämmlein zu ernähren, weil sie selber vor Hunger und Schmerz vergingen.

Aber auch das erweckte der Räuber Mitleid nicht. Wenn es ihnen einfiel, schossen sie zuweilen eine Kuh oder einen Stier nieder – wenn sie sich dann davon das beste Stück genommen hatten, gaben sei den Rest den Gefangenen – mochten die damit tun, was sie wollten! Allein sobald nichts mehr zu essen noch zu trinken noch zu plündern da war, beschlossen die Räuber, abzuziehen. Sie gaben den Gefangenen Weisung, das sie sehen sollten, Lösegeld aufzutreiben, widrigenfalls sie sie nach Jamaika mitführen würden, auch sollten sie zusehen, eine Brandschatzung für die Stadt zusammenzubringen, sonst wollten sie diese vor ihrem Abzug noch in Asche legen. Mit dieser Botschaft sandten sie vier der gefangenen Spanier aus. Und damit ihnen Lösegeld und Brandschatzung desto eher gebracht werden möchten, taten sie den Spaniern noch mehr Tort an als gewöhnlich.

Die vier ausgesandten Spanier kamen wieder und ergingen sich in Wehklagen vor dem General der Räuber: sie hätten wohl ihr Bestes getan, um die Brandschatzung hereinzukommen, allein sie hätten die Leute gar nicht finden können; wollte aber der General noch vierzehn Tage sich gedulden, dann würden sie wohl das von ihm verlangte Geld zusammenbringen. Während sie nun solchermaßen mit Morgan wegen der Brandschatzung zu verhandeln im Zuge waren, kamen sieben oder acht Räuber, die außer der Stadt gewesen, um Rindvieh zu erjagen, zurück samt einem gefangenen Neger, der Briefe für einige der Gefangenen hatte – und, wie man die öffnete, zeigte sich, dass sie vom Gouverneur von Santiago waren, der ihnen schrieb, er würde bald mit ausreichender Streitkraft heranrücken, sie sollten sich also nicht übermäßig beeilen, den Räubern Lösegeld oder Brandschatzung zu bezahlen, sondern diese mit der Hoffnung auf Entrichtung des Lösegeldes noch vierzehn Tage hinzuhalten trachten.

Nun sah Morgan, dass die Spanier ihm mit ihrem Vorschlag einen üblen Streich zu spielen gesonnen waren, und ließ sogleich die ganze Beute ans Meer bringen, wo seine Schiffe waren, indem er gleichzeitig den Spaniern sagen ließ, wenn sie nicht am nächsten Tage dies Brandschatzung bezahlten, würde er die Stadt in Brand stecken. Dass er den Brief in seine Hand bekommen, ließ er sich ihnen gegenüber aber nicht merken. Abermals gaben ihm die Spanier zur Antwort, es sei unmöglich, da die Leute weit und breit versprengt seien, und sich das in so kurzer Zeit nicht machen ließe. Endlich einigte sich Morgan, der all ihre Schliche wohl kannte, dahin, dass sie ihm fünfhundert Stück Rindvieh samt dem zum Einpökeln der Tiere nötigen Salz an die Seeküste liefern sollten. Obwohl sie ihm dies zugestanden, nahm er doch sechs der Vornehmsten als Geiseln mit, dazu die sämtlichen gefangenen Sklaven, und anmarschierte zur Küste. Tags darauf kamen die Spanier an den Ort, wo Morgan mit seiner Flotte vor Anker lag, brachten das versprochene Vieh und forderten ihre Geiseln zurück. Allein Morgan, der ihnen nicht traute und keine Lust hatte, zu fechten, wo keine Beute zu holen war, weigerte sich, ihnen die Gefangenen auszuliefern, ehe nicht das ganze Fleisch auf den Schiffen wäre.

Um ihre Mitbürger und Oberhäupter recht rasch frei zu bekommen, halfen nun die Spanier selbst den Piraten beim Schlachten der Tiere und beim Einpökeln. Die Räuber gestatteten ihnen solches gern, so dass sie weiter nichts zu tun hatten, als das Fleisch an Bord zu bringen. Unterdes waren Misshelligkeiten zwischen Franzosen und Engländern ausgebrochen; sie wollten einander an den Leib rücken, weil ein Engländer einen Franzosen totgeschossen hatte – eines Markknochens halber. Welchermaßen die Bukaniere, sobald sie ein Stück Vieh geschlachtet haben, die Markknochen ausschlürfen, habe ich ja schon im ersten Teil erzählt: nun, diese Leute halten es ebenso. Der Franzose hatte einem Rind die Haut abgezogen.

Kam der Engländer dazu und nahm die Markknochen heraus. Darob fingen sie Händel an und forderten einander zum Zweikampf mit ihren Feuerbüchsen. Als sie nun an eine einsame Stelle gekommen waren, fand sich der Engländer früher parat als der andere, so dass er jenen denn von rückwärts durch den Leib schoss. Darauf ergriffen die Franzosen ihre Büchsen und wollten die Engländer angreifen; aber Morgan trat dazwischen und versprach den Franzosen, dass er ihnen Recht schaffen wolle, und, sobald sie nach Jamaika kämen, den Engländern aufhängen lassen würde. Sein Leben wäre wohl verschont geblieben, wenn er den anderen nicht heimtückisch niedergeschossen hätte; denn es passiert bei ihnen tagtäglich, dass sie einander zum Duell herausfordern, allein es muss dabei ehrlich zugehen – wenn sie dann einander ohne Hinterhältigkeiten umbringen, so fragt man nicht weiter danach. Morgan ließ also den Missetäter sogleich an Händen und Füßen binden, um ihn so nach Jamaika mitzunehmen.

Unterdes war alles Fleisch eingesalzen und verschifft worden, worauf Morgan die Geiseln los gab und mit seiner Flotte in See stach; als Rendezvousplatz für die Teilung der Beute hatte er eine der Inseln bestimmt. Dort angelangt teilten sie denn auch die Beute und befanden, dass sie etwa fünfzigtausend Stück von Achten an Geld und Silbergerät wie an sonstigen mitge-nommenen Waren hatten. Sie hatten größere Beute erhofft: Dieses half ihnen wenig, denn damit konnten sie nicht einmal die auf Jamaika gemachten Schulden bezahlen. Morgan schlug ihnen vor, ehe sie nach Jamaika gingen, noch auf Plünderung eines anderen Ortes auszuziehen, allein die Franzosen konnten sich mit den Engländern nicht vertragen, weshalb sie sich voneinander trennten, so dass Morgan mit seinen eigenen Leuten allein zurückblieb. Dennoch gab er den Franzosen zu verstehen, wie lieb es ihm gewesen wäre, wenn sie bei ihm verblieben wären, versprach ihnen auch, für sie redlich einzutreten: allein sie wollten nicht bleiben. Immerhin gingen sie als gute Freunde auseinander, und Morgan gelobte ihnen, wegen des vorgefallenen Mordes Recht ergehen zu lassen, was er auch wirklich erfüllte: Denn sobald er nach Jamaika kam, ließ er jenen Engländer sofort aufhängen.

Sechstes Kapitel – Morgan erobert Puerto Belo

Morgan beschließt, die Stadt Puerto Belo anzugreifen, rüstet seine Flotte zu und erobert die Stadt mit geringer Streitkraft.

NACHDEM SICH DIE FRANZOSEN von Morgan getrennt, schien es, als würden die Engländer, da sie nun so viel schwächer geworden waren, nicht mehr den Mut aufbringen, einen anderen Platz zu attackieren. Allein Morgan gab ihnen neuen Mut, indem er sagte, wenn sie ihm nur folgen wollten, wüsste er schon Mittel und Wege, sie reich zu machen. Die gute Aussicht, die ihnen Morgan solchergestalt machte, bewog sie denn, weiter mit ihm zu ziehen. Er bekam noch ein Piratenschiff hinzu, das in Campeche gewesen war, so dass er über vierhundertsechzig Mann verfügte samt neun Schiffe, die er als Admiral befehligte. Als endlich alles bereit war, stach er in See, wobei er von seinem Plan nichts weiter verlauten ließ, als dass er hoffte, seinem Volk eine reiche Beute verteilen zu können.

Er hielt den Kurs nach dem Festland zu, und nach wenigen Tagen bekam er samt seinen Schiffen die Küste von Costa Rica zu Gesicht. Nachdem er die Gegend mit Sicherheit erkannt hatte, gab er seinen Beschluss den Unterführern und hernach auch der Mannschaft kund. Seine Absicht war nämlich, Puerto Belo nächtens zu überfallen und zu plündern, wobei er sich dahin äusserte, dass solches leicht zu machen wäre, da an der Küste niemand von ihrem Kommen eine Ahnung hätte. Manche wandten ein, dass sie zu wenig stark wären, um dies zu unternehmen. Worauf er entgegnete: »Wenn wir gering an Zahl sind, dann wird der Anteil eines jeden desto größer sein.« Mit diesem Vorsatz ging man denn ans Werk.

Um aber dem Leser einen besseren Begriff von diesem kühnen Unterfangen zu geben, ist es erforderlich, hier eine kurze Beschreibung von Puerto Belo vorauszuschicken.

Die Stadt Puerto Belo liegt an der Costa Rica, (spanisch: die reiche Küste), auf zehn Grad nördlicher Breite und 301 Grad 30 Minuten Länge *[entspricht nicht der heutigen Messmethode]* etwa vierzig Meilen vom Golf von Darien und deren acht westlich von Nombre de Dios. Diese Stadt ist nächst Habana und Cartagena die festeste, die der König von Spanien in ganz Westindien besitzt; sie ist beschirmt durch zwei Kastelle, die, am Eingang des Hafens liegend, diesen und die Stadt sichern, so dass denn ihnen zu Trotz kein Schiff in den Golf einfahren kann.

Sie haben eine ständige Garnison von dreihundert Mann, überdies ist die Stadt bewohnt von vierhundert Bürgern, die dort ihren ständigen Wohnsitz haben; die Kaufleute halten sich an dem Orte nur auf, wenn Galionen da sind, ist er doch sehr ungesund durch die vom Gebirge kommenden Dünste. Sie leben für gewöhnlich in Panama, haben aber in Puerto Belo ihre Lagerhäuser, die von ihren Dienern beaufsichtigt werden. Um die Zeit, wo die Galionen oder die Schiffe der Grillos, welche die Neger dahin liefern, zu erwarten sind, wird das Silber von Panama auf Mauleseln herübergebracht.

Morgan, der diese Küste sehr gut kannte, kam mit seinen Schiffen gegen Abend nach Puerto de Naos, etwa zehn Meilen westwärts von Puerto Belo, und, da ihm alles wohl bekannt war, segelte er bei Nacht dem Ufer entlang bis Puerto del Pontin, das etwa vier Meilen von der Stadt entfernt ist. Dort angelangt ging er vor Anker und sprang samt allen seinen Leuten in Kanus und kleine Ruderboote; bei den Schiffen ließen sie soviel Volks zurück, als nötig war, um sie zu bewachen und sie am nächsten Tag in den Hafen hereinzubringen. Gegen Mitternacht kamen sie an einen Ort namens Estera longa Lemos, wo sie landeten.

Von da marschierten sie bis zum ersten Vorposten der Stadt unter Führung eines Engländers, der vor kurzem dort gefangen gewesen war und deshalb die Wege sehr wohl kannte. Dieser Engländer ging mit drei oder vier Mann voraus: Die fingen denn, ohne zu schießen und ohne irgendwelchen Lärm zu machen, die Schildwache ab. Banden nun ihren Mann fest und brachten ihn zu Morgan, der ihn sogleich ausfragte, wie es in der Stadt stünde und wie stark die Besatzung wäre, was der Gefangene auch alles berichtete. Sie ließen ihn dann gebunden an ihrer Spitze marschieren unter der Androhung, dass es ihm das Leben kosten solle, wenn er ihnen nicht die Wahrheit gesagt hätte. Etwa eine Viertelstunde mochten sie mit ihm marschiert sein, da kamen sie an die Redoute, die sie umzingelten, damit keine Leute herauslaufen möchten. Hierauf hieß er die, so darin waren, diese Redoute übergeben, andernfalls würde er ihnen keinen Pardon gewähren. Sie hinwiederum bezeigten sich einigermaßen obstinat und schossen tapfer drauf los, um zumindest die in der Stadt zu warnen, wie denn auch wirklich in der Stadt sogleich Alarm gerufen ward. Trotzdem war die Redoute bald bezwungen, und sobald die Piraten sie eingenommen hatten, sprengten sie sie in die Luft samt allen Spaniern, die darin waren.

Hierauf eilten sie weiter, nach der Stadt zu, wo die meisten Bürger noch im Bett lagen: hatte doch niemand gedacht, dass die Räuber so keck sein würden, einen festen Platz wie Puerto Belo anzugehen. Als nun die Räuber in die Stadt kamen, packten die Leute, die auf den Beinen waren, alles, was sie hatten, und schmissen es in die Brunnen. Sie hofften noch, den Räubern würde Einhalt getan werden: allein von diesen ging ein Teil nach den Kastellen zu, der andere nach den Klöstern und nahm dort die ganze Geistlichkeit gefangen. Der Gouverneur hatte sich indes in die Kastelle zurückgezogen und gab tüchtig Feuer gegen die Piraten, die ihm die Antwort nicht schuldig blieben: Denn sie zielten so genau auf die Geschützmündungen, dass die Spanier allemal sieben oder acht Mann verloren, bevor sie ein Geschütz laden konnten.

Das Gefecht hatte vom frühen Morgen bis zum Mittag gedauert, und noch immer hatten die Räuber das Kastell nicht einzunehmen vermocht. Ihre Schiffe lagen vor dem Hafenein-gang, und, wer etwa zur See hätte die Flucht ergreifen wollen, wäre nicht bis dahin gelangt infolge des gewaltigen Feuers, das die Kastelle zu beiden Seiten entsandten. Schließlich hoben die

Piraten, als sie sahen, dass sie viele der ihren verloren hätten und dennoch bei den Kastellen nicht vorwärts kämen, mit Handgranaten draufloszugehen an, auch versuchten sie das Festungstor in Brand zu stecken; aber als sie dicht bis an dieses heran gekommen waren, trieben sie die Spanier zu schleunigstem Rückzug, indem sie an die fünfzig Töpfe voll Pulvers, auch große Steine auf die Piraten nieder hageln ließen, was diesen großen Schaden tat. Schon fingen Morgan und die Seinen an, den Mut sinken zu lassen – da sahen sie mit einem Mal die englische Flagge von dem kleinen Kastell wehen und einen Haufen der Ihren mit Siegesgeschrei auf sich zukommen. Kaum hatte Morgan solches wahrgenommen, da begann er, wiewohl es ihm selbst übel ergangen war, neuen Mut zu fassen, und wandte sich stadteinwärts, um irgend etwas zur Eroberung des Forts ins Werk zu setzen.

Es war ihnen daran um so mehr gelegen, als die Vornehmsten der Stadt sich darin befanden und Silber, Gold, Juwelen, auch die Kirchenkleinodien, mitgenommen hatten. Nun, Morgan ließ also zwölf große Leitern zimmern, auf denen vier Mann nebeneinander hinaufklettern konnten, nahm dann sämtliche Mönche und Nonnen her und ließ sie die Leiter zum Kastell tragen, ja, auch gegen die Mauern anlehnen. Er hatte vorher dem Gouverneur entbieten lassen, dass er solches tun würde, wo sie das Kastell nicht übergäben; erhielt aber zur Antwort, dass jener das Kastell nicht bekommen solle, solange er selber am Leben wäre. Darauf ließ denn Morgan die Leitern kommen, die denn wirklich von den Mönchen, Pfaffen und Frauen getragen wurden unter Führung der Räuber, die gar nicht daran dachten, dass der Gouverneur auf seine eigenen Leute schießen würde: allein er schonte ihrer so wenig als der Piraten selbst. Die Mönche beschworen wohl bei allen Heiligen des Himmels den Gouverneur, er möge doch das Kastell übergeben, damit ihr Leben verschont bliebe, aber sie fanden kein Gehör. Sie mussten die Leitern aufstellen, ob sie wollten oder nicht.

Als dann die Leitern an der Mauer standen, wurden sie sofort von etlichen Räubern erklommen, die mit Handgranaten und Stinktöpfen bewaffnet waren und die Spanier sehr heftig angriffen; aber sie wurden durch diese gar grimmig zurückgetrieben. Dennoch ließen die Piraten den Mut nicht fahren: etliche steckten das Festungstor in Brand und kletterten mit der gleichen Behändigkeit wie zuvor die Leitern wieder hinan. Als denn die Spanier sahen, dass man ihnen mit solcher Gewalt zu Leibe rückte, gaben sie ihre Sache verloren, mit Ausnahme des Gouverneurs, der ganz desperat sein eigen Volk wie den Feind niedermachte.

Die Räuber boten ihm Pardon an; er aber lehnte ihn ab mit diesen Worten: »Mas vale morir como soldado honrado que ser ahorcado como un cobarde.« Das heißt: »Besser als ein mutiger Soldat sterben, denn am Galgen enden als ein Feigling.« Sie versuchten wohl, ihn gefangen zu nehmen, konnten es aber nicht und waren genötigt, ihn niederzuschießen. Seine Frau und Tochter, die mit im Kastell waren, flehten ihn an, sein Leben zu erhalten, allein es half nichts. Nachdem das Kastell gefallen war – was sich gegen Abend zutrug – wurden alle Gefangenen hineingeführt, jedoch Männer und Frauen in getrennte Gebäude. Einige Leute wurden zur Beaufsichtigung der Gefangenen kommandiert, dann brachten sie ihre eigenen Blessierten in ein nahegelegenes Haus. Nachdem sie all das wohl geordnet hatten, fingen sie ein lustig Treiben an mit Wein und Weibern. Fünfzig beherzte Männer hätten in dieser Nacht die sämtlichen Räuber ins Jenseits befördern können.

Am nächsten Tage begannen die Piraten ihre Beute zusammenzutragen und die einzelnen Häuser abzusuchen; dann nahmen sie etliche aus dem Gefangenenhaufen her und fragten sie, welche die reichsten wären; als ihnen dann diese gezeigt wurden, fragten sie diese, wo sie ihr Gut hätten, und, wenn sie sich unwillig erzeigten, das zu verraten, wurden sie sofort auf die Folterbank gelegt und solange malträtiert, bis dass sie entweder den Geist aufgaben oder die Sache bekannten. So manche unschuldige Menschen, die nichts besaßen, starben als Märtyrer unter den Foltern, welche die Räuber ihnen antaten, so dass denn niemand frei von solchen war als diejenigen, welche sie zu ihrer versteckten Habe hinführten.

Unterdes wandte der Präsident von Panama, der von der Einnahme von Puerto Belo Nachricht bekommen hatte, allen möglichen Fleiß daran, eine zur Vertreibung der Räuber ausreichende Macht zusammenzuziehen. Diesen kam hierüber eine Warnung zu von Seiten einiger Gefangener, die sie machten; sie ließen sich aber nicht sehr davon anfechten: hatten sie doch ihre Schiffe bei sich, und, wenn sie sich etwa nicht mehr halten könnten, würden sie eben die Stadt in Brand stecken und in See stechen. Nachdem sie vierzehn Tage dort gelegen, begann die Landseuche gewaltig unter ihnen zu wüten, sowohl wie durch den Gestank der vielen toten Leiber die Luft verdorben war, als infolge der vielen Ausschweifung, die sie mit Trunk und Weibern getrieben hatten. Auch die meisten ihrer Blessierten starben; ebenso wenig kamen von den Spaniern viele auf – allein die starben nicht durch Überfluss, sondern durch Not und Ungemach; denn statt dass sie allmorgendlich, wie sie es gewohnt waren, ihr Tässlein Schokolade bekamen, waren sie glücklich, so sie ein Stücklein Brot oder Mauleselfleisch erhaschten.

Unterdes machte Morgan alles zur Abreise fertig. Die Beute wurde eingeschifft, dazu noch so viel Lebensmittel, als zu bekommen waren; sodann tat Morgan den sämtlichen Gefangenen kund, dass er Brandschatzung für die Stadt begehre: bekäme er die nicht, so würde er die Stadt in Brand stecken und die Kastelle dem Erdboden gleich machen. Und damit sie Sorge trügen, das Geld zusammenzubringen, erlaubte er ihnen, zwei Männer auszuschicken, welche die geforderte Summe von hunderttausend Stück von Achten einsammeln sollten. Diese zwei Männer, welche die Brandschatzung hatten holen sollen, begaben sich aber zum Präsidenten von Panama und berichteten ihm alles, was in Puerto Belo vorgefallen.

Der Präsident hatte schon einige Leute beisammen und kam damit in die Nähe von Puerto Belo; wie aber die Räuber, die gar wohl auf ihrer Hut waren, hiervon Wind bekamen, passten sie ihn mit einem Trupp von hundert gutbewaffneten Leuten in einer Enge ab und brachten eine Menge Volks um, worauf sie wieder in ihr Kastell zurückkehrten. Der Präsident von Panama ließ nun den Morgan wissen: wenn er nicht aus den Kastellen abzöge, würde er mit großer Heeresmacht ihm zu Leibe rücken und niemandem Pardon geben.

Allein Morgan, der keine Angst hatte, und der stets nach Belieben das Weite suchen konnte, gab zur Antwort, dass er die Kastelle nicht räumen würde, ehe man ihm nicht das geforderte Lösegeld brächte; und wenn er im schlimmsten Falle schon zum Abzug genötigt werden möchte, dann würde er doch zum wenigsten die Kastelle dem Erdboden gleich machen und die sämtlichen Gefangenen umbringen. Da der Gouverneur von Panama keine Mittel und Wege ersah, wie er die Räuber zwingen könnte, überließ er es den Bürgern von Puerto Belo, mit ihnen selbst fertig zu werden, und verblieb mit seinen Leuten außerhalb der Stadt. Endlich brachten die Bürger so viel zusammen, dass sie den Räubern die hunderttausend Stück von Achten gaben, um ihrer ledig zu werden.

Höchst verwundert darüber, dass vierhundert Mann mit bloßen Handwaffen so starke Kastelle erobert hatten, obgleich es doch deren Verteidigern mitnichten an Courage gefehlt hatte, sandte der Präsident einen Mann zu Morgan, mit der Bitte, ihm die Waffe zu zeigen, mit welcher er solch ein Kraftstück zuwege gebracht. Morgan empfing den Abgesandten des Präsidenten freundlich und gab ihm ein französisch Rohr mit, dessen Lauf viereinhalb Fuß lang war und aus dem man Kugeln schießt, derer sechzehn aufs Pfund gehen, nebst einer Patronentasche mit dreißig Schüssen Pulver, die er aus Frankreich hatte, und die eigens zu diesem Zweck angefertigt worden war. Nachdem er diese Sachen dem Gesandten ausgehändigt hatte, hieß er diesen seinem Herrn melden, dass er ihm das Rohr verehre und sich's über ein Jahr oder zwei zu Panama wieder holen kommen würde. Der Präsident schickte denselben Abgesandten nochmals mit einem Geschenk für Morgan: Dieses bestand in einem goldenen Ring mit einer Rose aus Smaragdsteinen; auch ließ er ihm herzlich danken für sein Rohr und ihn bitten, dass er ihn nicht auf die Art besuchen möchte, wie er es mit Puerto Belo getan, da es ihm vielleicht nicht so wohl bekommen dürfte.

Endlich zog Morgan ab, nachdem er seine Schiffe mit allerhand Viktualien und dem zu Puerto Belo im Überfluss vorhandenen Schiffszubehör hatte versehen lassen. Dennoch konnte er sich's nicht versagen, etwas zur Erinnerung mitzunehmen, nämlich etliche metallene Kanonen, die übrigen ließ er vernageln. Kurze Zeit, nachdem er Puerto Belo verlassen, langte er bei den südlichen Cayos von Cuba an, wo er nach gewohnter Weise die gemachte Beute mit seinem Volk teilte. Sie fanden, dass sie an Geld, Juwelen und Silbersachen zweihundertfünfzehntausend Stücke von Achten hatten, umgerechnet des sonstigen Beutegutes an Leinwand, Seidenstoffen und anderen Waren mehr. Nachdem die Beute verteilt war, kam Morgan nach Jamaika mit großer Ehre und Magnifizenz, dieweil er so viel Geld mitbrachte.

Siebtes Kapitel – Maracaibo fällt

Bericht von der Einnahme der Stadt Maracaibo, so an der Küste
von Nueva Venezuela liegt, weiters von den Räubereien in dem
Maracaibo-See und der Zerstörung dreier spanischer Schiffe, so
die Räuber am Entkommen hatten verhindern wollen.

NACHDEM MORGAN eine zeitlang in Jamaika zugewartet hatte,
und seine Leute ihr Geld wieder verzehrt, beschloss er einen
neuen Raubzug nach der spanischen Küste. Zu diesem Ende
bestimmte er den Piraten als Rendezvousplatz die Insel Vaca
südlich von Española, wo gute Gelegenheit zum Herrichten der
Schiffe ist, auch zum Einholen von Lebensmitteln, zumal dort auf
der großen Insel viel Wildschweine sind.

Dahin nun kamen viele englische und französische Räuber, mit
Morgan gemeinsame Sache zu machen: Denn der glückliche
Ausgang, den er bei seinen Anschlägen allezeit erfahren, hatte ihm
einen großen Namen eingebracht. Um eben dieselbe Zeit war ein
mit sechsunddreißig Geschützen versehenes königliches Schiff von
Neuengland her in Jamaika angelangt, und der Gouverneur
schickte es dem Morgan, auf dass dieser sich eher getrauen
möchte, einen starken Platz anzugreifen, der gute Beute
versprach. Über die Ankunft des genannten Schiffes war Morgan
höchst erfreut, denn er hatte unter seiner ganzen Flotte nicht ein
einziges, das imstande war, nötigenfalls gegen ein Kastell etwas
auszurichten. Auch ein französisches Schiff war dort, mit
vierundzwanzig Stücken und zwölf metallene Bassen, welche
Morgan gar zu gern gehabt hätte; allein die Besatzung getraute
sich nicht recht unter die Engländer – hatte doch dieser Franzose,
als er, wie ihm eben sein Proviant ausgegangen, auf hoher See auf
ein englisches Schiff gestoßen war, von diesem etliche
Lebensmittel herübergeholt und dafür kein Bargeld gegeben,
sondern nur Anweisungen auf Jamaika und Tortuga.

Wie nun Morgan sah, dass der Franzose keine Lust hatte, mit
ihm zu gehen, nahm er ihn samt seinem Volk auf dem großen

Schiff (ehe sie sich dessen versahen), gefangen, erhob auch Anspruch auf das Schiff mit der Begründung, jene hätten die Engländer ausgeraubt. Indessen hielt Morgan Kriegsrat ab mit den Kapitänen der Piratenschiffe, um Entscheidung darüber zu treffen, welchen Ort an der spanischen Küste man angreifen solle. Der gefasste Beschluss ging dahin, unter Segel zu gehen, den Kurs nach der Ostspitze der Insel Española zu nehmen und an der Insel Savona vor Anker zu gehen; sollten etwa Schiffe von der Flotte abgetrieben werden, so würde man all dort sich wieder von neuem sammeln, und auch zu beschließen, worauf man losgehen wolle. Trank unterdes auf des Königs von England Gesundheit und auf glücklichen Erfolg.

Dabei ward lustig geschossen, und, während die Herren sich hinterschiffs verlustierten, tat das Volk auf dem Verdeck desgleichen. Aber wie sie auf dem Gipfel ihrer Freude waren, verwandelte sich diese jählings in ein trauriges Ende: Denn durch das Gesundheitsschießen waren einige Funken in den Pulvervorrat gefallen, wodurch das Schiff mit dreihundert Engländern in die Luft aufflog, ungerechnet der Franzosen, die darauf gefangen lagen. Nur etwa dreißig Mann kamen mit dem Leben davon; die in der Kajüte gewesen, retteten sich und litten nur geringen Schaden. Morgan wurde an seinem Beine etwas gequetscht. Alle, die so davon kamen, waren auf dem Hinterdeck gewesen; denn auf englischen Schiffen befindet sich die Pulverkammer zumeist im Vorderschiff. Es würden sich wohl noch mehr gerettet haben, doch war das meiste Volk trunken.

Da die Engländer für das ihnen widerfahrene Missgeschick keine Entschuldigung wussten, nahmen sie als Ausrede das französische Schiff, indem sie vorgaben, die Franzosen hätten das königlich englische Schiff in die Luft gesprengt, sie hätten nämlich einen spanischen Kaperbrief, die Engländer auszurauben und ihnen Gewalt anzutun, soviel sie nur könnten. Dies zu beweisen, zeigten sie einen Geleitbrief, den sie bei dem Franzosen gefunden hatten, in welchem ihnen der Gouverneur von Baracoa auf Cuba Erlaubnis erteilte, auf die englischen Seeräuber zu kapern, da diese Jamaikapiraten, obwohl die Spanier nicht im Kriege mit dem englischen Könige stünden, tagtäglich feindselige Handlungen gegen spanisch Hab und Gut begingen.

Diesen Geleitbrief hatte sich der Franzose von den Spaniern nicht etwa deshalb geben lassen, weil er etwas wider die englischen Räuber im Schilde geführt hätte, sondern, um mit den Spaniern etlichen Handel treiben zu können. Der Kapitän des französischen Schiffs war zwar gleichfalls am Leben geblieben, hatte aber all dort keine Möglichkeit, seine Sache zu vertreten. Die Engländer gingen nun mit ihrem Schiff nach Jamaika zurück, und der französische Kapitän schloss sich ihnen an, um seine Sache führen zu können – allein statt ihm Gehör zu geben, warf man ihn ins Gefängnis und drohte, ihn aufzuhängen.

Trotz dieses Unglücksfalls ließ aber Morgan den Mut nicht sinken und beschloss mit den Leuten, die er noch hatte, sein Vorhaben weiter zu verfolgen. Acht Tage, nachdem das Schiff in die Luft gegangen, fischten die Engländer sämtliche Leichname, die da lagen oder trieben, auf, jedoch nicht um sie, nach ihrer schuldigen Pflicht, zu begraben, sondern um der Kleider und der goldenen Ringe willen, die sie an den Fingern trugen – hatten sie nämlich einen Leichnam aufgefischt, nahmen sie die Kleider und schnitten die Finger ab, an welchen Ringe waren, worauf sie ihn wieder treiben ließen, den Haien zur Beute. Noch heute kann man an der Küste die vom Meere angespülten Gebeine sehen.

Im übrigen blieb Morgan bei dem schon vorher gefassten Entschluss: Dass man nämlich auf der Insel Savona Rat darüber pflegen solle, welchen Ort man anzugreifen gedächte. Er bestimmte sodann die oben genannte Insel als Rendezvousplatz und ging unter Segel mit den ihm verbliebenen Schiffen, welche fünfzehn an der Zahl waren, von denen er das größte, mit vierzehn Geschützen montierte, befehligte. Auf diesen fünfzehn Fahrzeugen hatte er insgesamt gegen neunhundertsechzig Mann. Einige Tage darauf kamen sie in die Gegend von Cabo de Lobos, das ungefähr in der Mitte der Südküste von Española gelegen ist, in der Mitte zwischen den beiden Kaps Tiburon und Punta

Espada. Hier hielt ihn der starke in jener Gegend wehende Ostwind drei Wochen lang auf; täglich hisste man die Segel, damit man um das Kap herumkommen möchte, allein es gelang nicht. Endlich brachten sie es doch noch zustande.

Sieben bis acht Meilen nach dieser Umschiffung bekamen sie ein anderes Schiff zu Gesicht, und zwar einen Engländer, der eben von England kam. Etliche Schiffe fuhren zu diesem hin, um einiges zu kaufen. Morgan verfolgte seinen Kurs weiter und gab ihnen Rendezvous im Golf von Coca, wo er auf sie warten wollte. Zwei Tage später kam Morgan nach dieser Bucht, wo er Wasser einzuholen und die Schiffe abzuwarten gedachte. Inzwischen wurden Leute – fünf bis sechs Mann von jedem Schiff – an Land geschickt, um Nahrung für das ganze Schiffsvolk aufzutreiben, damit man die mitgenommenen Viktualien aufsparen könne.

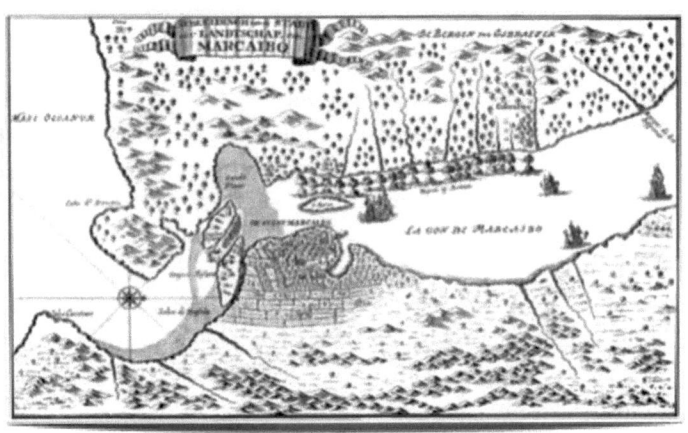

Die Seeenge von Maracaibo

Sie schossen alles, was sie fanden – Pferde, Esel, Kühe, Schafe. Den Spaniern war solches unlieb: wie sie sahen, dass jedes Mal nur so wenige Leute an Land kamen, gedachten sie den Räubern einen Possen zu spielen; sie ließen drei-, vierhundert Soldaten von der Garnison der Stadt San Domingo holen, die von jener Stelle gar nicht weit entfernt ist, und wie die Räuber wieder an Land

146

kamen, hatten die Spanier alles Vieh von der Meeresküste landeinwärts gejagt. Als nun aber die Räuber an drei Meilen in den Busch gegangen waren, etwa fünfzig Mann stark, ließen die Spanier sie eine schöne Herde Rindvieh sehen, hinter der waren drei, vier Hirten, die dem Anschein nach das Vieh wegtrieben.

Nun machten die Räuber sich daran, einige der Tiere zu schießen, und die anderen ließen sie ruhig gewähren: als sie aber im Begriff waren, die erjagten Tiere fortzuschleppen, fielen die Spanier über sie her mit dem Geschrei »Mata, Mata!« *[tötet sie!]*. Die Räuber ließen die Beute fahren, stellten sich in Positur und fochten furios wider die Feinde; indes die eine Hälfte von ihnen schoss, lud die andere von neuem. Dies ging so eine gute Weile, und dabei retirierten sie sich sachte, bis sie wieder an den Busch kamen. Die Spanier wollten sie verfolgen; als sie jedoch sahen, dass die Räuber selten fehlschossen, sie selbst aber schon viele Tote und Verwundete hatten, zogen sie sich zurück, wogegen die Piraten noch im Busch blieben, um etliche Blessierte, so sie gehabt, zu verbinden, so gut das eben anging, bis sie wieder an Bord kämen. Inzwischen sahen sie die Spanier in der Savana ihre Toten und Verwundeten davontragen. Da lag nur noch der eine Räuber, der tot am Platze geblieben war. Um dessen Leichnam stellte sich eine Anzahl Spanier auf und stachen ein jeder mit bloßem Degen auf ihn los, rufend: »Allà, cornudo ladron!«[11] Wie die Räuber im Busch sahen, dass das Gros schon abmarschiert war, fielen sie diesen Haufen an und schlugen viele davon tot; den Leichnam des Gefallenen aber, der nach seinem Tode noch mehr denn hundert Stiche abbekommen hatte, nahmen sie mit und begruben ihn im Walde.

Sodann erschossen die Räuber etliche Pferde, um Fleisch an Bord mitbringen zu können, wohin sie auch ihre Verwundeten mitnahmen. Am nächsten Tage ging Morgan selbst mit zweihundert Mann an Land, allein die Spanier waren schon fort und hatten auch das Vieh weggetrieben. So ließ er denn etliche

---

11) *»Allà cornudo ladron!«, zu deutsch sinngemäß etwa: »Da, du hündischer Räuber!«*

Häuser, die da waren, in Brand stecken und ging, nachdem dies geschehen, wieder an Bord.

Als Morgan sah, dass seine Schiffe nicht kamen, stach er mit denen, die er bei sich hatte, in See; nach etlichen Tagen Segelns kam er zu der Insel Savona, die er als endgültigen Treffpunkt bestimmt hatte; wie er aber auch da von seinen Schiffen keine Spur fand, beschloss er, einige Tage daselbst zuzuwarten. Indessen sandte er etwa einhundertfünfzig Mann aus: Die sollten auf der Insel Española landen und einige Dörfer in der Gegend von San Domingo plündern, auch einige Lebensmittel holen, an denen man schon Not zu leiden begann. Aber die von Morgan ausgesandten Leute kamen unverrichteter Dinge wieder an Bord: Die Spanier hatten nämlich Wind davon bekommen, dass sie an der Küste wären, und standen allesamt unter Waffen, was den Räubern, die nur um Beute zu fechten gesonnen waren, keineswegs gefiel.

Als Morgan sah, dass seine Mitgesellen nicht kamen, hielt er Musterung über das Volks, das bei ihm war, und befand, dass sie etwas über fünfhundert Köpfe samt acht Fahrzeugen stark waren; von diesen war sein Schiff, wie ich schon oben sagte, das größte. Sein früherer Beschluss war gewesen, die sämtlichen an der Küste von Caracas liegenden Städte und Dörfer zu plündern, allein, da er sich hierfür zu schwach sah, musste er einen neuen fassen. Nun war unter den Seinen ein französischer Kapitän, der ehemals unter l'Olonnais bei der Einnahme der Stadt Maracaibo beteiligt gewesen und auf die Gelegenheiten jenes Sees so wohl sein Augenmerk gerichtet hatte, dass er sich unterfangen konnte, Morgans Flotte dorthin zu bringen. Nachdem er nun mit Morgan Überlegungen über die beste Weise, den Platz zu nehmen, angestellt hatte, war das Schiffsvolk davon in Kenntnis gesetzt und sie beschlossen einhellig, nach jener Gegend zu ziehen.

Mit solchem Entschlusse stach denn Morgan in See und nahm Kurs nach der Insel Curacao hin; als er diese in Sicht bekam, ließ er sich nach Aruba treiben, einem Eilande, das etwa zwölf Meilen von der Westspitze Curacaos abliegt und der Westindischen

Kompanie gehört (der holländischen); diese schickt dorthin fünfzehn Soldaten unter Kommando eines Sergeanten. Im übrigen ist diese Insel von Indianern bewohnt, die spanisch sprechen und auch in Religionssachen zu den Spaniern gehören; alljährlich kommt nämlich aus einem Dorf an der gegenüberliegenden festländischen Küste namens Coro ein spanischer Geistlicher, der ihnen predigt und das Sakrament nach der Weise der römischen Kirche austeilt. Diese Indianer handeln mit den Räubern, die in jene Gegend kommen, indem sie Schafe und Ziegen gegen Leinwand, Garn oder was ihnen sonst Not tut, austauschen.

Die Insel ist keineswegs fruchtbar, sondern ganz dürr und meistens mit niederem Gebüsch bewachsen; es gibt dort eine Menge von Schafen und Ziegen, von denen sich die Eingeborenen nähren, nebst einigem Spanischen Weizen, den sie anbauen. Auch Pferde gibt es dort in Mengen, und die Einwohner machen auch von ihnen reichlich Gebrauch: tun sie doch alles zu Pferde, ja selbst wenn sie nur fünfhundert Schritte von ihrem Hause Wasser holen. Ferner sind dort viele Klapperschlangen und Spinnen, die außerordentlich giftig sind; wenn jemand von diesen Bestien gebissen wird, legt man ihn gebunden in einen Hängematte, wo er dann vierundzwanzig Stunden lang ohne Speise und Trank verbleibt. Denn die Eingeborenen behaupten, wenn jemand von diesen Tieren gebissen wird, müsse er sich jeden Essens und Trinkens enthalten, andernfalls er sterben muss.

Morgan hatte bei dieser Insel Anker geworfen und handelte von den Indianern so viele Ziegen und Schafe ein, als er für seine ganze Flotte benötigte; nach zweitägigem Aufenthalt fuhr er bei Nacht ab, damit sie nicht sehen sollten, wohin er sich wendete: sie merkten es aber gleichwohl. Tags darauf kamen sie in die Mitte des Golfes von Maracaibo, und, um nicht von der Vigia oder dem Wachtturm aus gesehen zu werden, der einen weiten Ausblick nach dem Meere zu hat, ankerte er bei acht Faden Wassertiefe und stach abends wiederum in See. Am nächsten Tage war er im ersten Morgengrauen vor der Sperre des Lagon, will sagen: des

Sees. Die Spanier hatten wieder ein neues Kastell gebaut, von dem aus sie Kapitän Morgan mit dem dort aufgepflanzten groben Geschütz Willkommen boten.

Die sämtlichen kleineren Fahrzeuge wurden nun abgefertigt, um die Mannschaft so rasch als möglich an Land zu setzen. Auch die Spanier trafen gar eifrig im Kastell ihre Vorbereitungen und schossen auch unablässig mit groben Kanonen, verbrannten etliche rings um das Kastell stehende Häuser, um desto mehr Raum zu haben, und feuerten mit dem sämtlichen Geschütz den ganzen Tag über drauf los. Es war schon Abend, als Morgan mit seinen Leuten eindrang. Er fand in dem Fort keine Seele: Denn sobald sie die Räuber hatten dicht an das Kastell kommen sehen, hatten sie einen Teil des Pulvers angezündet und waren unter dem Schutze des Rauchs buschwärts entwichen.

Die Eindringenden waren sehr verwundert keine Besatzung vorzufinden, da es ein zur Verteidigung trefflich geeigneter Platz war; sie fanden dort einen Keller voll Pulver, meistenteils verstreut und ein Endchen brennender Lunte dabei, ungefähr eines Daumens Länge von dem Pulver entfernt – fehlte also wenig, dass sie mitsamt dem Kastell in die Luft geflogen wären. Morgan ließ das Pulver sofort aus dem Kastell heraus befördern und die Mauern niederreißen, soweit das nötig war, um alle Stücke über den Haufen zu werfen. Man fand dort sechzehn Kanonen, die acht-, zwölf- und vierundzwanzigpfündige Kugeln schossen, ferne achtzig Musketen und sonstige Munition in angemessenem Verhältnis. Die Stücke wurden vom Kastell hinuntergeworfen, die Lafetten verbrannt. Des nächsten Morgens kamen die Schiffe herein, und das Pulver ward unter alle Schiffe, welche bestückt waren, aufgeteilt; die vom Kastell heruntergeworfenen Stücke wurden vernagelt und im Sand vergraben. Die Mannschaft ging darauf unverzüglich zu Schiff, um auf das schleunigste die Stadt Maracaibo zu erreichen; allein das Wasser war auf der Sandbank an der Einfahrt des Sees so niedrig, dass die Schiffe nur mühsam da durchkommen konnten, und einige stecken blieben.

Um jedoch keine Zeit zu verlieren, wurde das Schiffsvolk auf die übrigen Fahrzeuge, so geringeren Tiefgang hatten, gebracht, um so nach der Stadt zu gelangen. Tags darauf gegen Mittag kamen sie allesamt vor die Stadt Maracaibo und hielten sich mit ihren Fahrzeugen dicht an das Gestade, damit sie unter dem Schutz ihrer geringen Bestückung die ganze Mannschaft an Land zu bringen vermöchten. Allein das gelang ebenso unschwer wie beim Sperrfort: Denn die Spanier waren allesamt in den Busch geflohen und hatten die Stadt ihrem Schicksal überlassen; nur einige arme gebrechliche Leute waren zurückgeblieben, die nicht gehen konnten, noch etwas zu verlieren hatten.

Nachdem die Räuber in die Stadt eingedrungen waren, hielten sie überall Nachschau, ob nicht irgendwo Streitmacht verborgen läge, sei es in den Häusern oder in den Wäldern rings um die Stadt; wie sie aber nichts Verdächtiges fanden, nahm jede Kompanie oder Schiffsbesatzung auf dem Marktplatz ihr Quartier; die große Kirche wurde zu einem Corps de Garde umgewandelt, in welchem beständig Wache gehalten wurde. Eine nähere Beschreibung der Stadt Maracaibo will ich an dieser Stelle nicht geben, weil ich das gelegentlich des Berichts über ihre Einnahme durch l'Olonnais getan habe. Noch an demselben Tage, an dem die Räuber in die Stadt gekommen waren, ward sogleich eine Partei von etwa hundert Mann ausgeschickt, um Beute und Gefangene zu holen.

Am nächsten Abend kamen sie wieder mit etwa fünfzig Saumtierlasten geraubten Guts und ungefähr dreißig Gefangenen: sowohl Männern und Frauen und Sklaven. Diese Gefangenen wurden in der gewohnten Art gefoltert, um aus ihnen herauszupressen, wohin die Einwohner der Stadt geflüchtet wären. Der eine ward gewippt und geschlagen, der andere gleich dem heiligen Andreas traktiert mit brennenden Lunten zwischen Fingern und Zehen; wieder einem anderen ward ein Tau so fest um den Kopf geschnürt, dass ihm die Augen so dick wie Hühnereier vorquollen; wer nichts sagen wollte, wurde vollends totgeschlagen, da sie sich keine schlimmeren Martern mehr ausdenken konnten. Dies währte ungefähr drei Wochen. Die Räuber zogen unterdes täglich auf Streife und brachten stets große Beute mit, so dass sie denn keineswegs leer ausgingen.

Nachdem sie etwa hundert von den vornehmsten Familien Maracaibos gefangen genommen und deren Habe geraubt hatten, beschloss Morgan, nach Gibraltar zu ziehen. Eilends wurden sämtlich Schiffe bereit gemacht und Beute wie Gefangene darauf verschifft; dann wurden die Anker gelichtet und ward Kurs auf Gibraltar genommen mit allen zu einem Kampf erforderlichen Vorbereitungen, wobei jedem seine Aufgabe zugewiesen war. Einige von den Gefangenen waren ausgesandt worden, um an Land zu gehen und in Morgans Namen die von Gibraltar zur Übergabe aufzufordern – so wie sich aber hartnäckig erweisen sollten, würde ihnen keine Verschonung gewährt werden. Die Räuber machten sich nämlich auf keinen besseren Empfang gefasst als zwei Jahre zuvor die Franzosen erfahren hatten.

Nach mehrtägiger Segelfahrt kamen Morgan und die Seinen in Sicht von Gibraltar, von wo sie die Spanier mit groben Kanonen wacker zu beschießen anhuben. Die Räuber aber, anstatt sich zu alterieren, begannen einen neuen Mut zu schöpfen: Denn – sagten sie – wo es Stöße setzt, da wird's auch Beute geben, die seien dann der Zucker, den sauren Brei zu süßen. Am nächsten Tage beim ersten Morgengrauen wurde das Schiffsvolk an Land gesetzt, und anstatt dass man nun den geraden Weg genommen hätte, gedachte der Franzose, der schon dort gewesen war und die Gelegenheit wohl kannte, einen anderen – durch die Wälder hindurch – zu wählen, damit man von oben und rückwärts her in das Dorf einfallen könne; einige Leute hatte man dabei auf der Hauptstraße zurückgelassen, damit die Spanier meinten, sie würden doch auf diesem Wege anrücken.

Aber solcher Vorsicht hätten die Piraten gar nicht bedurft, weil die Spanier, der vor zwei Jahren mit den Franzosen gemachten Erfahrungen noch gar wohl eingedenk, es vorgezogen hatten, den Platz freiwillig zu räumen, ehe sie wieder so viele um den Hals kommen ließen wie es damals geschehen. Auf dem Wege, den sie zur Flucht benutzt hatten, waren von ihnen einige Hinterhalte angelegt worden, damit sie, so sie überfallen würden, ihren Rückzug zu decken vermöchten. Die Festungsgeschütze hatten sie vernagelt und das Pulver fortgeführt.

Im Dorf fanden die Räuber niemanden als einen gar harmlosen und einfältigen Menschen. Von ihnen befragt, wohin die Leute geflohen seien, antwortete der, das wisse er nicht, auch habe er sie gar nicht danach gefragt, als sie davongelaufen. Weiters fragten sie ihn, ob er keine Pflanzungen anzugeben wisse, worauf er erwiderte, dass er deren in seinem Leben etwa zwanzig möchte gesehen haben. Auf die Frage, ob er nicht wisse, wo das Gold und Silber der Kirche sei, antwortete er mit »ja«, und führte sie in die Sakristei: hier − sagte er − habe er alles Gold und Silber der Kirche gesehen; wo es aber geblieben sei, wisse er nicht.

Da sie nun keine andere Auskunft von ihm bekommen konnten, banden sie ihn fest und wippten ihn. Drauf hob dieser einfältige Mensch zu schreien an: »Last mich los; ich will Euch mein Haus und all mein Geld und Gut weisen.« Jetzt meinten sie, jemanden vor sich zu haben, der alles wohl begriffe und sich nur dumm stellte. Ließen ihn also los, und da brachte er sie zu einem Häuslein, wo er etliche irdene Schüsseln, hölzerne Teller und sonstigen Plunder vergraben hatte, überdies drei Stück von Achten an barem Geld. Sie fragten ihn nach seinem Namen, und er gab zur Antwort, dass er Don Sebastian Sanchez hieße und sein Bruder Gouverneur von Maracaibo wäre. Nun begannen sie ihn aufs neue zu foltern, wippten ihn abermals und schlugen ihn, dass ihm am ganzen Körper Blut herunterlief. Er rief, sie sollten ihn doch loslassen, er würde sie zu seiner Zuckermühle führen, wo er seine Habe und alle seine Sklaven hätte. Als man ihn aber losgebunden hatte, konnte er gar nicht gehen: so warfen sie ihn denn auf ein Pferd.

Wie sie aber im Busch waren, sagte er, dass er weder eine Zuckermühle besäße noch sonst irgendetwas auf der Welt, er würde vielmehr vom Siechenhause erhalten − was sich denn auch später als wahr erwiesen hat. Nun packten sie ihn also abermals, wippten ihn, seine Hände und Füße mit Steinen beschwerend, nahmen Palmblätter und hielten ihm die brennend ins Gesicht, so dass er solchermaßen versengt ward, dass er gar keinem Menschen mehr glich: Dazu hieben sie noch furchtbar auf ihn los. Nachdem er eine halbe Stunde lang solche Qualen erlitten, gab er den Geist auf. Als es so weit war, schnitten sie das Tau ab, an dem er gehangen, schleppten ihn in den Busch und ließen ihn dort liegen. So endigte denn dieser unschuldige Mensch sein Leben als ein Märtyrer. An dem gleichen Tage brachte eine Partei einen armen Bauern samt zwei Töchtern gefangen ein.

Am nächsten Morgen zogen sie aus, begleitet von dem Manne, der sie nach einer Stelle führen sollte, wo seiner Meinung nach Leute waren. Er führte sie an jenem Tage an verschiedene Plätze, wo allerdings Leute gewesen waren: wie aber die Spanier gemerkt hatten, dass die Räuber auf Streife gingen, ließen sie sich nicht mehr auf den Feldern blicken, sondern liefen buschwärts, wo sie sich Hütten aus Baumästen machten, sich und ihr Gut darin vor dem Regen zu schützen.

Dieser arme Bauer konnte denn keine Leute finden: Die Räuber aber dachten, er führe sie absichtlich irre, weshalb sie ihn aus lauter Wut totschlugen und an einen Baum hingen, obgleich der Arme gar inständig um sein Leben bat. Sodann verteilten sie sich, um die Leute gelegentlich in der Umgebung der Felder zu überraschen: mussten sie doch notgedrungen dorthin kommen, um von den Früchten, Wurzeln und anderen Gewächsen, die man dort finden kann, etwas zu holen. Endlich fingen sie einen Sklaven: Dem versprachen sie, dass sie ihn mit nach Jamaika nehmen und ihm eben soviel Geld geben wollten als ein jeder von ihnen selbst bekäme, dazu noch so viele spanische Kleider, als er haben wolle.

Sie knöpften ihn an einem Baum auf

Dies stund dem Neger wohl an; er brachte sie sogleich an eine Stelle, wo sich Leute aufhielten, und sobald sie nun spanische Gefangene gemacht hatten, ließen sie einige von ihnen durch den Sklaven töten, damit dieser ihnen nicht mehr davonlaufen könnte. Dieser hat den Spaniern sehr viel Schaden getan. Acht Tage zogen die Räuber mit ihm herum, ehe sie wieder nach Gibraltar zurückkamen, und die Gefangenen, die sie unterwegs machten, ließen sie mit marschieren, während sie deren Habe auf Maultieren fortschaffen ließen. Zu guter Letzt bekamen sie so viele Gefangene zusammen, dass sie gar nicht mehr weiter marschieren konnten; entschieden also, wieder nach Gibraltar zurückzukehren, wohin sie an Gefangenen – Männer, Frauen, Kinder und Sklaven zusammengenommen – im Ganzen zweihundertfünfzig Köpfe mitbrachten.

Als sie wieder an Ort und Stelle waren, wurden die sämtlichen Gefangenen befragt, ob sie kein Geld versteckt hätten und nicht wüssten, wo andere das ihre verborgen hätten. Die da nicht bekennen wollten, wurden mit den grässlichsten Foltern gequält. Unter anderem ward auch ein alter Portugiese sehr schwer gefoltert, ein Mann von sechzig Jahren, von dem ein Neger ausgesagt hatte, dass er sehr reich sei.

Darauf hin packten sie diesen alten Mann und fragten ihn, wo er sein Geld habe. Nun versicherte jener wohl bei allem, so ihm heilig war, dass er nicht mehr auf der Welt besitze als hundert Stücke von Achten, mit denen ihm aber ein junger Mensch, der bei ihm gewohnt, durchgegangen sei; allein sie glaubten ihm nicht und wippten ihn so gewaltig, dass ihm die Arme ganz umgedreht wurden, und, wie er immer noch nicht bekennen wollte, banden sie ihn an seinen Daumen und großen Zehen und machten ihn an vier Pfählen fest, dass sämtliche Gliedmaßen reichlich anderthalb Faden von ihren Pfählen abstanden. Sodann schlugen sie zu viert auf die Stricke, an die er gebunden war, los, so dass sein Leib ins Schaukeln geriet und die Sehen sich auszurecken begannen.

Aber daran ließen sie's immer noch nicht genug sein: sie nahmen noch einen Stein, der gut zweihundert Pfund wog, und legten den auf seine Lenden, ferner zündeten sie etliche Palmblätter unter ihm an, so dass die Flamme sein Gesicht und Haupthaar versengte. Ungeachtet dieser schweren Foltern bekannte er aber nicht, dass er Geld hätte. Sie machten ihn dann wieder los und banden ihn an einen Pfeiler der Kirche fest, die damals ein großes Corps de Garde war: zu essen gaben sie ihm nichts als ein kleines Stück Fleisch am Tag, gerade genug, um ihn noch am Leben zu erhalten. Nachdem er vier, fünf Tage solchermaßen in Fesseln verbracht, ersuchte er, dass einige ihm befreundete Gefangene zu ihm kommen möchten, er wolle dann auf Mittel sinnen, wie er ihnen Geld geben könne. Nachdem er mit den Freunden gesprochen, bot er fünfhundert Stück von Achten: allein er fand nicht einmal Gehör damit, bekam vielmehr eine Tracht Prügel und zur Antwort, dass er anstatt von Hunderten von Tausenden reden müsse, sonst würde es ihm das Leben kosten.

Endlich, nachdem er alle irgend möglichen Beweise dafür beigebracht hatte, dass er ein armer Mann sei und seine Nahrung im Schankgeschäft verdienen müsse, wurden sie mit ihm handelseinig auf tausend Stück von Achten. Immerhin hatte dieser Mann noch keineswegs alle Foltern ausgestanden, die sie den Spaniern antaten, um ihnen das Bekenntnis abzupressen, wo sie ihr Geld verborgen hätten. Etliche wurden an den Schamteilen aufgehangen, so dass sie durch die Körperschwere herabfielen und oben nichts verblieb als ihr Mannesglied; hernach stach man ihnen noch einen spanischen Degen drei-, viermal durch den Leib und ließ sie so liegen, bis sie Gott durch den Tod aus ihrer elenden Lage erlöste, ja, manche haben gar nach vier oder fünf Tagen noch gelebt. Andere banden sie an ein Holzkreuz und steckten ihnen brennende Lunten zwischen Finger und Zehen. Wieder andere wurden gebunden, mit den Füßen vor ein Feuer gelegt und mit Fett eingeschmiert, so dass sie regelrecht gebraten wurden: in solchem Zustand ließ man sie dann liegen. Nachdem sie die Weißen hinlänglich massakriert hatten, kam die Reihe an die Sklaven.

Endlich fanden sie unter diesen einen, der sie an einen in den See mündenden Flusslauf zu bringen erbötig war, wo sich ein Schiff und vier Barken, beladen mit kostbarer Ware aus Maracaibo, befinden sollte. Und gleichzeitig gaben sie einen anderen Sklaven an, der wisse, wo der Kommandant und die Mehrzahl der Frauen von Gibraltar sich aufhielten. Aufgegriffen, leugnete dieser anfangs: wie sie ihn aber festbanden und ihm mit Aufhängen drohten, gestand er und versprach sie zu dem Orte hinzuführen, wo der Kommandant zu finden sei. Daraufhin ward sofort beschlossen, dass hundert Mann mit zwei kleinen Fahrzeugen sich nach der Flussmündung begeben sollten, an welcher die Schiffe lägen, die übrigen sollten auf die Suche nach dem Kommandanten ausziehen. Die Gefangenen wurden zu Schiff gebracht und am nächsten Tag tat jeder, wie ihm befohlen.

Morgan selbst marschierte mit dreihundertfünfzig Mann gegen den Kommandanten, der sich auf eine inmitten eines Flusses gelegene Insel retiriert und daselbst verschanzt hatte. Nach zweitägigem Marsch kamen sie an diesen Ort; allein durch seine Kundschafter hatte der Kommandant vom Anrücken der Seeräuber erfahren und sich auf einen Berg retiriert. Dort hinauf führte ein so enger Weg, dass einer hinter dem anderen zu gehen genötigt war; überdies hatte der spanische Befehlshaber etliche Feuerwerksanlagen gemacht, um die Räuber für den Fall, dass sie ihm dorthin nachfolgten, aufzuhalten.

Dies war nun freilich ihre Absicht gewesen; allein sie wurde vereitelt durch einen starken Regen, der sie überfiel und ihnen beim Passieren eines Flusslaufes großen Schaden tat. Sie verloren bei dieser Gelegenheit mehrere Maulesel, beladen mit Geld und Gut wie auch mit Frauen und Kindern, welche dort ertranken; auch ein Teil der Waffen ward unbrauchbar und das Pulver war durchnässt. Wären damals fünfzig wohlbewaffnete Männer mit Lanzen dazugekommen, sie hätten ohne Mühe die sämtlichen Räuber töten können; allein es war der Schrecken unter den Spaniern so groß, dass, wenn nur der Wind in den Bäumen des Waldes rauschte, sie gleich meinten, es seien die ›Ladrones‹ (so nennen sie die Räuber) hinter ihnen. Endlich nach vielem Umherirren gelangten die Räuber durch das Wasser: sich selbst vermochten sie allerdings noch zu retten, aber die armen Weiber und kleinen Kinder kamen so mühsam weiter, dass es ein Jammer anzusehen war. Sie mussten zuweilen eine halbe Meile weit durch den Wald laufen, bis zum halben Leib im Wasser: Denn das Land ist dort sehr niedrig, und die Ströme waren durch die gewaltigen Regengüsse wie auch durch das von den Bergen kommende Wasser dermaßen angeschwollen, dass sie austraten und das ganze Land überschwemmt war.

Zwölf Tage nach ihrem Abmarsch kamen die Piraten wieder nach Gibraltar zurück mit einer großen Anzahl neuer Gefangener – allein ihr Anschlag war missglückt. Zwei Tage darauf kamen die Schiffe, die an die Flussmündung gefahren waren; sie brachten ein Schiff und vier Barken nebst einigen Waren und Gefangenen. Sie hatten die Schiffe nicht mit allem Gut, das darin war, erbeuten können: Denn die Spanier hatten mit Kanus ihr Anrücken ausgekundschaftet, die meisten Güter ausgeladen und gedachten, nach Löschung der Ladung die Schiffe zu verbrennen. Allein, ehe es dazu kam, wurden sie von den Räubern überfallen, so dass diese der Schiffe selbst samt einiger Kaufmannsware, wie Leinwand und Seide, noch habhaft werden konnten.

Nachdem die Räuber noch etliche Streifzüge unternommen und im Ganzen fünf Wochen in Gibraltar zugebracht hatten, beschlossen sie, abzuziehen. Sandten deshalb etliche von den gefangenen Spaniern aus, um Brandschatzung für den Ort einzufordern, unter der Androhung: so sie die nicht brächten, ihn zu verbrennen. Die Abgesandten kamen mit der Meldung zurück, sie hätten niemanden finden können, auch habe der Gouverneur ihnen verboten, irgendwelche Brandschatzung zu bezahlen; wenn aber Morgan sich gedulden wolle, würden sie untereinander soviel zusammenbringen, um ihm fünftausend Stück von Achten bezahlen zu können; sie würden ihm Geiseln stellen, die er nach Maracaibo mitnehmen und behalten könne, bis der Rest beglichen sei. Morgan, der solange von Maracaibo fort gewesen war und nicht wusste, wie die Dinge dort standen – hatten doch die Spanier Zeit genug gehabt, um eine ausreichende Streitmacht zu sammeln und ihm die Ausfahrt aus dem See zu sperren – hatte es mit dem Fortkommen eilig, willigte also ein und nahm vier Geiseln mit, indes er alle anderen Gefangenen laufen ließ (nachdem sie ihre Lösung entrichtet). Nur die Sklaven behielt er. Die Spanier wollten allerdings auch Lösegeld bezahlen für den Neger, der die Räuber geführt hatte, aber Morgan lieferte ihn nicht aus, denn, wenn sie den in die Hände bekommen hätten, dann hätten sie ihn sicherlich lebendig verbrannt. Sodann lichteten die Piraten die Anker und segelten ab. Vier Tage später kamen sie in die Stadt Maracaibo, wo sie die Dinge fanden, wie sie sie gelassen. Aber die Zeitung, so sie dort bekamen, war ihnen unerwartet. Es kam nämlich zu Morgan ein armer Mann, der dort im Spital geblieben war, und meldete diesem, dass drei spanische Kriegsschiffe am Eingang des Sees lägen und auf ihn passten, auch sei das Kastell wieder wohl versehen mit Geschütz. Sogleich ward ein leichtes Fahrzeug ausgesandt, um am Eingang des Sees Nachschau zu halten, was für Schiffe dort wären.

Am nächsten Abend kam das Schifflein wieder und brachte vollständigen Bericht über alles was der alte Mann gesagt, war auch der Schiffe ansichtig geworden und unter deren Feuer gestanden. Hatte wahrgenommen, dass sie voller Volk waren, das größte von ihnen wohl vierzig Kanonen führte, das zweite dreißig und das kleinste vierundzwanzig; auch auf dem Kastell hatten sie Besatzung gesehen. Diese Macht war ungleich größer als die Morgans: Denn das schwerste seiner Schiffe war nur mit vierzehn Kanonen montiert. Niemand durfte blicken lassen, in was für Ängsten man war, Morgan selber nicht.

Aber da war guter Rat teuer: herauskommen konnte man nur durch die Einfahrt, wo die Schiffe lagen, und zu Lande gab es keine Gelegenheit. Dem Morgan wäre es sehr viel lieber gewesen, wenn jene an die Stadt herangerückt wären, statt draußen liegen zu bleiben: konnten sie ihm doch mit ihren schweren Schiffen großen Schaden tun. Gleichwohl schien es, als ob Gott – zur Strafe für die Spanier – diesen Räubern Mittel und Wege gäbe, um sie aus den Händen ihrer rechtmäßigen Widersacher zu erretten.

Um zu zeigen, dass er nicht verzagte, sandte Morgan einen Spanier als Boten, um Brandschatzung für die Stadt Maracaibo zu fordern. Zwei Tage drauf kam der wieder mit einem Brief des spanischen Generals Don Alonso del Campo y Espinosa, der mit seinen Schiffen an der Einfahrt des Sees oder Lagons lag:

BRIEF DES SPANISCHEN GENERALS DON ALONSO DEL CAMPO Y ESPINOSA AN MORGAN, DEN ADMIRAL DER RÄUBER:

»Da ich durch unsere Freunde und Nachbarn Zeitung bekommen, dass ihr die Keckheit gehabt, mit feindlicher Absicht in Lande und Städte einzudringen, welche der Botmäßigkeit Sr. Katholischen Majestät, des Königs von Spanien, meines Herrn, unterstehen, so bin ich meiner Pflicht gehorchend hierher gekommen und habe das Kastell, das ihr einer Schar von Feiglingen abgewonnen und von dem ihr die Geschütze heruntergeworfen, wieder aufgerichtet, um euch solchermaßen die Ausfahrt aus dem Hafen zu verwehren und so viel Abbruch zu tun, als meine Pflicht erheischt.

So ihr aber demütigen Sinnes alles wiedererstatten wollet, was ihr geraubt, nebst allen Sklaven und sonstigen Gefangenen, will ich euch aus Gnade und Barmherzigkeit eures Weges ziehen lassen, damit ihr euch nach eurem Heimatlande retirieren möget. Solltet ihr euch aber hartnäckig erweisen ungeachtet dieser von mir ehrlich angebotenen Bedingungen, werde ich aus Caracas leichte Schiffe kommen lassen und auf denen meine Truppen nach Maracaibo befördern, um euch allesamt mit der Schärfe des Schwertes zu vernichten. Dies ist meine letzte Resolution: sieh zu, dass du meine Güte nicht undankbar von der Hand weisest; denn ich habe gar tapfere Soldaten, die begehren, Rache an euch zu nehmen für die Unbill, die ihr der spanischen Nation in Amerika antut.

Gegeben auf dem von mir befehligten Schiff Sr. Majestät, genannt ›La Magdalena‹, das vor Anker liegt an der Einfahrt des Sees von Maracaibo, am 24. April 1669.«

Unterschrift: Don Alonso del Campo y Espinosa.

Morgan, als er diesen Brief gelesen, ließ alle Räuber auf dem Markte zusammentreten und den Brief erst auf englisch, dann auf französisch vorlesen, worauf er sie fragte, wie sie allesamt gesinnt wären, die Beute wiederzugeben, um freie Passage zu kriegen, oder lieber darum zu fechten. Sie antworteten einhellig, dass sie lieber bis zum letzten Blutstropfen fechten wollten, als die Beute so leichtfertig wieder herzugeben: hätten sie dafür einmal ihr Leben gewagt, so wollten sie es auch das zweite Mal tun. Einer aus dem Haufen kam zu Morgan und erklärte, dass er es mit dem Beistand von zwölf Mann auf sich nehme, das große Schiff zu zerstören, auf folgende Weise: Man solle aus dem Schiff, das man im Lagon gekapert, einen Brander[12] machen, es aber schön auftakeln wie ein Kriegsschiff mit wehender Flagge; an Bord dieses Fahrzeugs solle man Hölzer stellen mit Mützen drauf, damit es so aussähe wie eine Schiffsbesatzung; an Stelle des Geschützes solle man aus den Bordwandungen eine gewisse Sorte von hölzernen Dingen heraustehen lassen, so man Negertrommeln nennt – ausgehöhlte Hölzer, die etwa anderthalb Faden lang sind. Dieser Vorschlag war gutgeheißen, da man sich in äusserster Notlage befand. Aber Morgan wollte doch noch sehen, ob er nicht andere Bedingungen bei dem spanischen General durchsetzen könne. Er sandte also nochmals einen Spanier zu diesem mit folgendem Antrag:

Die Piraten wollten von Maracaibo abziehen, ohne die Stadt durch Feuer oder auf andere Weise zu beschädigen, auch ohne hierfür eine Brandschatzung zu beanspruchen; sie wollten die Hälfte der Sklaven hergeben und die übrigen Gefangenen ohne Lösegeld freilassen; auch die noch nicht vollbezahlte Brandschatzung für Gibraltar und die hierfür gestellten Geiseln auf freien Fuß setzen.

Der spanische General erwiderte hierauf, dass er solche Vorschläge keines Blickes würdigen gedächte: so sie aber noch

---

12) *Brander: Ein ausgedientes, mit brennbaren Materialien oder Explosivstoffen beladenes Kriegsschiff, das auf feindliche Schiffe getrieben oder gesegelt und dann angezündet wird, um diese ebenfalls in Brand zu setzen. Kriegstechnik, gebräuchlich seit der Antike, bis ins 19. Jahrhundert.*

zwei Tage im Lande blieben, ohne sich auf diese von ihm vorgeschriebenen Bedingungen zu ergeben, würde er sie mit Feuer und Schwert vernichten. Nachdem Morgan solche Antwort von dem General erhalten hatte, beschloss er, mit den Seinen das Möglichste zu tun, um aus dem Lagon herauszukommen, ohne die Beute herzugeben. Zunächst wurden sämtliche Gefangenen fest geschlossen und streng überwacht. Auch die Sklaven, die bisher Wasser geholt und andere Arbeiten verrichtet hatten, wurden gefesselt, und die Räuber taten nun selbst alles, was sonst die Sklaven besorgt hatten.

Unterdes trug man alles, was an Teer, Pech und Schwefel in der Stadt zu finden war, zusammen, um damit den Brander und etliche andere Feuerwerke auszurüsten. Der Raum des Fahrzeugs ward mit Palmblättern gefüllt, die in eine Mischung von Pech, Schwefel und Teer getaucht worden waren; in dieselbe Mixtur ward auch eine Anzahl von großen Leinwandstücken getaucht, mit welchen die längs der Kanonenborde angebrachten Rohre zugedeckt wurden; unter jedem der Rohre waren sechs Töpflein mit Pulver, und, damit die Wirkung desto größer wäre, wurde die Hälfte der das Verdeck stützenden Balken durchsägt. Auch neue Schießlöcher wurden gebohrt, in welche nun die Negertrommeln statt des Geschützes gesteckt wurden. An Bord setzte man etliche Holzpflöcke, auf deren Spitzen Hüte oder Mützen saßen, so dass sie aussahen wie Menschen; endlich ward darauf die Admiralsflagge gehisst. Nachdem der Brander fertiggestellt war, beschloss man, nach der Mündung des Sees zu segeln, und zu diesem Ende wurden die sämtlichen Gefangenen in eine große Barke gesetzt, in eine andere Barke aber ward die ganze Beute samt den vornehmsten Frauen gebracht.

Jede Barke war mit zwölf wohlbewaffneten Räubern bemannt; dort, wo die Indianer, wurden etliche Warenballen mit verstaut, und dort, wo die Frauen waren, der Vorrat an Geld und Geschmeide. Alle Barken hatten Weisung, sich rückwärts an einem sicheren Orte zu halten; auf ein verabredetes Zeichen aber sollten sie sich mitten unter die Flotte begeben und schleunigst durch die

Ausfahrt hinauslaufen. Der Brander hatte Weisung, vor dem Admiral zu segeln; er sollte das große Schiff entern, und, so ihm dies durch Wirkung der Strömung missriete, sollte der Admiral dieses selbst entern.

Hinter dem Admiral war ein anderes Schiff, das einem Brander ähnlich zugerüstet war: auf dass es der Feind für einen solchen ansähe, ließ es ein wenig Schiffsteer oder sonst derlei Zeug in Rauch aufgehen. Nachdem Morgan alle diese Befehle erteilt hatte, ward von allen ein Schwur getan, dass man einander beistehen wolle bis zum letzten Blutstropfen, und, so die Sache übel ausginge, solle man nicht um Pardon bitten, sondern fechten bis auf den letzten Mann; wer sich aber tapfer bezeige und eine besondere Tat vollbringe oder ein Schiff gewinne, solle mit allen seinen Leuten aus der gemeinsamen Beute eine Belohnung erhalten. Nach solchem Beschluss ging Morgan unter Segel und erreichte am 30. April 1669 die Spanier, so gerade in der Mitte des Fahrwassers vor Anker lagen. Etwa auf eines Kanonen-schusses Entfernung von ihnen ging Morgan selbst vor Anker, da es zu spät war, um noch ins Gefecht einzutreten. Des Abends ward die Wache auf dem Brander nach Kriegsbrauch abgelöst. Bei Nacht ward auf beiden Seiten gute Wache gehalten, und die Räuber machten sich bereit für den kommenden Tag. Bei Tagesanbruch – es war Ebbe – gingen die Räuber unter Segel.

Die Spanier, die meinten, dass die Räuber alles daran setzten, nun doch mit der Strömung auszulaufen, kappten den Anker und gingen gleichfalls unter Segel. Der Brander segelte auf das große Schiff los und stieß gar fest an dieses an. Wie der General sah, dass es ein Brander war, beorderte er sogleich Leute, hinüber-zuspringen und die Maste abzuhauen, damit es mit der Strömung davon triebe. Aber kaum waren die Leute drüben, da flog auch schon das Verdeck in die Luft, die mit Pech getränkten Leinwandstücke griffen ins Takelwerk, und, da Rauch und Flammen gewaltig emporschlugen, musste der General die Flucht ergreifen. Als das mittlere Schiff das Admiralsschiff brennen sah, verzog es sich eilends unter den Schutz des Forts, wo es auf Grund geriet; das andere wollte desgleichen tun, doch war ihm einer der Piraten zu hart auf den Fersen und eroberte es denn auch. Wie nun die von dem Schiffe, das unter dem Fort festgelaufen war, die Räuber auf sich zukommen sahen, nahmen sie etliches Gut daraus und steckten es dann selbst in Brand. Das große Schiff aber ward brennend an das Gestade getrieben, und kamen nur wenige Menschen davon.

Die Räuber waren wohl zwischen Ufer und Schiff bereit, die Leute zu retten, allein die ertranken lieber als dass sie zu den Räubern kamen, aus Ursachen, die ich später mitteilen werde. Die Räuber waren nun voller Zuversicht, und, als sie sahen, dass sie binnen zwei, drei Stunden einen solch großen Sieg erfochten hatten, wollten sie diesen weiter verfolgen. Gingen also allesamt an Land, um das Kastell einzunehmen, das eifrig mit grobem Geschütz auf sie feuerte. Sie aber hatten keine anderen Waffen als ihre Rohre und etliche Handgranaten; ihre Schiffe hatten zu leichtes Kaliber, um gegen eine so feste Mauer etwas ausrichten zu können. Sie mühten sich den ganzen Rest des Tages ab, das Kastell mit ihren Rohren zu beschießen, und, so sie jemand zum Vorschein kommen sahen, fehlten sie selten ihr Ziel; als sie aber dicht an die Wälle heran kommen wollten, um ihre Handgranaten zu werfen, dass die Räuber sich zum Rückzug genötigt sahen unter Verlust von etwa dreißig Toten und ebenso vielen Verwundeten. Gegen Abend kamen sie unverrichteter Dinge wieder an Bord.

Die Spanier, fürchtend, die Räuber möchten am nächsten Tage Geschütz landen, arbeiteten die ganze Nacht daran, etliche Erdhaufen, die ihnen im Wege waren, auszuebnen, hatten auch noch gute Hoffnung, vom Kastell aus die Piraten an der Ausfahrt zu verhindern. Gegen Abend war das Schiff in die Luft gegangen, und nun kamen einige Spanier her, die zu dem Wrack hinschwimmen wollten; allein die Räuber hinderten sie daran. Die Räuber hatten unterdes etliche Gefangene gemacht, und Morgan fragte den Steuermann des kleinen Schiffes, das sie erobert hatten, aus, um zu erfahren, wie stark die Spanier gewesen, ob sie mehr

Volk erwarteten, woher sie kämen. Der Steuermann gab darauf in spanischer Sprache folgende Auskunft: »Mein Herr,« sagte er, »ich bin ein Fremdling; wollet mich nicht tormentieren *[quälen, foltern]*, ich will Euch über alles, was vorgefallen, die Wahrheit berichten. Wir sind unsere sechs Schiffe aus Spanien hierher nach Westindien geschickt worden, um auf Seeräuber zu kreuzen und diese auszurotten. Es sind nämlich wegen der Einnahme von Puerto Belo große Klagen an den Hof eingelaufen, und dieser hat darob Beschwerde erhoben beim englischen Hofe; worauf der König zur Antwort gab, er habe niemals Kommission gegeben, Feindseligkeiten gegen die Untertanen Seiner Katholischen Majestät zu üben.

Darauf wurden denn in Spanien diese sechs Schiffe ausgerüstet und hierher geschickt, unter dem Oberbefehl des Don Agustin de Bustos auf dem Schiffe ›Nuestra Senora de la Soledad‹, das achtundvierzig Stücke und achtzehn Bassen an Bord hatte. Als Vize-Admiral ging Don Alonso del Campo y Espinosa mit, auf dem Schiffe ›La Concepcion‹, das vierundvierzig Stücke und achtzehn Bassen führte. Ferner noch vier andere Schiffe: Das eine genannt ›La Magdalena‹, mit sechsunddreißig Stücken, zwölf Bassen und zweihundertfünfzig Mann; die ›S. Luis‹ mit sechsundzwanzig Kanonen, zwölf Bassen und zweihundert Mann; die ›Marquesa‹ war mit sechzehn Stücken, acht Bassen und hundertfünfzig Mann ausgestattet; die ›Nuestra Senora del Carmen‹ endlich gleichfalls mit sechzehn Kanonen, acht Bassen und hundertfünfzig Mann.

Zunächst kamen wir nach Cartagena, von wo die beiden großen Schiffe nach Spanien zurückgeschickt wurden, weil sie hier zu kreuzen zu schwer waren. Wir vier übrigen wurden dann unter dem Kommando von Don Alonso del Campo y Espinosa nach Campeche gesandt, um auf Seeräuber zu kreuzen. Dort aber verloren wir durch einen von Norden kommenden Sturm das Schiff Nuestra Senora del Carmen, und nun kamen wir mit drei Schiffen zu der Insel Española, wo wir in den Hafen von S. Domingo einliefen. Als wir dort ankamen, erzählten uns die Bewohner der Stadt, dass ein Schiff aus Jamaika vorbeigekommen sei und etliche Mannschaft gelandet habe an einem Orte namens Alta Gracia; ein Gefangener, den sie bei dieser Gelegenheit gemacht, habe ihnen berichtet, es sei die Eroberung von Caracas geplant. Nun ließ Don Alonso sofort die Anker lichten, und wir fuhren nach der festländischen Küste hinüber.

Wie wir aber schon Curacao zu Gesicht bekamen, begegnete uns eine Barke, von der wir erfuhren, dass die Flotte von Jamaika, bestehend aus sieben Rahsegeln und einem Boot, im See von Maracaibo läge. Auf solche Kunde hin sind wir hierher gesegelt und haben, vor der Sperre angelangt, durch Signalschuss zu erkennen gegeben, dass wir einen Lotsen brauchten. Wie denn die Leute am Lande sahen, dass wir spanische Schiffe wären, kamen sie an Bord und erzählten, dass die Engländer Maracaibo eingenommen hätten und jetzt in Gibraltar wären. Nun feuerte uns Don Alonso zum Kampfe an und verhieß uns die ganze Raubbeute, so sich bei den Engländern finden würde; die Stücke von dem verunglückten Schiffe ließ er auf das Kastell schaffen, dazu noch zwei metallene Achtzehnpfünder von seinem eigenen Schiff. Wir wurden auch in den See hinein gelotst, und Don Alonso forderte die Einwohner auf, zu ihm zu kommen, und brachte so noch ungefähr hundert Mann zur Verstärkung aufs Kastell.

Kurz darauf bekamen wir Zeitung, dass Ihr wieder nach Maracaibo gekommen wäret, worauf Don Alonso einen Brief an Euch schrieb. Und als er vernahm, dass Ihr nicht gesonnen wäret, die Beute freiwillig zu übergeben, machte er uns aufs neue Mut, versprach uns die Beute, ließ endlich sein gesamtes Schiffsvolk das Abendmahl nach römischen Brauch nehmen und eidlich versprechen, dass niemand einem Engländer Pardon geben noch von ihm annehmen werde. Und dies ist die Ursache, warum so viele ertrunken sind: weil sie nämlich kein Pardon nehmen durften. Zwei Tage, bevor Ihr zu uns kamt, traf ein Neger bei Don Alonso ein, der uns sagte, dass Ihr einen Brander gemacht hättet; allein er wollte es nicht glauben, indem er sagte, derlei

Leute verstünden es doch gar nicht, einen Brander zuzurichten, hätten auch nicht die Geräte dazu.«

Morgan begegnete diesem Steuermann sehr freundlich und verhieß ihm, so er bei ihm bleiben wollte, den gleichen Beuteanteil wie seinen anderen Leuten. Der Steuermann nahm dies Anerbieten an und blieb bei den Räubern, da er sich ja nicht anders helfen konnte. Er sagte auch noch, in dem großen Schiffe seien etwa dreißigtausend Stücke von Achten gewesen, deshalb wären einige Spanier auf das Wrack gekommen.

Hierauf ließ Morgan ein Schiff zurück, um auf das Tun der Spanier zu achten und nach dem Silber zu fischen, das in dem großen Schiff gewesen war. Er selbst ging mit seinen anderen Schiffen nach Maracaibo, wo er das Schiff, das sie genommen hatten, wieder reparieren ließ und an Stelle desjenigen nahm, das er zuvor gehabt hatte. Und er sandte auch einen Mann zum General, um Brandschatzung für die Stadt Maracaibo zu fordern, wo nicht, so würde er die Stadt niederbrennen. Die Spanier, die sahen, dass sie den Schaden hatten und kein Mittel wussten, die Räuber los zu werden, kamen überein, die Brandschatzung zu bezahlen, wiewohl Don Alonso nicht darein willigen wollte. Sie kamen also wieder und begehrten zu wissen, wie viel Morgan als Brandschatzung haben wolle; er forderte dreißigtausend Stück von Achten und fünfhundert Stück Rindvieh, um seine Schiffe mit Lebensmitteln zu versorgen, versprach auch alsdann der Stadt nichts zu Leide zu tun und die Gefangenen frei zu geben. Endlich kamen sie auf zwanzigtausend Stück von Achten und fünfhundert Stück Rindvieh überein.

Des andern Tages brachten die Spanier alles Rindvieh, das sie versprochen hatten, samt einem Teil des Geldes. Die Räuber schlachteten das Vieh und salzten es ein. Nachdem dies geschehen war, brachten die Spanier auch den andern Teil des versprochenen Geldes und verlangten dafür die Freigabe der Gefangenen. Jedoch Morgan verstand es nicht also, sondern er sagte, er wolle ihnen die Gefangenen geben, sobald er außerhalb der Schussweite des Kastells wäre; auf diese Weise hoffte er durch die Gefangenen freie Durchfahrt zu erlangen.

Darauf lichteten die Räuber die Anker, um nach der Mündung der Lagune zu gehen, wo sie eines ihrer Schiffe gelassen hatten. Das fanden sie dort noch liegen mit wohl an die fünfzehntausend Stück von Achten, die in dem Wrack des verbrannten Schiffs gefunden worden waren, auch etliches Silberwerk und allerhand Griffe von Degen und Dolchen, allesamt aus Silber. Da gab es Klumpen von Stücken von Achten, die wohl dreißig Pfund wogen, die waren durch die große Hitze aneinander geschmolzen. Hierauf ließ Morgan allen Gefangenen mitteilen, sie sollten mit dem General des Kastells vereinbaren, dass er ihm freie Durchfahrt gäbe; so der General das nicht bewilligen würde, wolle er alle Gefangenen an den Wanten außer Bord festbinden.

Die Gefangenen hielten Rat untereinander und sandten einen Mann an Don Alonso, ihn zu bitten, er möge die Räuber doch in Frieden passieren lassen, sonst würde es ihnen allen das Leben kosten: sie suchten ihn mit vielerlei Reden zu bewegen, sagten, dass ihrer soviel Frauen und arme Kinder wären, es möge ihm doch belieben, ihr Leben zu verschonen. Jedoch statt in dieses zu willigen, gab er ihnen schlimmen Bescheid; verwies ihnen, dass sie feigherzig wären, denn hätten sie ihr Kastell vor der Einfahrt der Räuber so wohl bewahrt als er es vor ihrer Ausfahrt zu bewahren gedächte, so wären diese nicht so leicht hereingekommen; und er sie keineswegs gesinnt, das Kastell aufzugeben, noch den Räubern ein Loch zu lassen, wo sie entschlüpfen könnten, vielmehr im Gegenteil würde er sie allesamt in den Grund schießen; denn das sei sein Kastell, das er selber dem Feinde abgewonnen, darum könne er damit tun, was ihm gutdünke zum Vorteil seines Königs und zur Erhaltung seiner eigenen Ehre. Die Spanier kamen ganz untröstlich wieder zu Morgan aufs Schiff zurück und erzählten ihm alles was Don Alonso gesagt hatte. Morgan antwortete ihnen, er wolle schon Mittel finden hinauszukommen.

Morgan teilt die auf Maracaibo erbeuteten Schätze auf

Indessen hielt es Morgan für gut, an die Austeilung der Beute zu
gehen, denn da war weit und breit kein Sammelplatz, und der
nächste, den sie hatten, die Insel Española. Bevor sie aber dahin
kämen, konnte leicht ein Sturm kommen, und sie voneinander
treiben und die, die Beute bei sich hatten, würden vielleicht die
andern nicht suchen gehen, ihnen ihren Anteil zu geben. So
wurde denn das Geld zusammengebracht und auch die Juwelen
und das bearbeitete Silber, und man befand, dass es einen Wert
von zweihundertfünfzigtausend Stück von Achten habe ohne die
anderen Handelsgüter und die Sklaven. Dies wurde erst unter die
Schiffe verteilt, je nach der Mannschaft, die sie hatten, und die
Schiffe teilten es wieder unter ihre Mannschaft oder ihr Schiffsvolk

aus. Damit nun alles in Ehrlichkeit zugingen, wurde ein Eid getan, dass keiner auch nicht eines Schillings Wert zurückgehalten hätte, sei es an Gold, Silber, Juwelen, Perlen und köstlichen Steinen, als Diamanten, Smaragden und Bezoarsteinen[13]. Morgan tat zuerst den Eid auf die Bibel, danach folgten die andern alle bis auf den letzten Mann.

Als die Beute ausgeteilt war, musste man auf Mittel denken, aus der Bai herauszukommen, sie beschlossen dann, folgende Kriegslist ins Werk zu stellen: Am Tage, da sie nachts auslaufen wollten, schifften sie sehr viele Mannschaft in Kanus ein, gleich, als ob sie an Land gehen wollten, gingen auch an den Strand unter etliche Bäume, die dort waren; hernach aber schlichen sich die Leute zurück, legten sich in den Kanus auf den Bauch und kamen so wieder an Bord ihrer Schiffe, ohne dass man mehr als drei oder vier Mann sehen konnte. Dies taten sie aus allen Schiffen auf mehreren Fahrten, so dass die Spanier der festen Meinung waren, die Räuber würden nachts kommen, um das Kastell mit Sturmleitern zu erklimmen und einzunehmen; trafen auch alle Anstalt, es auf der Landseite zu verteidigen und brachten alles Geschütz dorthin.

Als es Nacht ward, schien der Mond ganz helle, alle die Räuber waren bereit. Sie lichteten ihre Anker, setzten ihre Segel auf und ließen sich also von der Strömung treiben, bis sie unter das Kastell kamen. Dann aber liefen sie mit vollen Segeln vor dem Landwind, was sie laufen konnten, am Kastell vorbei. Die Spanier brachten sogleich einen Teil ihres Geschützes an die Seeseite, allein die Räuber waren meistens schon vorbei passiert, so dass sie wenig Schaden hatten. Die Spanier wagten es auch nicht, all ihr Geschütz auf die Seeseite zu schaffen, aus Furcht, dass während sie auf der Seeseite beschäftigt waren, andere Räuber sie auf der

---

13) Bezoarsteine: Kugelförmige, verschiedenartig gefärbte und aus mehrschaligen Lagen bestehende Ablagerungen, die sich im Magen und Darm verschiedener Tiere, etwa Ziegen und Lamas, bilden. Bezoarsteine galten als Allheilmittel und wurden teuer gehandelt. Im Orient hat der Bezoarstein heute noch seine Bedeutung.

Landseite angreifen würden. Am nächsten Tage schickte Morgan ein Kanu nach dem Kastell, um einige Gefangene auszutauschen, die die Spanier unter den Toten gefunden hatten; die gaben sie auch wieder. Dafür gab Morgan seinen Gefangenen eine Barke und ließ sie laufen mit Ausnahme der Geiseln von Gibraltar, die nicht ausgelöst worden waren. Diese wollte Morgan schon darum nicht freilassen, damit die Spanier sich für ein andermal ein Exempel daran nähmen. Er schoss auch noch sieben Schüsse nach dem Fort, doch wurden sie nicht beantwortet.

Am selbigen Tage durchsegelte Morgan ungefähr die halbe Bai, doch am nächsten wurde er von einem Sturm aus Nordosten überfallen; er ging mit seiner Flotte in fünf Faden Tiefe vor Anker, jedoch die See war so aufgewühlt, dass die Anker nicht halten wollten, und er gezwungen war, in See zu stechen. Einige Schiffe wurden leck, so dass sie in großer Not waren; denn bei den Spaniern gab es fürwahr kein Pardon, und andrerseits, wenn sie den Indianern in die Hände fielen, da war auch wenig Pardon zu erwarten. Endlich aber, nachdem sie viele Tage in sehr großer Not gewesen, begann sich der Wind zu legen.

Während nun Morgan gute Beute erlangt und einen großen Sieg gegen die Spanier erfochten hatte, wurden seine Kameraden, die sich bei Cabo de Lobos von ihm getrennt hatten, um den Engländer zu plündern, bei Comanago an der Küste von Caracas gewaltig geschlagen. Sie waren auf den Rendezvousplatz der Insel Savona gekommen, hatten aber den Brief von Morgan, der ihn dort in einem Gefäße hinterlassen, nicht gefunden, und weil sie nicht wussten, wohin Morgan seinen Lauf genommen, beschlossen sie selber einen Platz zu attackieren.

Sie befanden sich ungefähr vierhundert Mann stark mit fünf Schiffen und einer Barke. Zu ihrem Oberhaupt machten sie einen gewissen Kapitän Ansel, der sich bei der Einnahme von Puerto Belo wohl gehalten hatte. Nachdem sie so einen Hauptmann oder Admiral gewählt, kamen sie zu dem Beschluss, die Stadt Comanago anzugreifen. Comanago ist an der Festlandküste von

Caracas gelegen, ungefähr sechzig Meilen westlich der Insel Trinidad, südlich der Insel Tortilla.

Dort angekommen setzten sie nach gewohnter Art ihr Volk an Land und überwältigten etliche Indianer, die am Strand waren; jedoch als sie in die Stadt kamen, wurden sie ringsum von Spaniern eingeschlossen, so dass ihnen jedes Gelüste nach Beute verging, und sie nur darauf dachten, wieder auf ihre Schiffe zu kommen. Immerhin schlugen sie sich mit guter Courage durch und kamen wieder in ihre Schiffe, wiewohl nicht so vollzählig, als sie herausgegangen waren, denn sie ließen wohl hundert Mann liegen, und an fünfzig Blessierte schleppten sie mit. Als sie dann wieder nach Jamaika zurückkehrten, mussten sie sich von denen, die mit Morgan in Maracaibo gewesen, mit der Frage, ob man wohl in Comanago auch Münze schlüge, obendrein noch zum Narren halten lassen.

DRITTER TEIL

Enthaltend: Die Eroberung und Einäscherung der Stadt Panama, an der Südsee von Amerika gelegen, durch Morgan, samt der Einnahme noch anderer Plätze mehr, wie auch des Schreibers Reise längs der Küste von Costa Rica, und was ihm daselbst begegnet ist.

Erstes Kapitel – Morgan rüstet eine neue Flotte aus

Morgan kommt auf die Insel Española, um eine neue Flotte auszurüsten und damit zum Raub auf die spanische Küste zu gehen.

MAN SIEHT DURCH TÄGLICHE ERFAHRUNG, dass Glück dem Kriegsmann allemal Mut gibt, sich an noch Höheres zu wagen, zur Beförderung seines Ruhmes; dem Kaufmann zur Vermehrung seiner Reichtümer; dem Künstler zur Vermehrung seiner Wissenschaft. Also hat es sich auch bei Morgan erwiesen, da er sah, dass alle seine Unternehmungen ihm wohl geglückt waren, begann er auf noch größere Anschläge zu denken, wobei ihm Glück und Stern allzeit gedient haben. Wir wollen hier kurze Nachricht geben von seinen letzten Zügen, daraus der neubegierige Leser ersehen soll, dass Gott die Ungerechtigkeit dieser Räuber zuließ, die Spanier zu bestrafen.

Als Morgan sah, dass seine Leute die Beute von Maracaibo aufgezehrt hatten, und um so viel schlimmer daran waren als zuvor, dachte er auf einen neuen Anschlag, und dass er wohl nicht viel Mühe haben werde, sie zu einer neuen Landung an der spanischen Küste zu bereden. Er bestimmte ihnen den Sammelplatz an der Südseite der Insel Tortuga und schrieb zugleich einen Brief an den Gouverneur von Tortuga und an alle Pflanzer und Jäger von Española, worin er ihnen sein Vornehmen zu wissen tat, eine hinreichende Macht zu versammeln, damit sie einen ansehnlichen

Platz attackieren könnten, wobei sie allesamt (nach erfochtener Viktorie) ihr Glück machen sollten. Kaum hatten die Räuber von Tortuga und Española diesen Brief empfangen, so suchten sie mit allen Mitteln zu Morgans Flotte zu stoßen; denn die glücklichen Beutezüge, die er allzeit getan, wie auch die Freundlichkeit, die er den Franzosen immer bezeugte, machte ihn beliebt auch bei denen, die ihn niemals gesehen hatten. Alle Raubschiffe, so in Tortuga waren, machten sich unverzüglich bereit und nahmen soviel Volks auf, als sie immer konnten; und, was in die Schiffe nicht geladen werden mochte, begab sich in Kanus und fuhr damit längs der Küste hin, um zu der Flotte zu gelangen; andere machten sich auf den Weg durch den Busch nach der Südseite der Insel hin, um sich mit den Engländern einzuschiffen.

Am 24. Oktober des Jahres 1670 kam Morgan mit seinem Schiff an die Südseite der Insel Espanola in eine Bai, welche die Franzosen Port Couillon nennen, gegenüber dem Eiland Vaca, daselbst hatte er ihnen den Rendezvousplatz bestimmt. Und dieweil er den größten Teil seiner Macht dort antraf, hielt er mit ihnen Rat, welche Mittel man am besten anwenden solle, um Viktualien zu beschaffen. Morgan schlug vor, vier Schiffe und eine Barke mit vierhundert Mann auszusenden: Die sollten etliche kleine Plätze an der Festlandküste einnehmen, wo man Mais bekommen konnte.

Dies ward von allen Kapitänen und hohen Offizieren für gut befunden und auch dem gemeinen Volk bekannt gemacht, welches gleichfalls zustimmte. Endlich beschloss man an den Rio de la Hache zu gehen und daselbst ein Städtlein, la Rancheria genannt, einzunehmen, woselbst der meiste Mais geerntet wird. Auch hätte sich leicht ereignen können, dass sie dort auf die Barken gestoßen wären, die von Cartagena zum Perlenfischen kommen. Nach gefasstem Beschluss wurden die Schiffe klargemacht, und von jedem Schiff soviel Mannschaft an Bord genommen als nötig schien. Die andere Mannschaft aber wurde in den Busch geschickt, um Vieh zu fangen und das Fleisch einzusalzen. Auf den Schiffen, die in Espanola blieben, wurden soviel Leute gelassen, als nötig war, die Schiffe zu kielen und andere Ausbesserungen vorzunehmen.

Zweites Kapitel – Was in Rio de la Hache geschah

Erzählung von der Einnahme des Städtleins Rio de la Hache und dem Wichtigsten, was daselbst vorgefallen ist.

SECHS TAGE nachdem die vier Raubschiffe von Española abgesegelt waren, kamen sie in Sicht von Rio de la Hache, wo sie von einer Stille überkommen und von den Spaniern erblickt wurden, die sich unverzüglich aus Vorsicht unter Waffen begaben, wiewohl sie nicht wussten, dass diese Schiffe landen wollten. Doch da die Spanier, die dort wohnen, gewöhnt sind, immerzu von den Räubern geplündert zu werden, gebrauchten sie einige Vorsicht und bargen ihr Gut (denn dies ist gemeiniglich ihr erstes), um, so sie den kürzeren ziehen sollten, beizeiten zu entfliehen.

Da lag auch ein Schiff, das von Cartagena Mais zu laden gekommen war; das meinte ihnen nachts mit dem Landwinde zu entwischen, jedoch sie umringten es so wohl, dass es statt ihnen zu entwischen just mitten unter ihre Schiffe geriet. Das kam ihnen wohl zu pass, denn das Schiff war geladen mit dem, was sie suchten, nämlich Mais. Des Morgens bei anbrechendem Tage kamen die Schiffe so dicht an das Land heran, als sie konnten, ihr Volk auszusetzen. Das geschah denn auch, wiewohl nicht ohne heftige Gegenwehr der Spanier, die am Strand waren und einige Brustwehren aufgeworfen hatten. Doch wurden sie schließlich gezwungen, sie zu verlassen und nach ihrer Ortschaft zu retirieren, wo sie die Räuber noch abzuweisen hofften. Als die Räuber an den Ort kamen, begann das Gefecht von neuem und währte bis an den Abend, worauf die Spanier ihn aufgaben und die Flucht ergriffen, nachdem sie viele Leute verloren und den Räubern wenig Schaden getan. Diese, da sie, in den Ort gelangt, sahen, dass die Spanier ihnen nichts als die leeren Häuser gelassen hatten und mit ihrer Habe geflohen waren, verließen ihn und folgten den Spaniern unverzüglich nach, wodurch sie denn auch einen Trupp einholten und gefangen nahmen.

Des andern Tags wurden die Gefangenen in gewohnter Weise gefoltert, um auszusagen, wo ihr Geld und Gut verborgen läge, wodurch etliche bekannten, andere nicht. Die Räuber begannen nun auf Partei auszulaufen und brachten viel Gut und Sklaven zusammen. Die Spanier, die sich vorher nicht in den Busch getraut, errichteten nun doch verschiedene Hinterhalte, um sich gegen die Gewalt der Räuber zu schützen, aber es half ihnen nichts, denn, so sie auch den Räubern viel Schaden zufügten, es troff doch nur knüppeldick auf ihre eigenen Köpfe, sobald sie gefangen wurden. Nachdem die Räuber vierzehn Tage im Ort verharrt und alles, was sie nur bekommen konnten, geplündert hatten, beschlossen sie wieder nach Española zu ihren Kameraden zurückzukehren.

Zu diesem Ende gaben sie den Spaniern von Rio de la Hache bekannt, dass sie sich mit der Brandschatzung einstellen sollten. Die Spanier suchten Ausflüchte, sagten, dass sie die Stadt lieber wollten verbrennen lassen, und dass sie kein Geld hätten. Da nun die Räuber nach Mais ebenso begierig waren wie nach Geld, schlossen sie mit ihnen auf etliche Partien Mais ab. Nun waren zwar die Spanier zum Teil dawider, doch da sie sahen, dass die Räuber den Platz in Brand stecken wollten, begannen sie zu verhandeln, und man kam schließlich überein, dass die Spanier viertausend Hanegas *[spanisches Raummaß]* Mais (das ist ungefähr tausend Lasten *[Eine Last entspricht etwa 2000 Kilo]*) aufbringen sollten. Dies taten sie denn auch so eilfertig als sie nur konnten, um ihre Gäste um so sehr los zu werden. Drei Tage später hatten sie den Mais aufgebracht, worauf die Räuber all ihre Beute samt den eingefangenen Sklaven an Bord brachten, in ihre Schiffe verteilten und ihren Kurs nach der Insel Española richteten, wo die Hauptmacht der Flotte auf sie wartete.

Fünf Wochen waren verstrichen, dass die vier Raubschiffe mit der Barke von Morgan abgesegelt waren, also dass er bereits an ihrer Wiederkunft zu zweifeln begann, nicht wissen, was er denken sollte: ob sie wohl gute Beute gemacht und gar damit durchgegangen wären, oder ob sie eine Niederlage erlitten haben möchten; zumal dieser Platz Sukkurs von Cartagena und Santa Maria erhalten kann und überdies, da allzeit einige Schiffe von Cartagena auf die Räuber kreuzen. Schon war Morgan gesinnt, seine Resolution zu ändern, als er die Schiffe in größerer Zahl als sie ausgelaufen, wieder ankommen sah. Da war die Freude von Morgan sehr groß (wie auch der ganzen Flotte), und dieselbe ward sehr vermehrt als sie Bericht erhielten, dass die Schiffe alle mit Mais geladen waren.

Morgans Schiffe waren alle klar und hatten auf nichts anderes gewartet, als auf die eben angekommenen; die wurden unverzüglich gelöscht, und die Mannschaft aus den Wäldern an Bord entboten. Mittlerweile diese neuangekommenen Schiffe sich auch fertigmachten, wurde das Fleisch aufs schleunigste eingeladen, wie auch der Mais an jedwedes Schiff ausgeteilt, nach der Menge des Volks. Hierauf bestimmte Morgan den Schiffen den Rendezvousplatz am Cabo Tiburon, das ist am Westeck der Insel Española: Daselbst wollten sie miteinander überlegen und Beschluss fassen, was dafür ein Platz zu attackieren sei. Kurz danach kamen alle Schiffe dahin, wo Morgan vor Anker lag und ihrer wartete; es kamen auch etliche Schiffe von Jamaica, des Morgans Flotte aufzusuchen.

Diese war nun im ganzen siebenunddreißig Rahsegel stark mit noch einigen kleinen Barken; auf welchen Schiffen allen nach einer Generalmusterung zweitausend und einigen Mann befunden wurden, allesamt wohl ausgerüstet mit Feuerrohren, Pistolen, Säbeln, als auch Pulver und Blei und anderer Kriegsmunition nach Bedarf. Auch waren die Schiffe nach ihrer Größe mit Geschütz wohl versehen, das Admirals-Schiff hatte zweiundzwanzig Stück Kanonen und sechs metallene Bassen auf und war das schwerste von allen, die andern hatten zwanzig, achtzehn, sechzehn, vierzehn bis hinab auf vier, welche die kleinsten waren: auch alle nach Bedarf versehen mit Schießpulver, Handgranaten und anderem Feuerwerk.

Nachdem also Morgan alles besichtigt und, denen etwas gebrach, davon zugeteilt hatte, machte er eine Admiralschaft: Das heißt, er teilte die Flotte in zwei Geschwader unter zwei verschiedenen Flaggen, nämlich unter der des Königs von England und unter der weißen Flagge; darüber setzte er Offiziere als Vizeadmirale und Konteradmirale: Allen den Schiffen, die keine Kommission hatten, gab er ein: an den spanischen Landen alle Gewalt zu tun, und ihre Schiffe, sei es auf See oder im Hafen, wegzunehmen, vermöge des Rechts der Repressalie: Denn die Spanier seien offenbare Feinde der englischen Krone, da sie alle Schiffe der englischen Nation, die in ihre Häfen nach Wasser oder um anderer Notdurft willen kämen, ohne andere Information als Prise erklärten.

Als Morgan nun alles in gute Ordnung gebracht, berief er alle hohen Offiziere und Kapitäne seiner Flotte, mit denselben übereinzukommen, dass sie ihm eine gewisse Summe Geldes für seine Generalschaft zugestehen sollten. Alle die Offiziere kamen und stimmten üblicherweise, dass Morgan von je hundert Mann für seinen Oberbefehl einen Anteil beziehen solle; dies wurde auch den Gemeinen mitgeteilt, die gleichfalls einstimmten.

Hierauf wurde eine allgemeine Abrede gemacht, was ein Kapitän für sein Schiff haben solle; dazu versammelten sich alle niederen Schiffsoffiziere, nämlich die Leutnants und Bootsleute, und bestimmten miteinander, man solle den Kapitänen acht Mannsparten oder Anteile geben, überdies für ihre Person einen Part als dem besten Mann; dem Wundarzt für seine Schiffsapotheke zweihundert Stück von Achten und überdies seinen Mannspart; den Zimmerleuten hundert Stück von Achten, und überdies ihren Mannspart. Danach wurde ein Entgelt bestimmt für diejenigen, die eine generöse Aktion zum Abbruch des Feindes tun würden, namentlich für den, der als erster die Flagge von einer Festung herunterholt und die englische darauf steckt, der sollte über seinen Teil noch fünfzig Stück von Achten genießen. Der zur Zeit der Not einen gefangen nimmt und einbringt, sollte über seinen Teil zweihundert Stück von Achten empfangen.

Die Grenadiere, die bestellt waren, Granaten in ein Kastell zu werfen, sollten für jede Granate, die sie in ein Kastell geworfen, außer ihrem Part fünf Stück von Achten erhalten. Auch wurde eine Entschädigung festgelegt für die Verstümmelten: nämlich der, welcher beide Beine in einem Treffen verloren hatte, sollte über seinen Part fünfzehnhundert Stück von Achten oder fünfzehn Sklaven erhalten, je nach Wahl des Verstümmelten. Für Verlust eines Beines, ohne Unterschied des Linken oder Rechten, über seinen Part fünfhundert Stück von Achten oder sechs Sklaven, je nach Wahl des Verstümmelten.

Für den Verlust einer Hand, ohne Unterschied der Linken oder Rechten, fünfhundert Stück von Achten oder sechs Sklaven, nach Wahl des Patienten. Für den Verlust eines Auges hundert Stück von Achten oder einen Sklaven, nach Wahl des Patienten. Für den Verlust eines Fingers hundert Stück von Achten oder einen Sklaven, wie zuvor. Für den Schmerz einer Leibeswunde, worin der Patient eine Röhre tragen muss, fünfhundert Stück von Achten oder fünf Sklaven. Für ein steifes Glied, es sei Arm, Bein oder Finger, dasselbe Entgelt, als ob das Glied ab wäre. Diese oben gemeldeten Entgelte sollten der allgemeinen Beute vor ihrer Verteilung entnommen werden. Diese Artikel wurden einmütig aufgesetzt und zuerst von Morgan, danach von allen Kapitänen und Offizieren der Flotte unterzeichnet.

Nachdem Morgan alles dieses angeordnet hatte, hielt er mit allen seinen Schiffskapitänen Kriegsrat, um zu überlegen, welcher Platz zuerst anzugreifen sei. In dieser Versammlung wurde vorgeschlagen: man solle von diesen drei Plätzen einen attackieren, nämlich entweder Cartagena oder Panama oder Vera Cruz. Da ward nicht diskutiert, ob man stark genug sei, oder welcher Platz der stärkste von den dreien sei; keiner von ihnen wurde für so reich geschützt wie Panama, weswegen man mit allen Stimmen entschied, denselben zuvörderst anzugreifen und sodann zu plündern. Zu diesem Ende wollte man zunächst die Insel Santa Catalina einnehmen, um dort einen Führer zu bekommen, der sollte uns den Weg nach Panama weisen; denn auf dieser Insel gibt es viele Verbannte aus allen spanischen Küstenplätzen.

Es wurde auch ein besonderer Artikel gemacht: falls man ein Schiff auf See oder im Hafen aufgriffe, das sollte mit in die allgemeine Teilung kommen, allein das Schiff, welches ein feindliches Schiff zuerst enterte, sollte dafür eine Prämie von tausend Stück von Achten erhalten; aber wenn dieses feindliche Schiff mehr als zehntausend Stück von Achten wert war, sollte die Prämie tausend Stück von Achten von je zehntausend betragen. Da wurde auch bestimmt und bei Leib- und Lebensstrafe verboten, dass niemand sich verführen lasse, ein Schiff zu attackieren, das kein Feind war, damit man nicht verpetzt werde.

Drittes Kapitel – Santa Catalina ergibt sich

Morgans Abfahrt mit seiner Flotte von der Insel Espanola und Einnahme der Insel Santa Catalina.

DIE RÄUBERFLOTTE, unter dem Befehl von Morgan, war nun mit aller Notdurft (nach Beschaffenheit des Landes) aufs beste versehen und stach am 16. Dezember des Jahres 1670 in See. Vier Tage danach kam sie in Sicht von Santa Catalina, welche Insel, wie ich im zweiten Teil dieser Historie gesagt haben, mit einer spanischen Garnison besetzt ist, und wohin alle Schelme und Übeltäter verbannt werden.

Die Insel ist gebirgig und hat ungefähr sieben spanische Meilen im Umfang, ist ungefähr drei spanische Meilen lang und eine breit. Sie liegt auf dreizehn Grad zwanzig Minuten nördlicher Breite, ungefähr hundert spanische Meilen von Cartagena und zweiundsechzig von Puerto Belo, nördlich von Rio de Chagre. Dort ist keine Jagd als einmal im Jahre, nämlich auf große Schwärme wilder Tauben. Sie hat vier Flüsse, von denen zwei im Sommer austrocknen. Auch kein Handel wird da getrieben, die Einwohner pflanzen nur das, was sie zum Leben brauchen, obwohl das Land für Tabak tauglich genug sein sollte.

Als Morgan an diese Insel gekommen war, schickte er ein wohl besegeltes Schiff, montiert mit vierzehn Kanonen an den Ausgang des Hafens, um aufzupassen, ob Fahrzeuge darin wären, und sie zu verhindern, nach dem Festland zu gehen und von der Räuberflotte Nachricht zu bringen. Am nächsten Morgen ging Morgans ganze Flotte unter der Insel vor Anker, an einen Platz genannt Aguada Grande, wo die Spanier eine Batterie mit vier Stück darauf hatten. Morgan ließ unweit davon tausend Mann an Land setzen und ging in Person mit. Als die Räuber nun am Land und allesamt in Ordnung aufgestellt waren, begannen sie durch den Busch zu marschieren, und hatten also noch keine Führer, als einige aus ihrer Mitte, die schon auf der Insel gewesen zur Zeit, da sie von Mansfeld heimgesucht worden war. Des Abends kamen sie an einen Ort, wo der Gouverneur der Insel vorzeiten seine Residenz gehalten. Daselbst war eine Geschützreihe, genannt Plataforma Santiago, jedoch keine Mannschaft darin, da die Spanier, um die Insel mit mehr Sicherheit zu verteidigen, sich auf das kleine Eiland zurückgezogen hatten, welches so dicht an dem großen ist, dass man auf einer Brücke hinüber passieren kann. Die Spanier hatten es rundum mit Forts und Batterien besetzt, so dass es uneinnehmbar schien.

Als sie die Räuber zu Gesicht bekamen, schossen sie von ihrem kleinen Eiland mit groben Kanonen tapfer auf sie los, wiewohl sie wenig treffen konnten. Zuletzt brach die Nacht ein, so dass die Räuber an diesem Tage nicht weiter laufen konnten und die Nacht nach alter Gewohnheit in der Sternenherberge schlafen mussten, und zwar ohne Überladung des Magens, denn sie hatten den ganzen Tag nichts gegessen. Ungefähr um ein Uhr nachts kam ein sehr starker Regen, der ziemlich lange anhielt. Sie rissen einige Häuser nieder, um sich dabei zu erwärmen, denn der Regen war sehr kalt, so dass sie es, dürftig begleitet wie sie waren, kaum ertragen konnten. Sie hatten nicht mehr als ein Hemd und ein Höslein an, ohne Strümpfe und Schuhe, welches ihnen wenig Wärme geben konnte. Am nächsten Morgen bei Tagesanbruch begann der Regen nachzulassen und die Räuber putzten ihr Gewehr, das in keinem guten Stand war, war es doch meistenteils nass geworden.

Wären in dieser Nacht nur hundert wohlbewaffneter Mann gekommen, sie hätten den Räubern allen mit Gemächlichkeit die Hälse entzwei schlagen können. Ihr Gewehr wieder schussbereit gemacht, begannen sie zu marschieren, doch hub der Regen wieder ärger an als zuvor, und zugleich begannen die Spanier wieder zu kanonieren, um zu zeigen, dass ihr Pulver nicht nass war. Die Räuber, die sich bei währendem Regen in die Nähe der Forts nicht begeben konnten, suchten ein Obdach, um ihr Gewehr vor der starken Nässe zu schützen, ein jeder war damit beschäftigt sich, sei es aus Gras, sei es aus Baumzweigen ein Hüttchen zu machen.

Unter all diesem Ungemach begannen sie auch noch Appetit zu kriegen, so dass sie darauf denken mussten, etwas zum Essen zu bekommen. Unter anderem lief da ein altes Pferd herum, das die Spanier hatten laufen lassen, weil es zu nichts diente, sein Rücken war voll Eiterbeulen. Das wurde totgeschossen, und ein jeder nahm ein Stück davon, briet es ein wenig über dem Feuer, und sie aßen es also auf, als ob es das leckerste Gericht gewesen, das man sich wünschen konnte, ja, der war noch ein flinker Kerl, der so ein Stück erwischte.

Unterdessen hielt der Regen noch immer an, und weil Morgan sah, dass seine Leute zu murren begannen und wieder an Bord wollten, sandte er ein Kanu mit einer weißen Flagge zu den Spaniern, um sie aufzufordern, das Eiland zu übergeben, und mit der Drohung, sofern sie es nicht gutwillig überlieferten, keinem Pardon zu gewähren. Am Nachmittag kam das Kanu zurück mit der Antwort des Gouverneurs, er wolle die Sache mit seinen Offizieren überlegen und bitte um zwei Stunden Bedenkzeit, dann würde er Morgan Bescheid geben, wie es denn auch geschah. Es kam ein Kanu von den Spaniern mit einer Friedensflagge und zwei Personen, um zu kapitulieren.

Bevor sie aber an Land gingen, verlangten sie zwei Personen an Stelle der zwei, die zu Morgan kommen sollten, was ihnen von diesem auch zugestanden wurde, der ihnen an Stelle der Unterhändler, des Majors der Insel und noch eines Fähnrichs, zwei Kapitäne sandte. Diese beiden Spanier, vor Morgan gelangt, erklärten sich willig das Eiland zu übergeben, da sie nicht stark genug wären, ihm zu widerstehen; jedoch baten sie, es möge ihm belieben, zu ihrer und ihres Gouverneurs Ehrenrettung von folgender Kriegslist Gebrauch zu machen. Die Räuber sollten nachts an die Brücke kommen, welche die große Insel mit der kleinen verbindet, und das Fort S. Jeronimo berennen. Zugleich sollten alle Schiffe unter das Kastell S. Teresa segeln, dasselbe zu bestürmen, und einige Kanus abfertigen, um bei der Batterie, genannt la Plataforma S. Mateo einen Trupp zu landen. Dieser sollte den Gouverneur, wenn er vom Fort S. Jeronimo nach dem Kastell ziehe, abschneiden und gefangen nehmen. Hätte man so den Gouverneur, sollte man ihn zwingen, das Kastell zu übergeben, nämlich die Engländer hineinzuführen, als ob es seine eigenen Truppen wären.

Auf beiden Seiten sollte heftig geschossen werden, jedoch ohne Kugeln oder in die Luft, so dass niemand ein Leid geschehen konnte. Wenn man dann im Besitz dieser beiden Forts wäre, brauchte man die andern nicht zu fürchten. Sie baten auch, man möge belieben, sie an der Festlandküste an Land zu setzen, dort wo es Morgan gut dünkte, wofern sie nur zu ihrem Volke kämen. Morgan bewilligte dies alles unter der Bedingung, dass niemand von seinen Leuten das Leben dabei verliere, oder ihnen sonst Leid geschehe, sonst würde er ihnen keinen Pardon geben. Sie gelobten dies alles, nahmen Abschied und fuhren wieder zu ihrem Gouverneur zurück.

Morgan gab nun unverzüglich Order an seine Schiffe, in den Hafen einzufahren, wie mit dem Gouverneur verabredet war; zugleich gab er seinen Truppen Befehl, sich bereit zu machen, gegen Abend das Fort San Jeronimo zu berennen, wie den auch geschah. Gegen Abend ging der Sturm auf alle Festungen der kleinen Insel vor sich, so wie es mit den Spaniern abgemacht war; jedoch ungeachtet des Vertrages mit bloßem Pulver zu schießen, hatten Morgan seinen Leuten befohlen, ihre Rohre mit allem Fleiße scharf zu laden, aber nur dann auf die Spanier zu schießen, wenn sie sähen, dass sie von Ihnen scharf beschossen würden.

Das blinde Gefecht ging an: Da wurde von beiden Seiten mit groben Kanonen lustig geschossen, als auch mit kleinem Gewehr scharmützelt, ohne dass jemand Schaden nahm. Endlich gelangten die Räuber in der dunklen Nacht auf die kleine Insel, besetzten alle die Forts, trieben die Spanier in die Kirche und befahlen dem Gouverneur, seine Leute beisammen zu halten: sollten bei Nacht außerhalb der Schildwachen, die vor der Kirche standen, Spanier gefunden werden, würde man auf sie Feuer geben. Nachdem so alles zur Ruhe gebracht und der Vertrag mit den Spaniern unterzeichnet war, begann der Krieg gegen Hühner, Schweine, Kälber und Schafe: Da ging es die ganze Nacht an ein Braten und Kochen, und aus Mangel an Holz rissen sie die Häuser ein, ein jeder war eifrig dabei, sich Kost zu suchen, einige nahmen, als sie satt waren, ihr Übriggelassenes, liefen damit nach der Kirche und teilten es mit den spanischen Weibern, jedoch die Männer mussten zusehen.

Am nächsten Tag in der Früh zählte man das Volk, das auf der Insel war, es waren im ganzen vierhundertfünfzig Personen, nämlich hundertneunzig Soldaten der Garnison, vierzig verheiratete Männer, samt dreiundvierzig Kindern, einunddreißig Sklaven Seiner Majestät mit acht Kindern, acht Verbannte, neununddreißig Negersklaven von Privatpersonen mit zweiundzwanzig Kindern, siebenundzwanzig Neger mit zwölf Kindern. Die Spanier wurden allesamt entwaffnet: Die Männer ließ man auf die Plantagen laufen, um Nahrung zu schaffen, doch die Frauen blieben in der Kirche eingeschlossen.

Hierauf wurden alle Forts visitiert, deren man an Zahl neun fand, alle vortrefflich befestigt, und mit Kanonen und Musketen, wie auch mit Pulver, Blei und Lunten wohlversehen. Man fand auch ein Magazin mit über dreißigtausend Pfund Pulver und andrer Munition. Aller dieser Kriegsvorrat wurde auf die Schiffe verladen, die Batterien zerstört, die Geschütze vernagelt und die Lafetten verbrannt. Das Kastell von S. Teresa und das Fort S. Jeronimo wurden allein gehalten. Dort blieben die Räuber auf Wacht.

Nachdem Morgan so alles in Ordnung gebracht hatte, ließ er die Gefangenen fragen, ob unter den Verschickten nicht welche von Panama oder Puerto Belo seien, worauf ihrer drei zum Vorschein kamen, welche in diesen Gegenden sehr gut bekannt waren. Morgan fragte sie ganz sanftmütig, ob sie, seine Macht nach Panama zu führen, Wegweiser sein wollten, versprach zugleich, sie aus der Sklaverei zu lösen und mit nach Jamaika zu nehmen, mit soviel Beute, als sie erlangen könnten. Das stand den Sträflingen wohl an, die versprachen, ihm treulich zu dienen. Der eine war ein Halbblut, er zeigte sich willig dazu, weil er hoffte, sich bei dieser Gelegenheit für das Unrecht zu rächen, das ihm dort widerfahren, wie es auch in der Tat war, denn er hatte die Verschickung nicht verdient.

Vielmehr lebendig gerädert zu werden für all das Böse, was er verübt hatte mit Morden, Weiberschänden und viel Diebereien. Dieser Bösewicht zwang die beiden andern, die Indianer waren, unter spanischer Herrschaft geboren, und der Wege sehr wohl kundig; er drohte ihnen, so sie mit ihm den Räubern nicht dienen wollten, werde er helfen, sie lebendig zu verbrennen. Zu Morgan sagte er auch, dass diese die Wege zu weisen sehr nützlich wären, man solle sie nur weidlich schlagen, wenn sie dem, was man ihnen anbefehle, nicht gehorchten. Da Morgan nun gefunden hatte, was er suchte, kam er mit seinen Hauptleuten überein, vier Schiffe samt einer Barke bereitzumachen, die sollten sich des Kastells am Rio de Chagre zu bemächtigen suchen. Dies, um bei den Spaniern keinen Verdacht zu erregen, wenn sie die ganze Flotte erblickten, und damit sie nicht jemanden zu warnen nach Panama schickten. Nach gefasstem Beschluss wurden vierhundert Mann aus der Flotte genommen, um auf die vier Schiffe zu gehen und das Fort Chagre einzunehmen.

Wir wollen nun Morgan auf dieser Insel mit dem Überrest seines Volkes lassen und mit den vier Schiffen ziehen, um zu sehen, auf welche Weise sie sich des Kastells bemächtigten.

Viertes Kapitel – Das Kastell San Lorenzo de Chagre

Erzählung der Einnahme des Kastells San Lorenzo de Chagre durch vierhundert Mann so von Morgan vorausgeschickt worden.

DER BEFEHLSHABER dieser vier Schiffe hieß Brodely, ein Mann, der in diesen Gewässern lange auf Raub gefahren war und viel Missetat verübt hatte. Drei Tage nach Abfahrt von der Insel Santa Catalina kamen sie in Sicht des Kastells von Chagre, das an der Mündung des gleichnamigen Flusses auf einem hohen Berge gelegen ist. Das Kastell ist rundum befestigt mit starken Palisaden, die mit Erde gefüllt sind, der Berg wird oben von einem an dreißig Fuß tiefen Graben durchschnitten, über welchen eine Zugbrücke zu dem einzigen Eingang der Festung führt; sie ist an der Landseite mit vier, an der Seeseite mit zwei Bastionen versehen.

An der Südseite ist er ganz steil, so dass es unmöglich ist, ihn zu erklimmen, an der Nordseite ist der Fluss. Unten am Wasser, an einem Vorsprung des Berges, steht ein Turm, darauf sind acht Kanonen, die Einfahrt in den Strom zu verhindern; ein wenig tiefer hinein sind noch zwei Batterien, eine jede von sechs Kanonen, die auf den Strom flankieren, dabei sind noch einige Lagerhäuser, worin sowohl die Munition als auch einige Güter aufbewahrt werden, die stromauf sollen oder von oben gekommen sind. Neben den Lagerhäusern ist eine Treppe in den Berg gemacht, auf der man zu dem Kastell hinaufsteigt. An der Westseite des Kastells ist ein Hafen für kleine Schiffe, wo es drei, vier und sieben Faden tief ist. Vor dem Kastell ist guter Ankergrund von sieben bis acht Faden Wasser, und an der Mündung des Stroms liegt eine Klippe, die beinahe bis an die Wasserfläche kommt.

Als die Spanier der Räuber Schiffe ansichtig wurden, begannen sie, von ihrem Kastell aus mit groben Kanonen auf sie zu schießen. Die Räuber aber gingen in einem kleinen Hafen vor

Anker, ungefähr eine Meile von dem Kastell. Am nächsten Morgen bei Tagesanbruch wurden sie an Land gesetzt, um durch den Busch ans Kastell zu kommen, es zu erobern und ihre Schiffe in den Strom zu bringen. Sie marschierten von morgens früh bis um zwei Uhr nachmittags, bevor sie an ihr Ziel kamen, denn der Busch ist sehr ungangbar und oftmals voll Sumpf und gewaltiger Felsen, darin mussten sie erst einen Weg bahnen, zumal die Ranken so dicht ineinander geflochten waren, dass unmöglich durchzukommen war. Sie hatten etliche Sklaven von der Insel Santa Catalina mitgenommen, die ihnen den Weg zu bahnen sehr dienlich waren.

Vor das Kastell gelangt, wurden sie von den Spaniern unverzüglich mit grobem Geschütz empfangen, denn sie waren ganz ohne Deckung: Der Platz nämlich, über den sie mussten, um es zu berennen, war ganz flach und ohne Gehölz, so dass die Spanier sie vom Kopf bis zu den Füßen, sie aber die Spanier nicht sehen konnten. Hierdurch kamen sie in große Bedrängnis, nicht wissend, auf welche Weise sie das Kastell am besten angreifen sollten; das war für sie ein heißer Brocken, den konnten sie nicht ohne zu blasen in den Mund stecken: wieder umkehren, das durften sie auch nicht, um keine Schande bei ihren Kameraden zu haben. Beschlossen also, das Kastell anzugehen, koste es, was es wolle. Sie griffen also mit Feuerrohr und Handgranaten wacker an, doch waren die Spanier so wohl bedeckt, dass die Räuber ihnen wenig Schaden tun konnten, vielmehr chargierten diese lustig auf sie mit groben Kanonen und Musketen und riefen ihnen zu: »Vengan los demas, perros Ingleses, enemigos de Dios y del Rey, vos no aveis de ir a Panama.« Das heißt: »Last den Rest auch kommen, ihr englischen Hunde, Feinde Gottes und des Königs, ihr sollt nach Panama nicht kommen.«

Endlich mussten die Räuber retirieren. Des Abends gingen sie wieder los und gedachten unter Faveur *[mit Begünstigung]* ihrer Handgranaten über die Palisaden zu springen, allein es wollte nicht glücken. Einem der Räuber wurde ein Pfeil durch seine Schulter geschossen, er zog ihn mit Furie aus seiner Schulter heraus, nahm ein Stücklein Kattun, das er im Sack hatte, machte es am Pfeile fest und steckte es in Brand. Als es lichterloh brannte, tat er den Pfeil in sein Rohr und schoss auf einige Hütten in dem Kastell, die mit Palmistenblättern gedeckt waren. Die andern Räuber sahen dies und begannen dasselbe zu tun. Schließlich glückte ihre Praktik, die Dächer von zwei oder drei Häusern fingen Feuer. Die Spanier waren in ihrer Gegenwehr so eifrig, dass sie es nicht merkten, bevor ihnen die brennenden Dächer auf die Köpfe fielen, wodurch denn auch ein Teil Pulver in Brand geriet und den größten Teil der Spanier gefechtsuntüchtig machte. Die Räuber, da sie das sahen, begannen ihren Vorteil wahrzunehmen und tapfer anzugreifen, doch hinderte das Feuer die Spanier nicht an standhaftem Kampf, auch mühten sie sich mit allem Fleiße, es zu löschen, indessen schienen sie soviel Wasser nicht zu haben als sie brauchten, das laufende Feuer zu hemmen, denn da war allzumal meist dürres Holz und dabei wehte eine frische Brise, die auch keinem gut tat.

Wie nun die Räuber den Brand drinnen zunehmen sahen, überlegten sie, wie sie das Kastell auch von außen anzünden könnten. Sie versuchten nun die Palisaden in Brand zu stecken, was ihnen auch von statten ging, wiewohl nicht ohne schwere Mühe und Verlust vielen Volks, denn als die Spanier die Leute in dem Graben bemerkten, schmissen sie von oben Töpfe voll Pulver mit brennenden Lunten auf sie, was ihnen viel Schaden tat. Gleichwohl gelangten sie zu ihrem Vornehmen, trotz aller Gegenwehr der Spanier. Nachts gerieten die Palisaden in Brand und die Räuber krochen auf Händen und Füßen an das Feuer hin, und wenn sie einen Spanier durch die Flammen entdecken konnten, schossen sie ihn herunter. Gegen Morgen waren die Palisaden meist durchgebrannt, und die Erde, die dahinter war, begann von oben in den Graben hinunterzurutschen, desgleichen fiel das Geschütz nun herunter, so dass die Spanier bloß da standen und tapfer weggeschossen wurden. Der Gouverneur des Kastells hielt sie dermaßen unter Zwang, dass sie auch jetzt nicht davon durften, sondern hieß sie Geschütz vor die durch das Feuer gemachte Bresche bringen und auf die Räuber schießen. Dennoch ließen sie, da sie nicht mehr gedeckt waren, den Mut sinken, denn die Räuber, die nunmehr sehr in Rage waren, passten so scharf auf, dass nicht ein Spanier sich durfte sehen lassen, oder er war schon hin.

Inzwischen nahm das Feuer seinen Lauf. Da es nun eine bequeme Bresche gemacht hatte, suchten auch die Räuber es zu löschen, indem sie soviel Erde darauf schütteten als sie konnten: ein Teil war damit beschäftigt, indes der andere auf die Spanier passte. Schließlich kamen die meisten Spanier ums Leben, sowohl durchs Feuer als durch der Räuber Schießen. Gegen Mittag sprangen die Räuber durch die Bresche, ungeachtet des noch währenden Brandes und sehr wider Willen des Gouverneurs, der dieselbe mit fünfundzwanzig Mann, die um ihn waren, immer noch verteidigte: Die mit ihrem Gewehr nichts mehr ausrichten konnten, bedienten sich der Spieße, andere der Steine zum Werfen. Allein ungeachtet aller Gegenwehr der Spanier drangen die Räuber doch endlich durch und wurden Meister des Kastells. Die übrig gebliebenen Spanier sprangen ohne um Pardon zu rufen, von oben in den Graben hinunter, wo ein Teil den Hals brach. Der Gouverneur retirierte in ein Corps de Garde, darin zwei Kanonen waren, und wollte sich noch zur Wehr setzen, fragte auch nicht nach Pardon, wodurch die Räuber genötigt wurden, ihn totzuschießen. Sie fanden noch etwa dreißig Mann in dem Kastell liegen, von denen keine zehn unverletzt waren, diese berichteten ihnen, dass acht oder neun Mann nach Panama geflüchtet seien.

Das also war der Überrest von dreihundertvierzehn Mann, die im Kastell gewesen, und es war nicht ein einziger Offizier am Leben geblieben. Die Gefangenen sagten auch aus, der Gouverneur von Panama habe vor ungefähr drei Wochen aus Cartagena Zeitung erhalten, da die Englischen bei der Insel Española eine Flotte ausrüsteten, um Panama einzunehmen. Diese Nachricht hatten sie, wie sie sagten, durch einen Irländer bekommen, der zu Rio de la Hache von den Räubern desertiert wäre; der hätte schon gesagt, dass die Räuber Rio de la Hache nur darum genommen hätten, um für ihre Flotte Viktualien zu bekommen, wie es ja auch wahr war. Der Präsident von Panama habe auf diese Nachricht hin hundertsechzig Mann zur Unterstützung aufs Kastell gesandt samt Viktualien und anderer Kriegsmunition; auf diese Weise wurde die Besatzung auf dreihundertvierzehn Mann verstärkt, alle wohl bewaffnet. Sie berichteten ferner, der Gouverneur habe viele Hinterhalte am Strome gemacht, und in der Savana von Panama warte er auf uns mit zweitausendvierhundert Mann, alle miteinander Weiße, ferner sechshundert Mulatten und sechshundert Indianer samt zweitausend Stieren.

Die Räuber hatten nunmehr das Kastell gewonnen, doch war es so gemächlich nicht zugegangen als auf der Insel Santa Catalina. Sie zählten ihre Toten, deren sie mehr als hundert fanden, dazu noch sechzig Blessierte. Die Gefangenen mussten die spanischen Leichname vom Berge hinab auf den Strand werfen, dort Gruben machen und sie begraben. Die Verwundeten wurden in die Kirche gebracht zu den Weibern, die darin gefangen saßen. Nachdem dies alles geschehen, ließen sie den Schaden, den das Feuer angerichtet hatte, reparieren.

Morgan blieb nach der Abreise der vier Schiffe auch nicht mehr lange auf der Insel Santa Catalina, er ließ alle Viktualien, die da waren, in seine Schiffe laden, wie Mais und Casave, in der Hoffnung, sie im Kastell von Chagre zum Unterhalt derjenigen, die er dort als Besatzung zu lassen gedachte, auszuladen. Seine Meinung war, ein bis zwei Tage nach Eroberung desselben dort anzukommen und dann geradeswegs stromauf zu marschieren, um den Spaniern keine Zeit zu lassen, viel Anstalt zur Gegenwehr zu treffen. Darum ließ er alles Geschütz von den Kastellen der Inseln ins Wasser schmeißen, jedoch an einen Ort, wo er es wieder auffinden konnte, denn er hatte im Sinn, dereinst wiederzukommen und die Hand auf die Insel zu legen; überdies wurden alle Häuser in Brand gesteckt, ausgenommen das Kastell, dem er wenig Schaden tat. Die Gefangenen wurden alle mitgeführt.

Hierauf richtete Morgan mitsamt seiner Flotte den Kurs nach Rio de Chagre, wo er acht Tage nach Einnahme des Kastells anlangte; und als er die englische Flagge darauf wehen sah, war er so hastig in den Strom zu kommen, dass sein Schiff mit noch drei andern Schiffen vor der Mündung auf eine Klippe lief, jedoch ohne einen Mann Verlust; ja sie hatten nach dem Stranden noch Zeit genug, ihre Ladung heraus zu holen, und vielleicht wäre noch Gelegenheit gewesen, die Schiffe zu retten, wäre nicht jählings ein Nordwind eingefallen, der sie vollends in Stücke stieß und hoch und trocken auf den Strand hob.

Als Morgan in das Kastell gekommen und von all dem Vorgefallenen (wie zuvor erzählt ist) Bericht erhalten, ließ er unverzüglich alle Gefangenen an die Arbeit treiben, um das Fort auszubessern, und ließ er unverzüglich alle Gefangenen an die Arbeit treiben, um das Fort auszubessern, und ließ auch noch neue Palisaden rings um die Aussenwerke errichten. Da waren auch einige Fahrzeuge im Strom, von den Spaniern Chatas genannt, die sind wie die Schuten, um die Stückgüter stromaufwärts zu bringen; sie staken sie, wie man in Holland mit den großen Schuten tut; sie brachen sie auch, um nach Puerto Belo und Nicaragua zu fahren. Auf jede dieser Chatas wurden zwei Kanonen und vier metallne Bassen gelegt, dazu wurden noch vier leichte Fahrzeuge bereitgestellt, damit auf dem Strom zu rudern, und alle Kanus der Schiffe. Vierhundert Mann wurden kommandiert, auf dem Kastell zu bleiben, und hundertfünfzig auf den Schiffen, die auf dem Strom lagen. Die übrigen, so in zwölfhundert Mann bestanden, wurden beordert, nach Panama zu gehen. Sie nahmen keinen Proviant mit, in der Hoffnung, dass sie in den Embuskaden *[Schutzwall, Palisade, Hinterhalt]*, die der Feind gemacht hatte, Lebensmittel im Überfluss finden würden.

Fünftes Kapitel – Neues Ziel: Panama

Morgan zieht vom Kastell Rio de Chagre mit zwölfhundert Mann aus, in der Absicht Panama[14] einzunehmen.

NACHDEM MORGAN alles genau besichtigt, das Kastell nach Möglichkeit versorgt und seine ganze Mannschaft mit aller Art Kriegsmunition nach Gelegenheit des Landes wohl versehen hatte, begann er seinen Zug nach Panama am 18. Januar des Jahres 1670. Er hatte fünf Fahrzeuge mit Geschütz und zweiunddreißig Kanus, alle voll Volk. Allhier wollen wir nun alles beschreiben, was von Tag zu Tag vorgefallen, von seiner Abreise von Chagre an bis zu seiner Ankunft in der Stadt Panama.

Sie segelten und ruderten also den Strom hinauf, machten an diesem Tage ungefähr sechs spanische Meilen Wegs und kamen des Abends an einen Ort, genannt Rio de dos Brazos, wo ein Teil der Mannschaft an Land ging, um zu schlafen; denn sie waren auf den Schiffen so dicht beieinander, dass sie nicht liegen konnten. Es waren da verschiedene Plantagen, auf welchen die Räuber vermeinten, einige Wurzeln oder Früchte zu finden, damit ihren Hunger zu stillen; jedoch die Spanier hatten alles mitgenommen und in den Häusern gar nichts gelassen, so dass sie mit der Hoffnung schlafen gingen, wenigstens am nächsten Tag die Wunde, die der vergangene ihrem Magen geschlagen, zu heilen. Für diesmal musste sich jeder an einer Pfeife Tabak genügen lassen, wenn er sie mochte und hatte.

Am nächsten Tag, das ist dem zweiten, begannen sie beim Morgengrauen ihre Reise fortzusetzen, und kamen gegen Mittag an einen Ort, genannt Cruz de Juan Gallego, wo sie die Schiffe

---

14) Panama: damals Haupthandels- und Lagerplatz für Gold- und Silberbarren. Diese kamen mit Schiffen aus Peru und wurden in Panama auf Maulesel umgeladen, nach Portobelo an der Atlantikküste transportiert und von dort nach Spanien verschifft. Panama war auch ein Zentrum des Sklavenhandels.

lassen mussten; sowohl darum, weil der Strom ausgetrocknet war, denn es hatte lange Zeit nicht geregnet, als auch um einige Bäume willen, die in den Storm gefallen waren und die Passage hinderten. Es hätte allzu viel Mühe gekostet, unsere Schiffe dort durchzubringen. Die Wegweiser sagten uns, dass, wenn wir zwei oder drei Meilen aufwärts wären, wir alsdann zum Teil über Land marschieren, zum Teil mit Kanus auf dem Wasser fahren könnten. An diesem Abend ward der Mannschaft befohlen, auf den Schiffen zu bleiben, damit, im Falle man die feindliche Macht sehr zahlreich befände und gezwungen würde zurückzuweichen, man auf den Schiffen Zuflucht haben und die Feinde mittels der Kanonen zerstreuen könnte. Zu diesem Ende mussten hundertsechzig Mann dort bleiben, und es wurde ihnen zugleich verboten, an Land zu gehen, damit der Widerpart nicht einige von ihnen gefangen nähme, und so ihre Macht auskundschafte.

Am nächsten Tage, das ist dem dritten, morgens wurden einige Mann mit einem Wegweiser ausgesandt, um zu sehen, ob es möglich sei, mit einem Teil der Mannschaft über Land zu gehen; man fürchtete nämlich, der Feind läge dort im Hinterhalt, weil der Busch so dicht war, dass man kaum durchkonnte; dazu war es lauter Morast, sodass da nichts auszurichten war. Morgan sah sich denn genötigt, einen Teil seiner Leute mit Kanus an einen Ort, genannt Cedro Bueno überzuführen, des Abends kamen die Kanus wieder und nahmen auch die andere Hälfte mit. Jetzt verlangten es die Räuber gar sehr, dem Feinde endlich zu begegnen, um etwas zu essen zu bekommen, denn sie waren ganz schwach vor Hunger, zum Verschmachten. Am vierten Tag marschierten die Räuber mit dem größten Teil ihres Volks zu Lande, geführt von einem ihrer Wegweiser.

Der andere Teil fuhr in Kanus stromaufwärts mit andern Wegweisern, die in zwei Kanus etwa drei Musketenschüsse weit voraus ruderten, um die Embuskaden der Spanier zu entdecken. Die Spanier hatten auch Spione, die den Räubern vorausliefen und acht gaben auf alles, was sie taten; die konnten die Spanier leicht einen halben Tag zuvor warnen, ehe die Räuber hintennach kamen. Gegen Mittag gelangten die Räuber an einen Ort, genannt Torno Cavallos, wo die Kanus, die voraus ruderten, ihnen zuriefen, sie hätten einen spanischen Hinterhalt entdeckt. Sogleich machten sich alle Räuber bereit mit solchem Eifer und Freude, als ob es auf die Hochzeit ginge, sie hofften nämlich Überfluss an Speise und Trank zu finden, dieweil solches bei ihnen sehr rar war. Beinahe hätten sie einander gegenseitig zertrampelt, denn jeder wollte der erste sein; doch da sie hinkamen, fanden sie nichts als das Nest – die Vögel waren ausgeflogen – und vielleicht hundertfünfzig lederne Säcke, worin sie Brot und Fleisch gehabt hatten. Da waren noch einige Brotkrümel darin, doch das konnte wenig helfen für so viel Volk.

Die Hütten, die sich die Spanier gemacht hatten, wurden niedergerissen. Da sie nun nichts anderes fanden, verzehrten sie die ledernen Säcke mit solchem Appetit, als ob es Fleisch gewesen, ein jeder bereitete es nach seinem Wohlgefallen zu, ja sie prügelten sich noch darum, wer dieses oder jenes haben sollte; derjenige, der einen Sack erwischt hatte, war froh, wenn er ein Stück behalten konnte. Vermutlich waren hier ungefähr fünfhundert Spanier gelegen.

Nachdem nun die Räuber da ein wenig gerastet und ihren Hunger mit Leder ein wenig gestillt hatten, marschierten sie wieder weiter, so dass sie abends an einen Platz, genannt Torno Muni kamen, wo auch eine Embuskade war, doch gleichfalls verlassen wie die vorige. Dies hat nicht minder eine blinde Freude bei ihnen verursacht: ich sage blinde Freude, statt blinder Alarm, denn es war für sie eine Freude auf die Spanier zu stoßen, in Hoffnung auf Speise und Trank. Diese zweite Embuskade verlassend begaben sie sich buschwärts, um etwas Essbares zu suchen, jedoch vergeblich, denn die Spanier hatten da so wenig Essbares hinterlassen als sie ihnen gönnten; so dass diejenigen, die aus dem ersten Hinterhalt noch ein bisschen Leder übrig hatten, damit ihr Abendmahl hielten, sich mit einem Trunk Wasser dazu begnügend. Einige Neugierige, die ihr Leben lang nicht aus Mutters Küche gekommen sind, werden vielleicht denken, es sei unmöglich, Leder zu essen, und zu wissen verlangen, wie die Räuber es denn anstellten, es hinunter zu kriegen: sie klopften es am Flussufer zwischen zwei Steinen und hielten es dabei immer nass; nachdem es weich worden, schabten sie das Haar ab, danach ließen sie es auf Kohlen braten, schnitten es in kleine Stücklein und schluckten es also hinab.

Am folgenden Tag, das ist dem fünften, marschierten die Räuber beim Morgengrauen weiter und kamen gegen Mittag an einen Ort, genannt Barbacoa, wo sie wieder eine verlassene Embuskade fanden. Daselbst waren auch viele Plantagen, die die Räuber absuchten, um ihren großen Hunger zu stillen; doch hatten die Spanier dort ebenso wenig übrig gelassen als auf den andern Plätzen. Zu guter Letzt, durch langes Suchen und Schnüffeln in allen Winkeln, fanden sie eine Grube, die erst neulich gegraben schien und darin zwei Säcke Mehl mitsamt zwei großen Flaschen Wein und einigen Früchten, Bananen genannt.

Morgan, der sah, dass ein Teil seines Volkes durch Hunger aufs äusserste herabgekommen und sehr schwach geworden war, ließ diese Vorräte an diejenigen austeilen, die es am meisten nötig hatten. Nachdem sie etwas gegessen, begannen sie wieder zu marschieren, jedoch die von Schwäche nicht mehr weiter konnten, begaben sich in die Kanus, und die bisher darin gesessen, gingen nun über Land. Sie marschierten noch an diesem Tag bis in den dunklen Abend, wo sie auf eine Plantage kamen und da die Nacht über blieben. Die Spanier hatten daselbst getan wie auf den andern Plätzen auch, nämlich den Mundvorrat weggeschafft.

Am folgenden Tage, das ist dem sechsten, hatten sie keinen Wecker vonnöten, da der Hunger sie wenig hatte schlafen lassen. Sie setzten ihren Weg in gewohnter Weise wieder fort, die einen durch den Busch, die andern auf Kanus. Oftmals mussten sie stille liegen, da sie nicht vorwärts konnten, und wenn Rast war, lief ein jeder in den Wald, sich etwas zum Essen zu suchen: einige aßen Blätter, andere Samen von den Bäumen oder Gras, so groß war ihre Not. Am selben Tag gegen Mittag kamen sie in eine Plantage, in der sie ein Haus fanden, das voll Mais war, das wurde allsogleich niedergerissen und jedermann raffte soviel Mais als er konnte; das aßen sie aus der Hand.

Nachdem sie den Mais untereinander verteilt hatten, marschierten sie wieder weiter. Sie waren ungefähr eine Meile vorgerückt, da stießen sie auf eine Embuskade von Indianern. Sie schmissen allesamt ihren Mais weg, in der Hoffnung dort Leute und Proviant zu finden, jedoch als sie an den Platz kamen, wo sie die Indianer gesehen, fanden sie da weder Leute noch Proviant, sondern sahen etwa hundert Indianer am anderen Ufer des Stromes davonlaufen. Einige Räuber sprangen nun ins Wasser, um hinüberzuschwimmen und die Indianer einzuholen: sie waren entschlossen, falls sie ein paar Indianer schössen und nichts Essbares bei ihnen fänden, diese selber aufzuessen. Jedoch die Indianer waren geschwinder im Buschlaufen und verlachten sie noch, schossen auch auf zwei oder drei von den Räubern, deren einer fiel, und riefen ihnen zu: »Ha perros, a la savana, a la savana!« Das heißt: »Ha, ihr Hunde, auf der Savanna, auf der Savanna wollen wir uns treffen.«

Die Räuber konnten diesen Abend nicht mehr weiter, weil sie nämlich auf das andere Ufer übersetzen mussten, um über Land marschieren zu können. Mussten also daselbst übernachten und begannen untereinander zu murren. Einige wollten zurück, wurden aber von den andern, so mehr Courage hatten, gewaltig geschmäht. Doch fassten sie wieder Mut, als sie von einem der Wegweiser sagen hörten, dass da herum ein Dorf sei, wo sie ohne Zweifel auf Widerstand stoßen und dabei auch Proviant antreffen würden.

Am nächsten Tage, das ist dem siebenten, reinigten sie ihre Gewehre und schossen alle ihre Rohre ab, auf dass sie, wenn sie an den Feind kämen, ja nicht versagte. Hierauf wurden sie in Kanus auf dem andern Ufer an Land gesetzt; der Platz, wo sie geschlafen hatten, wird Santa Cruz genannt. Nachdem sie nun allesamt drüben und bereit waren, marschierten sie wieder vorwärts in der Hoffnung, auf Widerstand zu stoßen, und, wie ich zuvor gesagt, ihren Hunger zu stillen. Gegen Mittag kamen sie nahe an das Dorf, Cruz genannt, wo sie einen großen Rauch sahen.

Da begannen sie Mut zu schöpfen und sprachen untereinander: Die Spanier haben schon den Bratspieß auf dem Feuer, uns zu bewillkommnen. Jedoch, da sie hinkamen, fanden sie das Feuer zwar angesteckt, aber weder Speis noch Fleisch: Die Spanier hatten nämlich alle Häuser angezündet, ausgenommen die Lagerhäuser und die königlichen Ställe. Das Vieh, da herum gewesen war, hatten sie anderswo hingetrieben, so dass man dort nicht eine lebendige Seele fand, außer einige Hunde, die von den Räubern totgeschossen und aufgezehrt wurden.

In dem königlichen Packhaus wurden ungefähr sechzehn irdene Gefäße mit peruanischem Wein aufgefunden, samt einem Ledersack voll Brot. Da die Räuber an den Wein kamen, begannen sie, im Übermaß zu trinken, wurden jedoch zum Sterben krank davon und gaben all den Unflat, den sie auf dem Weg gegessen hatten, wie die Blätter der Bäume und anderes, was der Magen nicht hatte vertragen können, wieder von sich. Sie wussten nicht woher das kam, und meinten, die Spanier hätten Gift in den Wein getan; an diesem Tage konnten sie nicht weiter gehen, sondern mussten in dem Dorfe Cruz, das sie schon ausgeräubert vorgefunden, übernachten. Dieses Dorf ist gelegen auf neun Grad zwanzig Minuten nördlicher Breite, von Chagre sechzehn spanische Meilen entfernt und von Panama acht.

Bis dahin kann man auf dem Strom mit Fahrzeugen fahren, darum sind hier die Lagerhäuser, worin die Waren aufbewahrt und dann auf Mauseseln nach Panama geführt werden. Morgan musste daselbst auch seine Kanus lassen und mit all seinem Volk zu Land marschieren, auch wurde da beschlossen, die Kanus wieder zurückzusenden an den Ort, wo man die Schiffe gelassen und nur eines daselbst zu verstecken, um im Falle der Not den Schiffen Nachricht zu geben. In der Nähe des Dorfs und der Pflanzungen, die daran grenzten, ließen sich ab und zu etliche Spanier und Indianer sehen; deshalb verbot Morgan, sich aus dem Dorf zu begeben, man sei denn mindestens hundert Mann stark. Dessen ungeachtet zwang der Hunger viele der Räuber, Morgans Gebot zu übertreten und in den Pflanzungen selbdritt oder -viert nach Nahrung zu suchen. Die Indianer und Spanier, die da scharf aufpassten, fielen über so ein Trüpplein her und erwischten einen, die andern entkamen und brachten Morgan diese Zeitung, doch wurde sie geheim gehalten, um keine Verzagtheit unter den anderen aufkommen zu lassen, und des Nachts hielt man gute Wacht.

Am folgenden Tage, das ist dem achten, nahm Morgan mit seinem Volk den Weg nach Panama. Es wurden zweihundert Mann, nämlich die mit dem besten Gewehr, vorausgeschickt, um zu erkunden, ob die Spanier Hinterhalte auf dem Weg gelegt hätten; denn es ist dort sehr gute Gelegenheit dazu, infolge des sehr eingeengten und ungangbaren Weges; auf dem können nicht mehr als zwölf Mann nebeneinander marschieren, manchmal noch weniger. Gegen zehn Uhr kamen sie an einen Ort, genannt Quebrada obscura, das heißt die finstere Bergschlucht, wo ihnen drei- bis viertausend Pfeile auf den Leib geschossen wurden, ohne dass sie einen Menschen sehen oder gewahr werden konnten. Die Schlucht geht durch ein Gebirge, da ist ein Weg durchgegraben, durch den nicht mehr als ein beladener Maulesel passieren kann. Da war nun große Bestürzung unter ihnen, denn sie sahen niemand, und die Pfeile fielen so dicht als Hagel.

Endlich begannen sie tapfer in den Wald hinein zu schießen, einige schossen auch aufwärts nach etlichen Indianern, die aber liefen so schnell als sie nur konnten durch den Busch, den Räubern an einer andern Enge aufzupassen und sie da gleichermaßen zu empfangen. Da war auch noch ein anderer Trupp Indianer, der standhielt, bis endlich ihr Häuptling verwundet wurde und in den Weg stürzte, doch erhob er sich sogleich wieder und wollte noch eine Azagaya oder Wurfspieß in den Leib eines der Räuber einbohren, ward aber niedergeschossen, ehe er zu seinem Vornehmen kam, und blieb mitsamt noch zwei oder drei seiner Leute auf dem Platze tot liegen. Die Räuber taten ihr Bestes, um Gefangene zu machen, vermochten es aber nicht, denn die Indianer waren schneller im Laufen als sie. In diesem Gefecht hatten die Räuber acht Tote und zehn Blessierte; hätten die Indianer Ausdauer genug gehabt, da wäre nicht einer von den Räubern lebendig durchgekommen, allein sie schossen ihre Pfeile durch den Busch hin, wo sie an den Baumästen ihre Kraft verloren und oft wirkungslos auf den Weg fielen.

Kurze Zeit nachher kamen die Räuber auf eine große Fläche, ganz mit Gras bewachsen, da konnten sie weit umher sehen, entdeckten auch etliche Indianer auf einem Berg dicht an dem Wege, den sie passieren mussten. Dieweil man nun die Blessierten verband, wurden ungefähr fünfzig der hurtigsten Männer den Indianern entgegengeschickt, um zu sehen, ob sie nicht welche gefangen kriegen könnten, allein es war alles umsonst. Als die Räuber ein Stück vorwärts gekommen waren, tauchten die Indianer wieder vor ihnen auf und riefen wie zuvor: »A la savana, a la savana, cornudos perros ingleses!« Sie waren auf einem Berg, und die Räuber auf dem anderen, dazwischen lag ein Wald in einem Tal, so dass die Räuber vermuteten, dass sie dort noch einen Hinterhalt gelegt hätten. Zur Sicherheit schickte Morgan zweihundert Mann voraus und blieb mit der übrigen Mannschaft auf dem Berge.

Da nun die Spanier oder Indianer die Räuber hinab marschieren sahen, liefen sie auch in das Tal hinunter, als ob sie mit ihnen kämpfen wollten, sowie sie aber außer Sicht waren, rannten sie durch den Wald davon, so dass die Räuber unbehelligt passierten. Gegen Abend begann es zu regnen, weswegen die Räuber von ihrer Straße abwichen, um zur Trockenhaltung ihres Gewehres Häuser zu suchen. Die Indianer aber hatten alle Häuser, die auf dem Weg gewesen waren, verbrannt und das Vieh weggetrieben, auf dass die Räuber, durch Hungersnot bezwungen, wieder umkehren sollten, trotzdem fanden sie noch etliche, doch nichts zu essen darin, waren aber dessen ungeachtet nun besseren Muts als zuvor. Sie konnten alles Volk in den Häusern nicht unterbringen, deshalb wurde von jeder Kompanie eine gewisse Anzahl in die Häuser kommandiert, daselbst alle

Gewehre der Kompanie aufzubewahren, jedoch so, dass im Falle der Not jeder sogleich sein eigenes Gewehr wieder bekommen konnte. Der Rest der Mannschaft schlief draußen, doch war ihr Schlaf sehr schlecht, da es die ganze Nacht nichts tat als regnen.

Schwieriges Gelände in Panama

Am folgenden Tage, das ist dem neunten, mit anbrechender Morgenröte, dieweil es noch kühl war, begann Morgan wieder zu marschieren, denn dieser Weg war schlimmer als alle Wege zuvor, wegen der großen Sonnenhitze. Ein oder zwei Stunden nach ihrem Aufbruch sahen sie etwa zwanzig Spanier, die ihr Tun ausspähten. Die Räuber taten ihr Bestes, um einige von ihnen zu fangen, es war aber alles vergebens, denn sie waren so listig, und der Weg ihnen so wohl bekannt, dass wenn die Räuber meinten, sie wären ihnen voraus, so waren sie hinter ihnen und folgten ihnen von fern nach. Endlich kamen die Räuber auf einen Berg, von welchem sie die Südsee sehen konnten, auch ein großes Schiff mit fünf oder sechs Barken, die von Panama nach den Inseln Tavoga und Tavoguilla segelten, sahen sie.

Allhier begannen sie allesamt Mut zu schöpfen und ihre Freude wuchs noch mehr, als sie vom Berg hinab in eine weite Ebene kamen, die voll Vieh war. Sogleich zerstreuten sie sich und schossen, was ihnen vorkam. Alles war eifrig beschäftigt: während ein Teil auf der Jagd war, zündeten andere Feuer an, damit, wenn ihre Gesellen mit den erlegten Tieren zurückkämen, sie die braten könnten. Der eine brachte einen Stier, der andere wiederum eine Kuh, der dritte ein Pferd, und der nächste einen Maulesel; das schnitten sie ganz blutig in Stücke und warfen es aufs Feuer zum Braten, war es dann ein wenig gebraten, so aßen sie es auf, dass ihnen das Blut über die Backen lief. Indes sie nun im besten Schmausen dieser köstlichen Mahlzeit waren, ließ Morgan einen blinden Alarm schlagen: ein jeder sprang sofort auf, der eine lief hierhin, der andere dorthin, doch wollte keiner seinen Happen fahren lassen, sondern nahm ihn mit. Endlich sammelten sie sich wieder und setzten ihren Marsch fort. Es wurden etwa fünfzig Mann befohlen, voraus zu laufen, um einige Gefangene zu machen, sintemal *[zumal, weil]* Morgan sehr unmutig war, dass er von der spanischen Macht keine Kundschaft bekommen konnte.

Gegen Abend erblickten sie etwa zweihundert Mann, die riefen ihnen zu, doch konnten sie sie nicht verstehen, sie liefen an ihnen vorbei, als ob sie sie von hinten anfallen wollten. Als die Räuber noch ein wenig marschiert waren, erblickten sie die Türme von Panama, da schrieen sie zu dreien Malen und warfen ihre Hüte vor Freude in die Luft, es war als ob sie die Viktorie schon erfochten hätten. Sie beschlossen, diese Nacht daselbst zu schlafen, in der Hoffnung, des andern Tages früh in die Stadt Panama einzuziehen. Sie kampierten da auf freiem Felde und begannen die Trommeln zu schlagen, die Trompeten zu blasen und die Fähnlein zu schwenken, als ob ein großes Fest wäre. Auf den Schall der Trommeln und Trompeten kamen ungefähr fünfzig Reiter auf einen Musketenschuss an die Räuber heran geritten, die hatten auch einen Trompeter bei sich, der begann hell zu blasen, danach riefen sie »Ma ana, ma ana perros nos veremos«, das heißt: »Morgen, morgen ihr Hunde, werden wir uns sprechen«; und damit ritten sie ab, außer sieben oder acht, die da blieben, um aufzupassen, was die Räuber täten. Doch ließen sich diese das wenig anfechten: ein jeder war bemüht, Gras aufzuschütten, um sein Bett für die Nacht zu machen. Die zweihundert Mann, deren sie zuvor gewahr wurden, ließen sich nun auch wieder sehen und schienen den Rückweg mit ihrer Macht sperren zu wollen, auf dass sie nicht entliefen.

Indes waren sie darob wenig bekümmert: Die von ihrem Fleisch etwas übrig behalten hatten, aßen es vollends auf und gingen darauf schlafen. Ein jeder bekam seine Order für den Fall, dass die Spanier des Nachts angreifen sollten. Sie stellten auch Wachen rings um das Lager aus, wenn ich es denn ein Lager nennen darf. Die Spanier schossen die ganze Nacht mit groben Kanonen aus der Stadt.

Am folgenden Tage, das ist dem zehnten, morgens bei Sonnenaufgang, machten die Räuber sich bereit, die Spanier anzugreifen, und nachdem Morgan alles in gute Ordnung gebracht, begannen sie zu marschieren mit wirbelnden Trommeln und fliegenden Fahnen. Der Wegweiser, den sie hatten, warnte Morgan und sagte, sie täten besser, den großen Weg zu meiden und einen andern zu wählen, weil nämlich die Spanier auf diesem Embuskaden machen und ihnen großen Schaden tun könnten; dieser Rat wurde angenommen, und die Räuber ließen den großen Weg einen Musketenschuss rechts liegen und nahmen einen andern durch den Busch, der für sie sehr beschwerlich war; weil es aber ein Volk ist, das kein Ungemach scheut, die sie ja schon gewöhnt sind, kümmerte das sie nicht viel.

Die Spanier, welche, wie der Wegweiser gesagt hatte, sich in dem großen Weg verschanzt hatten, und nun sahen, dass die Räuber einen andern nahmen, wurden gezwungen, ihnen entgegen zu ziehen. Der General der Spanier stellte seine Soldaten in Schlachtordnung auf und marschierte gegen die Räuber an. Die spanische Macht bestand aus zwei Escadronen, vier Bataillonen Fußvolk und zwei Haufen wilder Stiere, die durch eine große Anzahl von Indianern, Negern und Mulatten vorgetrieben wurden. Die Räuber standen auf einem kleinen Hügel und konnten die Spanier wohl sehen, ein jeder hätte wohl gewünscht mit einem Buckel voll Prügel weit weg zu sein, denn die spanische Macht war ungleich größer, doch da war keine Möglichkeit zu weichen. So beschlossen sie denn, die Spanier anzugreifen und bis auf den letzten Mann zu fechten; denn auf Pardon war keine Hoffnung. Also entschlossen, teilten sie ihre Macht in drei Bataillone, stellten aber zweihundert Mann von den französischen Bukaniern an die Spitze, weil diese mit besonders gutem Gewehr versehen sind und trefflich schießen können. Diese marschierten voraus, die andern folgten ihnen. Die Räuber zogen den Hügel hinunter, und die Spanier auf einem schönen flachen Felde warteten ihrer. Nachdem der größte Teil der Räuber in die Ebene gekommen, erhoben die Spanier ein Geschrei und riefen: »Viva el Rey!« das ist: »Es lebe der König!« Zugleich attackierte ihre Reiterei die Räuber, wurde aber durch einen Morast gehindert, wo die Pferde nur langsam fortkonnten.

Die zweihundert Bukaniere, die voraus waren, nahmen die Spanier da wahr, wie sie mit ihren Pferden durchzureiten sich bemühten, ein jeder von ihnen bog sein Knie auf die Erde und sie gaben zugleich eine Salve ab, und nachdem so die erste Hälfte geschossen, folgte die andere gleichermaßen, so dass sie unaufhörlich Feuer gaben. Die Spanier bleiben ihnen nichts schuldig, schossen vielmehr tapfer zurück und taten ihr Bestes, die Räuber zurückzuschlagen. Das Fußvolk suchte seiner Reiterei beizustehen, wurde aber durch einen andern Trupp Räuber in ein heftiges Scharmützel verwickelt.

Die Spanier meinten nun, mit den Stieren in die Räuber von hinten einzubrechen und sie in Verwirrung zu bringen, doch da wendete sich ein Teil der Räuber, während die andern im Gefecht waren, ihnen entgegen, schwangen ihre Fähnlein gegen die Tiere, gaben auch ein paar Schüsse auf sie ab, so dass sie davonliefen, sehr wider Willen ihrer Treiber, die zu guter Letzt gleichwie die Stiere die Flucht nahmen.

Das Gefecht hatte ungefähr zwei Stunden gewährt, da war die spanische Reiterei gänzlich geschlagen; die meisten waren kaputt gemacht, die andern hatten Reißaus genommen. Das Fußvolk, als es sah, dass ihre Reiterei den Räubern so wenig Vorteil abgewonnen, und auch selber nicht Rat wusste, wie es ihrer Meister werden sollte, schoss seine Musketen ab, schmiss sie hin und machte sich so schnell, als es konnte, davon. Die Räuber, die durch Hunger und Mühsal, die sie auf dem Weg erlitten, sehr abgemattet waren, konnten sie nicht verfolgen. Etliche Spanier, die nicht laufen konnten, verbargen sich in dem Röhricht, das da längs kleiner Wasser, die dort rinnen, wächst, allein die Räuber schlugen, die sie kriegten, so, als ob es Hunde wären. Da wurde ein Trupp grauer Mönche gefangen, die alle vor Morgan gebracht wurden, er aber ließ sie, ohne dass er auch nur ein Wort von ihnen anhören wollte, alle totschießen.

Danach wurde ihm ein Rittmeister von der Reiterei gebracht, der im Gefecht verwundet worden war. Morgan ließ ihn ausforschen, und er eröffnete ihm, wie es sich mit ihrer Macht verhielt, nämlich, dass sie aus vierhundert Pferden und vierundzwanzig Kompanien Fußvolk, jede Kompanie zu hundert Mann bestünde, dazu noch sechshundert Indianern samt etlichen Schwarzen und Mulatten, die mit zweitausend Stieren in die Räuber einbrechen und unter ihnen Verwirrung stiften sollten, damit sie dann gänzlich geschlagen werden konnten; ebenso, dass sie in der Stadt an verschiedenen Plätzen Verschanzungen gemacht mit Mehlsäcken, worauf Geschütze gepflanzt seien, um die Stadt bis zum Äussersten zu verteidigen; auch dass an dem Weg, wo die Räuber vorbei mussten, eine Redoute sei mit fünfzig Mann und acht metallnen Stücken. Als Morgan dies alles gehört hatte, gab er Order, einen andern Weg zu nehmen.

Alsbald ließ er die Trommel rühren, um seine Mannschaft wieder zusammenzubringen und zu sehen, was für Schaden sie erlitten hatten. Die Spanier waren da mit einemmal verschwunden, da war weit und breit keiner zu sehen (ausgenommen die tot und gefangen waren). Morgan ließ sein Volk wieder in Schlachtordnung aufstellen und da wurde nun der Schaden untersucht: man fand, dass sie einige wenige verloren und einige Blessierte hatten. Von den Spaniern aber lagen wohl sechshundert auf dem Feld, ohne die Verwundeten und Vermissten. Dieser geringe Verlust gab ihnen großen Mut, und nachdem sie noch ein wenig Rast gehalten hatten machten sie sich bereit gegen die Stadt zu ziehen, und schworen einander aufs neue, zusammenzuhalten und bis auf den letzten Mann zu fechten.

So entschlossen marschierten sie mit ihren Gefangenen der Stadt zu. Da sie hineinkamen, fanden sie es nicht so, als sie es vermutet hatten, denn ihre Meinung war gewesen, die geflohenen Spanier hätten sich sämtlich in die Stadt retiriert. Trotzdem waren die Straßen mit Brustwehren aus Mehlsäcken gesperrt, mit schönen metallnen Stücken darauf. Die Räuber stürmten zwar an, jedoch hatten sie es nicht so leicht als draußen auf freiem Felde, denn das Geschütz war mit Kartätschen geladen, was freilich mehr Wirkung tat, als vorher die Musketen. Dessen ungeachtet war die Stadt binnen zwei Stunden in der Räuber Händen, die alles totschlugen, was ihnen widerstand. Die Spanier hatten zwar all ihren Besitz aus der Stadt geschafft, doch waren da noch viele Lagerhäuser voll allerlei Waren, wie Seide, Leinwand und anderem Gut mehr.

Sobald alle Gegenwehr niedergeschlagen war, ließ Morgan sein Volk zusammenrufen und verbot ihnen Wein zu trinken, da ihm berichtet worden, sie, die Spanier hätten allen Wein vergiftet. Dies war zwar nicht wahr, geschah aber, um die Mannschaft nicht durch übermäßigen Trunk untauglich zum Gefecht zu machen, denn man war nicht sicher, ob der Feind nicht wiederkäme.

Sechstes Kapitel – Grausame Raubzüge

Morgan schickt etliche Fahrzeuge auf Raub in die Südsee aus.
Einäscherung der Stadt Panama und Raubzüge durch das ganze
Land, samt all den Grausamkeiten, die die Räuber verübt, und
ihrer Rückkehr nach dem Kastell von Chagre.

NACHDEM MORGAN die Stadt Panama allenthalben hatte besetzen lassen, kommandierte er fünfundzwanzig Mann in einer Barke, die war wegen des niedrigen Wasserstands aus dem Hafen nicht mehr entronnen; denn es gibt dort hohen und niedrigen Stand wie im Kanal von England; bei Flut ist soviel Wasser in dem Hafen, dass eine Galione einfahren kann, bei Ebbe ist das Wasser wohl eine Meile von der Stadt; es ist ein schlammiger Grund. Am Nachmittag ließ Morgan heimlich in verschiedenen Häusern Feuer legen, so dass des Abends die Stadt zum größten Teil in Brand stand. Man ließ ein Gerücht unter das Volk laufen, als ob die Spanier es selber getan. Einige wollten dem Brand dadurch Einhalt tun, dass sie etliche Häuser in die Luft sprengten, jedoch es half nichts, denn es war schon so weit gekommen, dass, wenn das Feuer in einer Gasse begann, sie in einer halben Stunde ganz in Flammen stand, und ehe man sich's versah, waren die Häuser verkohlt.

Denn es waren meist hölzerne Häuser, jedoch prächtig gebaut, allesamt von Zedernholz und innen mit schönem Bildwerk geschmückt, welches die Spanier nicht hatten wegführen können. Da waren auch sieben Mönchs- und ein Nonnenkloster samt einem Spital und einer Domkirche, dazu noch eine Pfarrkirche, sie alle waren ausnehmend schön mit Bildwerk und Schildereien geziert, allein das Silber und Gold hatten die Mönche mit sich genommen. In der Stadt waren zweitausend köstliche Kaufmannshäuser und ungefähr dreitausend gewöhnliche, auch Ställe von Fuhrleuten, die das Silber von da nach der Nordseite bringen. Rings um die Stadt waren mannigfaltige Anlagen und anmutige Gärten, versehen mit allerhand Fruchtbäumen und Küchenkräutern.

Die Genuesen hatten daselbst ein sehr stattliches Haus, darin sich das Comptoir *[hier: Behausung]* der Negerei befand, das wurde gleichfalls verbrannt. Am nächsten Tag war die ganze Stadt in Asche, ausgenommen etwa zweihundert Lagerhäuser und die Ställe der Fuhrleute, die ein wenig abseits lagen. Alle die Tiere waren mit verbrannt, auch viele Sklaven, die sich in den Häusern verborgen hatten und nicht mehr entrinnen konnten. Da war auch eine große Menge von Mehlsäcken in Lagerhäusern, die haben noch einen Monat nachher gebrannt.

Die Räuber hatten sich des Nachts rund um die Stadt gehalten aus Frucht, die Spanier könnten kommen, denn sie hatten eine so ansehnliche Macht bei ihnen gesehen, dass sie einen Schrecken davor hatten. Am nächsten Tag wurden alle die Verwundeten in eine Klosterkirche gebracht, die noch übrig geblieben war; aus dieser wurde ein Corps de garde gemacht und das Geschütz ringsum aufgestellt. Hernach musterte Morgan seine Mannschaft, um zu sehen, was für Verlust er gehabt habe. Es ergab sich, dass man bei der Eroberung der Stadt zwanzig Mann verloren hatte nebst etwa ebenso vielen Blessierten. Am selben Tag schickte Morgan einen Zug von hundertfünfzig Mann nach dem Kastell von Chagre, um die Nachricht von der glücklichen Viktorie zu überbringen. Diese marschierten unter Bedeckung der ganzen Räubermacht aus der Stadt, man sah da einige spanische Haufen, die von ferne schauten, sobald man aber Miene machte, auf sie loszugehen, liefen sie aus Leibeskräften davon.

Nachmittags kam Morgan mit seinem Volk wieder in die Stadt; jede Kompanie nahm da ihr Quartier ein, nur ein Trupp lief auf Suche in den Ruinen der abgebrannten Häuser, wo sie denn auch noch reichlich Beute fanden an Silbergeschirr und gemünztem Silber, das die Spanier in die Brunnen geworfen hatten. Am nächsten Tage wurden noch zwei Parteien abgefertigt, eine jede von hundertfünfzig Mann, um auf dem Lande die Einwohner der

Stadt aufzuspüren. Zwei Tage darauf kamen sie wieder herein und brachten an zweihundert Gefangenen, sowohl Männer als Weiber und Sklaven. Am gleichen Tage kam auch die von Morgan ausgesandte Barke wieder samt noch drei anderen Barken, die sie erobert hatten; jedoch die beste Prise hatten sie fahren lassen, nämlich eine Galione, geladen mit des Königs Silber samt allen Juwelen und Reichtümern der vornehmsten Kaufleute von Panama; auch die Nonnen fuhren darauf mit allem Kirchenzierrat, auch Silber und Gold.

Dieses Schiff war bloß mit sieben Kanonen und zehn oder zwölf Musketen ausgerüstet, auch war es nicht zu getakelt, denn sie hatten nur ein Untersegel und dazu noch Wassermangel, die Räuber aber hatten seine Schaluppe mit sieben Mann, die nach Wasser ausgefahren war, abgefangen. Diese spanischen Schiffsleute berichteten nun den Räubern alles, was hiervor erzählt ist, sagten zudem, dass diese Galione unmöglich ohne Trinkwasser See halten könne, jedoch der Kommandeur der Räuber hatte mehr Lust, sich voll zu saufen und seine Zeit mit einigen spanischen Weibern zu vertreiben, die er gefangen hatte, als sogleich dem Schiff nachzusetzen. Am nächsten Tag machten sie ihre Barke bereit, um das Schiff zu suchen, fanden es aber nicht mehr, denn es hatte Nachricht erhalten, dass die Räuber mit Fahrzeugen auf See waren und seine Schaluppe genommen hatten, und war auf und davon gesegelt. Als sie nun sahen, dass das Schiff weg war, kaperten sie einige mit verschiedenen Waren geladene Barken, so sie bei den Inseln Tavoga und Tavoguilla gefunden, und fuhren damit nach Panama. Daselbst angekommen, erstatteten sie Morgan Bericht, von dem was vorgefallen war, worauf die Gefangenen von dem Schiff ausgefragt wurden und antworteten, dass sie wohl mutmaßten, wohin das Schiff gesegelt sein könnte, jedoch meinten, dass es inzwischen Verstärkung erhalten habe. Morgan ließ nun sämtliche Fahrzeuge, die in Panama waren, ausrüsten, um das Schiff zu verfolgen, und die Räuber liefen mit vier Barken und hundertzwanzig Mann in See.

Sie waren auch ganze acht Tage in See, ohne jedoch etwas von dem großen Schiff zu entdecken: Das war ihnen so gut entwischt, dass sie ihm nicht mehr auf die Spur kamen. Und weil sie nun gar keine Hoffnung mehr hatten, es anzutreffen, entschieden sie wieder, nach den Inseln Tavoga und Tavoguilla zu gehen, wo sie ein Schiff fanden, das von Payta kam; das war geladen mit Seife, wollnem Tuch, Zwieback und Zucker und ungefähr zwanzigtausend Stück von Achten in gemünztem Silber. Mit diesem Schiff und seinem Boot, auf das sie die Güter und Gefangenen von den Inseln gebracht hatten, kamen sie wieder in Panama an.

Die Leute, die Morgan nach Chagre geschickt hatte, waren mit angenehmer Zeitung wieder gekommen, erzählend, dass die von Chagre zwei Fahrzeuge ausgesandt, vor der Flussmündung zu kreuzen. Diese hatten ein spanisches Schiff erblickt und jagten ihm nach, darauf ließen die vom Kastell die spanische Flagge wehen, und das spanische Schiff vermeinte in seiner Not, im Strom einen sichern Hafen zu finden und steuerte geradewegs hin; doch kaum war es dem einen Wolf mit genauer Mühe entronnen, lief es dem andern in den Rachen, denn kaum in dem Flusse, merkte es gar bald, dass es in Feindeshände gefallen war. Es war hauptsächlich mit Proviant geladen, der den Räubern sehr gut zustatten kam, da sie im Kastell schlecht damit versehen waren.

Dies gab Morgan Grund, länger in Panama zu verweilen und das ganze Land abzulaufen und zu plündern. Während nämlich ein Teil auf See zu rauben ging, taten die andern desgleichen zu Lande: täglich zog eine Partei von zweihundert Mann aus, und wenn die eine zurückkam, war die andere schon bereit; hierdurch brachten sie große Beute und viel Gefangene auf. Diesen taten sie die fruchtbarsten Grausamkeiten und alle Foltern an, die sie erdenken konnten, nur damit einer den andern verrate, wo er sein Geld verborgen.

Unter andern fanden sie einen armen, gebrechlichen Mann in einem vornehmen Hause außerhalb der Stadt, dieser arme Mann hatte sich mit einem schönen Hemd und einer seidenen Hose, die er in dem Hause gefunden, herausgeputzt, an der Nestel dieser

Hose war ein silberner Schlüssel angemacht. Die Räuber fragten ihn nach der Truhe, zu der dieser Schlüssel gehöre. Er sagte, er hätte die Truhe nicht, sondern nichts als den Schlüssel in dem Haus gefunden. Weil sie nun kein anderes Bekenntnis aus ihm herauskriegen konnten, wippten sie ihn, dass seine beiden Arme ganz aus der Pfanne gerenkt wurden, rädelten ihm darauf den Kopf dergestalt, dass ihm die Augen so dick als Eier herausquollen, und als er auch dann nicht bekannte, hingen sie ihn beim männlichen Glied auf, der eine schlug ihn, der andere schnitt ihm die Nase ab, der dritte ein Ohr, der vierte sengte ihn, also dass sie nicht grausamer mit ihm verfahren konnten. Zuletzt, als er nicht mehr reden konnte, und sie keine Foltermethoden mehr übrig hatten, um ihn zu peinigen, ließen sie ihn durch einen Mohren mit einer Partisane tot stechen.

Solcherlei Grausamkeiten haben sie viel mehr verübt. Ja selbst die Mönche fanden wenig Pardon bei Ihnen; hätten sie nicht gehofft, Geld durch sie zu bekommen, sie würden sie wohl alle umgebracht haben. Die Weiber verschonten sie gleichfalls nicht, außer die, so ihren Willen taten; freilich, auch, wenn sie nicht wollten, wussten sie sie doch dazu zu bringen. Sie holten sie aus der Kirche, in der sie gefangen waren, heraus unter dem Vorwand, dass sie sie zum Waschen brachten. Wenn sie sie dann ihrer Gewalt hatten, taten sie ihren Willen mit ihnen oder peinigten sie mit Schlägen, Hunger und anderen Plagen mehr. Morgan, als ihr General, hätte darin ein Vorbild abgeben und Ordnung halten sollen, jedoch war er selbst nicht besser als die anderen, denn wenn man ein schön Weib gefangen brachte, versuchte er sie allsogleich in Unehre zu bringen. Dieweil sich hier die Gelegenheit darbietet, will ich eine Geschichte erzählen, von einer Frau, der ob ihrer Standhaftigkeit unsterblicher Ruhm gebührt.

Die Räuber, die von einer Meerfahrt zurückgekommen waren, hatten von den Inseln Tavoga und Tavoguilla einige Gefangene mitgebracht, unter ihnen eines reichen Kaufmanns Frau, jung und sehr schön. Ich will hier ihre Schönheit nicht abmalen, sondern nur sagen, dass es keine schönere in Europa geben kann. Der Mann war nach Peru gefahren, um dort nach dieser Lande Gelegenheit einigen Handel zu betreiben, und diese Frau war mit ihrem Gut samt einigen Anverwandten geflüchtet. Sobald sie vor Morgan gebracht und von ihm erblickt wurde, ließ sie von Stund an von ihren Angehörigen absondern und mit einer Sklavin allein in ein Gelass bringen, obwohl die Frau mit Tränen in den Augen bat, bei den Ihren bleiben zu dürfen.

Er ließ sie mit allem, was sie nötig hatte, versorgen und schickte ihr zu allen Mahlzeiten eine Schüssel oder zwei von seiner eigenen Tafel, ungeachtet er ihr eine Sklavin als Köchin beigegeben hatte. Anfänglich hielt die Frau es für eine Ehrbarkeit von Morgan und verwunderte sich sehr darüber, dachte in ihrem Sinne, die Räuber seien so bös nicht, als ihr und vielen andern Frauen von den Spaniern berichtet worden war. Denn als die Spanier aus der Stadt gegen die Räuber zogen, wurden einige unter ihnen von ihren Weibern ersucht, ihnen doch etwas von den Ladrones (so nennen sie die Räuber) zum Andenken mitzubringen.

Andere, die noch neugieriger waren, baten dem Gefecht von ferne zuschauen zu dürfen, allein es wurde ihnen von ihren Männern verweigert, die sagten: sie würden zu heftig erschrecken, nicht zwar von dem Anblick des Gefechts, sondern vor der Ungestalt der Räuber, »denn«, sagten sie, »die Räuber sind nicht Menschen, wie wir, sondern Tiere« und sie versprachen ihren Frauen, ihnen etliche Köpfe mitzubringen und sie dieselben sehen zu lassen. Weswegen sich viel Weiber, als sie später die Räuber sahen, sehr verwunderten und ausriefen: »Jesus, los ladrones son como los Espa oles!« Das heißt: »Jesus, sind doch die Räuber Menschen wie die Spanier!« Diese Kaufmannsfrau, von der hier die Rede ist, sagte von wegen der blendenden Freundlichkeit Morgans auch: »Los ladrones son tan corteses como si fueran Espa oles.« Das heißt: »Die Räuber sind so artig, als ob sie Spanier wären.« Morgan spazierte alle Tage in die Kirche, wo die Gefangenen waren, und ließ sich allzeit vor der Kammer dieser Frau sehen, begrüßte sie auch des öftern, ja unterhielt sie zuweilen mit einem Gespräche (er redete nämlich gut spanisch), ließ auch ihren Freunden und Bekannten Freiheit geben, zu ihr zu kommen.

Dies hatte also drei Tage gewährt, als er sie zur Unehre ersuchen ließ, und bald darauf bat er sie in eigener Person darum, indem er ihr köstliche Juwelen zum Präsent bot. Die Frau, die ehrbar und sehr wohlerzogen war, dankte ihm sehr artig und sagte, dass sie in seiner Gewalt sei und anfänglich sehr große Höflichkeit an ihm gesehen, auch nicht hoffe, dass sich dieselbe nun mindern solle; sie könne nicht glauben, dass er solche Gedanken habe, zumal es des Oberhauptes einer so ansehnlichen Macht nicht würdig sei, solche Dinge von einer Person zu begehren, deren Leben in seiner Hand stünde. Diese artigen Worte konnten Morgans geile Lust nicht löschen, er drang noch stärker in sie, versprach ihr auch Restitution all ihres verlorenen Gutes, und zwar in Juwelen, auf dass sie es desto leichter verwahren könne. Sie aber entschuldigte sich mit aller Höflichkeit, die sie ersinnen konnte.

Doch Morgan ließ sie keineswegs in Frieden, sondern verfolgte sie so stark, dass sie gezwungen war zu sagen: im Falle er mit ihrem Leibe etwas tun wolle, müsse er vorher machen, dass die Seele daraus scheide, denn lebendig würde sie dergleichen nimmermehr zulassen. Darnach sprach sie mit ihm kein Wort mehr. Schließlich wurde Morgan über die Weigerung dieser Frau so erbost, dass er sie in ein anderes Gelass setzen ließ und jedermann verbot, zu ihr zu gehen. Auch ließ er ihr die Kleider wegnehmen und täglich so wenig zu essen geben, dass sie mit genauer Not am Leben blieb. Sie betrübte sich aber hierüber keineswegs, sondern blieb standhaft und betete alle Tage zu Gott, dieweil es ihm gefalle, sie zu züchtigen, möge er ihr auch die Stärke verleihen, der Tyrannei Morgans zu widerstehen. Morgan aber hatte dies alles unter dem Vorwand getan, dass diese Frau Korrespondenz mit den Spaniern unterhielte und einen Sklaven mit etlichen Briefen an diese ausgesandt habe.

Ich selbst hätte niemals geglaubt, dass soviel Standhaftigkeit in einer Frau möglich sie, hätte ich sie nicht selber gesehen und gesprochen, wenn ich ihr zuweilen ein wenig Speise zubrachte, wiewohl ich solches nur ganz insgeheim tun durfte. Er soll im Verlauf dieser Erzählung noch von dieser Frau gemeldet werden, wie sie nicht allein unter ihren Feinden, sondern auch unter ihren Freunden vom Unglück verfolgt worden ist.

Als Morgan ungefähr drei Wochen in Panama geweilt und sowohl zu Wasser als zu Lande wacker geraubt hatte, ließ er Anstalten zum Abzug treffen. Jede Kompanie musste eine gewisse Zahl Maulesel aufbringen, um darauf die Beute an den Fluss zu schaffen, der ungefähr acht spanische Meilen von da entfernt ist. Inzwischen hatten ungefähr hundert von Morgans Leuten ein Abkommen miteinander getroffen, ihn zu verlassen, mit dem Schiff, das im Hafen lag, in der Südsee zu bleiben und zu rauben solange als es ihnen gefiele, und alsdann ein großes Schiff zu erobern, um damit über Ostindien wieder nach Europa zurückzukehren.

Und um zu dieser ihrer Absicht zu gelangen, hatten sie allerlei Vorrat beiseite geschafft, als Pulver und Blei, auch Mehl und Brot, sogar metallene Stücke, sie auf eine Schanze zu legen, die sie auf einem oder dem andern Eiland zu errichten gedachten, daselbst eine Zuflucht zu haben. Ihr Vornehmen wäre auch geglückt, wenn nicht einer aus ihrer Mitte es Morgan offenbart hätte. Der ließ zur Stund die Masten von dem Schiff abkappen und es in Brand stecken, desgleichen geschah auch mit den andern Barken, die dabei lagen, wodurch ihr Absicht vereitelt wurde. Mittlerweile wurden die Maulesel beschafft, und Morgan schickte etliche Spanier aus, Lösegeld für ihre Frauen, Kinder und Sklaven zu holen, auch einige Mönche, sich selbst und ihre als Geisel zurückgelassenen Brüder auszulösen.

Hierauf ließ Morgan alle Stücke vernageln und die Ohren abbrechen. Auch wurde zwei Tage vor ihrem Abzug ein Trupp ausgesandt, um Kundschaft vom Gouverneur von Panama einzuziehen; denn er hatte durch Gefangene erfahren, dass der Gouverneur Mannschaft zusammengebracht und verschiedene Embuskaden gemacht habe, den Räubern den Rückzug abzuschneiden. Der Trupp kam wieder und berichtete Morgan, dass sie keine spanische Verschanzung gefunden. Etliche Gefangene, die sie mitbrachten, sagten aus, der Gouverneur hätte wohl Truppen sammeln wollen, doch seien sie ihm wieder entlaufen, so dass er aus Mangel an Leuten sein Vorhaben nicht hätte ausführen können.

Am 24. Februar des Jahres 1670 verließ Morgan mit seiner ganzen Streitmacht die Stadt Panama samt hundertfünfundsiebzig Mauleseln mit gebrochenem und gemünztem Silber beladen und fünf- bis sechshundert Gefangenen, sowohl Männern und Weibern als Kindern und Sklaven. Am gleichen Tage kamen die Räuber etwa eine Meile Wegs von der Stadt an das Ufer eines Flusses auf ein schönes Feld; daselbst kampierten sie rings im Kreise, die Gefangenen wurden in die Mitte gesetzt. Man hörte die ganze Nacht nichts als Wehklagen und Weinen von all den Weibern und den vielen kleinen Kindern, die nicht anders meinten, als würden die Räuber sie mit sich in ihr Land nehmen: Das eine rief nach seinem Vater, das andere nach seinen Freunden, das dritte nach seinem Vaterlande.

Und das Schlimmste war, dass diese armen Menschen großen Durst und Hunger litten. Es war jämmerlich, so viele arme Frauen mit kleinen Kindern an der Brust zu sehen, die nichts hatten, die arme Brut zu nähren. Sie baten Morgan auf ihren bloßen Knien, er möge sie gehen lassen, doch vermochte das Klagen dieser Elenden ihn nicht zum Mitleid zu bewegen. Er antwortete, er wäre nicht gekommen ihr Flennen anzuhören, sondern Geld zu holen, ohne das würden sie seinen Händen nicht entrinnen – also war der Trost beschaffen, den diese Unglücklichen bei Morgan fanden.

Am nächsten Tag ließ er sein Volk mit allen seinen Gefangenen voraus marschieren, er selber folgte nach, hier ging das Winseln und Schreien wieder aufs neue an. Ein Trupp der Räuber zog voraus, die Gefangenen in der Mitte, der andere Trupp der Räuber hintennach. Die schöne Frau, von der wir vorher erzählt haben, ließ Morgan allein zwischen zwei Räubern marschieren, da musste die Arme großes Ungemach erleiden, sowohl durch die Sonnenglut als durch die Mühseligkeit des Weges, gleich andern Frauen, die das nicht gewöhnt waren.

Morgan hinderte nicht, dass man den Frauen Gutes tat, nur bei dieser Unglückseligen (ich nenne sie nicht ohne Ursache unglückselig, denn das Unglück schien sie allenthalben zu verfolgen), ließ er es nicht zu. Sie hatte einigen Mönchen ihrer Bekanntschaft, denen sie vertraute, Auftrag gegeben, das Geld zur Bezahlung ihrer Ranzion[15] zu holen; jedoch anstatt die Ranzion für sie zu bezahlen, lösten sie mit dem Gelde der unglückseligen Frau ihre Mitbrüder aus; wäre es nicht durch einen Sklaven, der einen Brief an sie brachte, herausgekommen, Morgan hätte sie mit nach Jamaika geführt. Da aber die Räuber selber sahen, dass das Geld von der Frau herrührte, ließen sie sie gehen und hielten die Mönche fest. Als nun Morgan an das Dorf gekommen war, das am Ufer des Rio de Chagre liegt, machte er allen Gefangenen kund, sie sollten binnen drei Tagen ihre Ranzion aufbringen, andernfalls werde er sie mitnehmen. Inzwischen ließ er Reis und Mais zur Verproviantierung zusammenbringen. Ein Teil der Gefangenen wurde dort ausgelöst.

Morgan verließ darauf am 5. März das Dorf Cruz mit all seiner Beute und den Gefangenen, die noch nicht bezahlt, wie auch den Mönchen, die das Geld der Kaufmannsfrau vorenthalten hatten, doch waren diese kaum auf der Hälfte des Weges nach Chagre, als auch ihr Geld kam und sie ausgelöst wurden. An dieser Stelle hieß Morgan auch seine Leute sich versammeln und stellte ihnen vor, wie es ihre alte Gewohnheit sei (deren ich im zweiten Teil dieser Erzählung Erwähnung getan), einen Eid abzulegen, dass niemand, auch nur den Wert eines Schillings zurückbehalten habe, sei es von Silber, Gold, ambre gris, Diamanten, Perlen und anderen Edelsteinen mehr, dass nun allerdings einige Exempel vorgekommen wären von Leuten, die einen falschen Eid getan; um nun dergleichen Vorkommnissen zu begegnen, habe er für gut

---

15) *Lösegeld für Kriegsgefangene oder für gekaperte Schiffe*

befunden von niemand einen Eid zu fordern, sondern eine allgemeine Durchsuchung zu veranstalten, von der niemand befreit sein sollte.

Die Genossen Morgans, nämlich ein Teil der Kapitäne, denen er sein Vorhaben entdeckt hatte, befanden das sehr gut. Da wurde von jeder Kompanie ein Mann zum Durchsuchen bestellt. Morgan selbst ließ sich (zum Schein) mit durchsuchen, wie auch alle Kapitäne, so dass niemand frei kam. Die französischen Räuber murrten zwar dawider, jedoch waren sie die stärkeren nicht, mussten also den Mund halten; hätten sie aber gewusst, was Morgan im Sinn führte, sie würden alles, was sie gefunden, nicht beigebracht haben. Nachdem sie allesamt durchsucht waren, begaben sie sich in die Kanus und Fahrzeuge, die auf dem Fluss lagen, und kamen am 9. des Monats zum Kastell de Chagre, wo sie alles noch in gutem Stand fanden, ausgenommen die Blessierten, die sie daselbst zurückgelassen. Die waren meistens Hungers gestorben, denn auch die Gesunden hatten es schlimm genug gehabt; hatten sich nämlich mit einer gewissen Art von Vögeln behelfen müssen, welche die Spanier Gallinazos[16] nennen.

Diese leben von nichts anderem als von Äsern und waren da in großen Mengen auf den Leichnamen der Spanier. Sie sind an Gestalt und Größe ungefähr wie ein Truthahn, das erste Mal als ich welche sah, schoss ich ihrer zwei und hielt sie für Truthühner. Diese Vögel sind so gierige Fleischfresser, dass deren vier an einem Tage einen ganzen Ochsen oder ein Pferd auffressen können. Indem sie fressen, geht es hinten wieder ab. Sie sind sehr feige, wagen kein Lebendiges anzugreifen, wie klein es auch sei, wenn es sich nur bewegt. Sie können auch nicht die Haut von einem Tier durchpicken, sondern sie picken erst die Augen heraus und machen so ein Loch darein; mit vieler Mühe kriechen sie dem Aas in den Bauch und fressen es von innen her auf, so dass es wohl an Haut und Knochen unversehrt scheint, jedoch inwendig ist das

---

16) *Gallinazo: Truthahngeier und Rabengeier. Diese Aasfresser sind heute noch als ›Aufräumer‹ in diesen Gegenden verbreitet.*

Fleisch heraus. Sie richten auch unter dem Vieh auf dem Felde großen Schaden an; denn wenn eine Kuh oder ein Pferd geworfen hat, und die Jungen durch ihre Schwachheit noch wenig Bewegung haben, picken sie ihnen alsbald die Augen aus. Sie folgen auch den Jägern in ganzen Schwärmen, gleichwie sie auch den Räubern in Panama folgten, denn da ging kein Trupp aus, bei dem nicht etwas für sie abgefallen wäre, sei es an Menschen oder Vieh.

Die Spanier pflegten auch das Nahen der Räuber an ihnen zu erkennen, denn wenn sie einen Schwarm dieser Vögel in der Luft heranfliegen sahen, warnten sie einander und sagten: Die Räuber kommen! Das haben sie selbst erzählt. Diese Vögel sind auf der ganzen Festlandküste, ja auch auf einigen Inseln wie Cuba und Jamaika. Manche sagen, dass sie auch in großer Menge auf der Insel Española gewesen, jedoch durch Zauberkunst von dannen gebannt seien. Sie halten sich meist in der Umgebung der Städte und sogar in den Städten selbst auf und befreien sie von allem Unrat, der weggeworfen wird; sie sind immer auf den Häusern und Kirchen und passen auf, wo etwas für sie fällt, ja es kann aus keinem Haus ein Stück Fleisch oder etwas für sie fällt, ja es kann aus keinem Haus ein Stück Fleisch oder etwas anderes geworfen werden, so fliegen ihrer zehn oder zwanzig darauf. Sie können auch lang fasten, denn nach der Aussage vieler Menschen, die darauf geachtet haben, können sie es einen ganzen Monat ohne Fressen aushalten. Die Räuber im Kastell von Chagre erzählten auch noch, dass sie im Anfang, als sie auf die Toten flogen, so mager waren, dass man auf ihrem ganzen Leibe nicht zwei Unzen Fleisch hätte finden können, nachdem sie aber an vierzehn Tage da gewesen, wären sie so schwer als Truthühner geworden. Ich habe dies hier beigefügt, weil es dergleichen Vögel in Europa nicht gibt.

Nachdem nun Morgan mit seiner Schar nach Chagre gekommen war, hielt er es für ratsam, vor allen Dingen die Beute zu teilen; denn ihr Proviant begann rar zu werden. Dieses wurde also beschlossen; und auf Morgans Rat fand man auch gut, ein Fahrzeug nach Puerto Belo zu senden, um die Gefangenen der Insel Catalina an Land zu setzen und zugleich für das Kastell von

Chagre Brandschatzung zu heischen. Zwei Tage hernach kam das Fahrzeug wieder mit der Nachricht, dass die Spanier keine Brandschatzung geben wollten. Am nächsten Tage bekam jede Kompanie ihren Anteil an der Beute oder wenigstens soviel als Morgan ihr gönnte, welches dann wieder in kleine Teile geteilt wurde. Man befand, dass jedermann für seinen Part zweihundert Stück von Achten bekam. Das Bruchsilber wurde zu zehn Stück von Achten das Pfund gerechnet, verschiedene Juwelen wurden um ein Schandgeld verkauft und viele Juwelen vermisst, weswegen Morgan öffentlich von den Räubern geziehen wurde.

Als er nun sah, dass das gemeine Volk so einmütig gegen ihn zu murren begann, traf er unverzüglich Anstalt zur Abreise. Er ließ das Kastell demolieren und in Brand stecken, nachdem er die metallenen Kanonen heruntergeholt und an Bord seines Schiffes gebracht hatte. Und so ging er unter Segel, ohne das gebräuchliche Zeichen zu geben, mochte ihm folgen, wer konnte. Es folgten ihm aber nur drei oder vier Schiffe, worauf seine Mitwisser waren, die nach der Meinung der Räuber mit ihm geteilt hatten. Die französischen Räuber setzten ihm mit drei oder vier Schiffen nach, in der Absicht über ihn herzufallen, wenn sie ihn ersegeln könnten. Jedoch er war mit Viktualien aufs beste versehen und brauchte sich nirgends aufzuhalten, die andern aber konnten das nicht: Der eine blieb hier, der andere dort, um seine Nahrung zu suchen und genügend Proviant zur Rückfahrt nach Jamaika zusammenzubringen.

Siebtes Kapitel – Der Reisebeschreiber zieht weiter

Der Reisebeschreiber nimmt seinen Weg längs der Küste von Costa Rica und erzählt was daselbst vorgefallen, als auch was er daselbst beobachtet hat.

NACHDEM WIR UNS von Morgan getrennt hatten, verfolgten wir unsere Reise längs der Küste von Costa Rica, daselbst einen Platz zu suchen, wo wir einige Viktualien bekommen und zugleich auch unser Schiff kalfatern konnten, das leck und sehr schadhaft war. Kurz darauf kamen wir in eine große Bai genannt Boca del Toro, wo sehr gute Gelegenheit ist, Schilfrohr zu holen und auch Proviant von Schildkrötenfleisch. Diese Bai hat im Umkreis ungefähr zehn Meilen und ist ganz von Inseln umschlossen, so dass man in ihr vor allen Winden geschützt ist. Rundum ist sie von verschiedenen Nationen der Indianer bewohnt, welche die Spanier unter ihre Botmäßigkeit nicht haben bringen können, deshalb werden sie von ihnen Indios bravos genannt.

In solch kleinem Bezirk sind verschiedene Nationen, die einander nicht verstehen und beständig gegeneinander kriegen. An dem Osteck dieses Meerbusens sind Indianer, die früher mit den Räubern zu handeln pflegten; sie brachten ihnen alles, was sie brauchten, Mais, Kassave und allerlei Früchte des Bodens, ja auch Hühner, Schweine und andere Tiere, die man da findet. Die Räuber gaben ihnen dagegen alte Eisenwerkzeuge, Korallen und allerlei Dinge, die diese Menschen als Zierrat gebrauchen. Dort war allezeit für die Räuber eine Zuflucht gewesen, wenn sie es nötig hatten, doch haben sie es mit den Indianern so getrieben, dass nicht einer von ihnen mehr an Land kommen darf, weil sie ihnen nämlich einmal die Frauen geraubt und die Männer totgeschlagen haben; seit der Zeit haben die Indianer mit ihnen nicht mehr wollen handeln.

In dieser Bai angekommen gingen wir unverzüglich an den Platz, wo wir etwas zu unserer Leibesstärkung zu fangen hofften, fanden jedoch nichts, so dass wir uns mit Krokodileiern begnügen mussten, die am Ufer unter dem Sand vergraben lagen. Wir begaben uns hierauf auf die Ostseite der Bai, wo wir drei Schiffe unserer Kameraden fanden, die gleichfalls unter Morgan gewesen. Diese waren mit derselben Absicht wie wir dahin gekommen, allein sie hatten es dort sehr schlecht, denn sie mussten sich selbst auf Ration setzen, nämlich nur einmal des Tags Speise zu sich nehmen, solange bis ihre Schiffe ausgebessert waren und sie davon konnten. Als wir sahen, dass es dort also bestellt war, verzogen wir uns von Stund an und segelten nach dem westlichen Teil, wo wir einen recht guten Schildkrötenfang taten, so dass wir üppig davon lebten.

Wir hatten da einige Zeit gelegen, als uns das Wasser zu mangeln anfing, nicht etwa, dass keines vorhanden war, aber wir wagten es nicht zu holen, von wegen der Indianer. Gleichwohl, die Not zwang uns zuletzt, mit allen Leuten an den Fluss zu gehen, um Wasser zu holen: ein Teil lief buschwärts, indes die andern die Gefäße füllten; doch hatte unser Volk kaum eine Stunde an Land verbracht, als es von einem Haufen Indianer überfallen wurde, die uns am Wasserschöpfen hindern wollten. Doch sobald wir »aux armes!« rufen hörten, schossen wir unverzüglich in den Busch hinein, freilich ohne jemand erblicken zu können, bis wir endlich einen Haufen Indianer zwischen den Bäumen laufen sahen, die wir verfolgten und beschossen; sie entwischten uns alle ausgenommen zwei, die tot auf dem Platz blieben. Der eine von ihnen schien nach seinem Aufzug eine ansehnliche Person gewesen zu sein, er hatte einen Gürtel, mit dem sein Schamteil bedeckt war, von Baumrinde, die anders nicht als zwischen zwei Steinen geklopft und bereitet war, wodurch sie so lind als Seide wird.

Auch trug er einen güldnen Bart, nämlich ein güldnes Plättlein, ungefähr drei Finger breit und drei Daumen lang, an Gewicht ungefähr drei Lot, das war mit einem Draht durch zwei Löchlein an seiner Unterlippe festgemacht. Der andere war ganz nackt und trug auch einen Bart, jedoch von Schildpatt. Ihre Waffen waren nichts anderes als Stöcke von Palmistenbäumen, ungefähr sieben Fuß lang, an beiden Enden scharf, und an dem einen Ende waren einige Widerhaken in diesem Holz angebracht, beide Enden waren im Feuer gehärtet. Wir suchten nach ihren Wohnplätzen, konnten aber nirgends dergleichen entdecken, woraus wir schlossen, dass sie tief im Busch wohnen müssten. Wir waren sehr begierig, von diesen Menschen einen lebendig zu bekommen, um Freundschaft mit ihnen zu schließen und einige Viktualien zu erhandeln; doch war da keine Möglichkeit dazu, sie waren zu wild. Daher wir endlich soviel Wasser aus dem Strom holten, als wir brauchten, und uns wieder davonmachten. Nachts hörten wir ein groß Geschrei von diesen Indianern, was uns vermuten ließ, dass sie andere zu ihrer Hilfe geholt hatten und durch ihr Geschrei den Tod ihrer Brüder beklagten. Wir haben nicht beobachten können, dass sie mit Fahrzeugen in See kommen.

Als wir sahen, dass wir dort nichts laden konnten, und nicht mehr fingen als wir täglich verzehrten, beschlossen wir wieder unter Segel zu gehen und unsere Reise nach Jamaika fortzusetzen. Wir lavierten bis zum Rio de Chagre, wo wir ein Schiff sichteten, das machte Jagd auf uns. Wir hielten es für ein spanisches, das von Cartagena käme, um Mannschaft nach dem Kastell Chagre zu bringen, ließen daher vor Wind gehen und setzten alles, was wir nur vermochten, bei, doch trotzdem segelte es schneller als wir und holte uns, nachdem es uns vierundzwanzig Stunden gejagt hatte, endlich ein. Als wir aber zusammen trafen, sahen wir, dass es einer von den Unseren war, der hatte auch lavieren wollen, um nach Nombre de Dios zu gehen und von da nach Cartagena, Abenteuer zu suchen; weil aber sowohl Strömung als Wind ihnen entgegen war, beschlossen sie gleichfalls, in die Boca del Toro zu gehen. Dies hat uns großen Schaden getan und wir haben mehr verloren in diesen zwei Tagen als wir in vierzehn gewonnen, so dass wir uns entschließen mussten, wieder nach unserem alten Platz zurückzukehren, was wir auch taten, uns aber da nicht lange aufhielten.

Wir segelten weiter in eine Bai, genannt Boca del Drago, dort ein gewisses kriechend Tier zu fangen, von den Spaniern genannt Manati *[Lamentin oder Ochsenfisch]*, von den Holländern aber Seekuh, weil es Nase, Maul und Zähne wie eine Kuh hat. Es hält sich immer im Wasser auf; an den Plätzen, wo der Grund mit Gras bewachsen ist, gehen sie zu weiden. Ihre Gestalt ist wunderlich: ihr Haupt ist wie ein Kuhhaupt, doch ohne Ohren, vielmehr an jeder Seite ein kleines Löchlein, darein man kaum den kleinen Finger stecken kann. An dem Hals haben sie zwei Flossen, an Gestalt wie die des Hais, jedoch etwas länger und mit drei Klauen am Ende. Unter diesen Flossen sind zwei Brüste wie die von einer Negerin; ansonsten ist der ganze Leib glatt bis an den Schwanz, der platt ist und am Ende rund zuläuft, etwa drei bis vier Fuß breit, je nachdem das Tier groß ist.

Die größten dieser Tiere sind ungefähr zwanzig bis vierundzwanzig Fuß lang, sie haben eine Haut von der Farbe der Berberhunde mit Haaren darauf in derselben Art. Diese Haut ist auf dem Rücken wohl anderthalb Daumen dick, und wenn sie trocken ist, so hart als Walfischbein und tauglich Stöcke daraus zu machen. Unter dem Bauch ist die Haut dünner und geschmeidiger. Inwendig haben sie Leber, Lunge, Gedärme, kurz alle Innereien wie ein Ochs bis auf die Nieren.

An jeder Seite haben sie sechzehn Rippen, die sind rund und in der Mitte ziemlich dick, an beiden Enden sehr hartknochig. Das Männchen erkennt das Weiblein fleischlich, und sie umfangen einander Bauch an Bauch; das Männchen hat ein Glied wie ein Stier, und das Weiblein ihre Natur wie eine Kuh, ungefähr eine Spanne breit unter dem Nabel. Das Weibchen trägt nicht mehr als ein Junges auf einmal; wie lang sie tragen, kann ich nicht angeben, da ich keine Gelegenheit hatte, dies zu beobachten. Diese Tiere sind mächtig scharf von Gehör, denn wenn man den geringsten Lärm macht ist es unmöglich, sie zu fangen.

Darum sind diejenigen, die das wollen, genötigt, statt der Ruder gewisse kurze Werkzeuge zu gebrauchen, die sie Pagayos nennen, und die Spanier Caneletas, mit denen wissen sie so sachte heran zu rudern, dass sie nicht gehört werden. Sie dürfen auch nicht sprechen, sondern müssen nur schauen, wo der Harpunier, so vorne steht, sie hinweist. Diese Manatis werden auf dieselbe Manier gefangen wie die Schildkröten; während aber die Harpunen, mit denen man die Schildkröten fängt, viereckig sind ohne Haken, so haben diese Haken und sind ein wenig länger als die andern. Die Manatis haben sehr kleine Augen und können wenig sehen, der gerade Gegenpart von der Schildkröte, denn die Schildkröte kann wunderlich scharf sehen, aber ist taub. Das Fleisch der Manatis ist dem Kalbfleisch sehr ähnlich, an Geschmack aber dem Schweinefleisch, hat auch Speck wie ein Schwein. Es wird gesalzen und geräuchert gleich dem Schweine- und Ochsenfleisch, wie wir im ersten Teil berichtet haben, dass die Bukaniere es zubereiten. Ein großer Manati gibt wohl zwei Tonnen Fleisch ohne die Beine und den Speck; sein Schwanz ist lauter Speck, die Räuber lassen ihn in spanische Töpfe aus und essen ihn zu Mais, den sie wie Gries zu kochen pflegen, er hat keinen tranigen Geschmack, schmeckt sogar viel besser als Öl oder Schweinefett. Dies ist alles, was ich von den Manatis schreiben kann, da ich nichts weiteres davon erkundet habe.

In diesem Meerbusen fingen wir also so viele von diesen Manatis, als wir konnten, salzten jedoch das Fleisch ein und behalfen uns zu unserer täglichen Kost mit dem Abfall, wie Leber, Lunge, Därmen, Nieren und dem Fleisch, das an den Knochen blieb. Eines Tages, da wir nichts gefangen hatten und gleichwohl unser Eingepökeltes nicht angreifen wollten, beschlossen wir, längs einem Eiland, das da war, zu fischen und Vögel zu schießen. Da gewahrten wir ein indianisches Kanu, in welchem vier Indianer waren, die, sowie sie uns sahen, so schnell als sie konnten, nach dem Ufer ruderten. Wir aber waren hurtiger im Rudern als sie und setzten ihnen nach, um zu sehen, ob da keine Möglichkeit wäre, etwas von ihnen zu erhandeln, nämlich Mundkost. Da aber dieser Indianer mit keinem Christen zu tun haben wollen, landeten sie und liefen mit ihrem Kanu buschwärts.

Wir folgten ihnen aber hart auf den Fersen, so dass sie gezwungen waren, das Kanu im Stich zu lassen; sie hatten es immerhin zweihundert Schritt in den Busch geschleppt und das zu viert. Dieses Kanu war an die zweitausend Pfund schwer, so dass wir uns über die Stärke dieser Menschen verwundern mussten; wir elf hatten Mühe genug, das Kanu wieder ins Wasser zu bringen. Als sie sahen, dass wir ihr Kanu nahmen, begannen sie sehr laut zu schreien, wir schossen zwar dahin, woher die Stimmen kamen; aber was für Wirkung das getan, konnten wir nicht erfahren, weil wir uns in den Busch zu laufen nicht getrauten, denn die Indianer sind auf diesem Eiland sehr zahlreich.

Unser Bootsmann, der uns dahin gebracht hatte und zu verschiedenen Malen da gewesen, erzählte uns, dass er einst mit einer ganzen Räuberflotte da gewesen sei, wo denn einige Kanus zum Fischen oder auf Vogeljagd dem Ufer zu ruderten. Dort waren aber einige Indianer auf die Bäume geklettert: wie nun die Kanus in den Fluss einfuhren, sprangen diese von oben in das Wasser hinab, ergriffen mit großer Geschwindigkeit etliche der Räuber und liefen mit ihnen buschwärts, ehe die andern ihren Gefährten zu Hilfe eilen konnten.

Am nächsten Tage ging der General der Flotte mit fünfhundert Mann an Land, um die Räuber, die die Indianer weggenommen hatten, wieder zu holen; doch war er kaum mit seinem Volk an Land, als er aufs eiligste wieder retirieren musste. Wir urteilten, da eine solche Macht gar nichts habe ausrichten können, würden wir noch viel weniger mit den Indianern fertig werden können, darum machten wir uns schleunigst wieder davon. In ihrem Kanu fanden wir nichts als ein Netz, ungefähr vier Faden lang und einen halben Faden breit, wie ein Schleppgarn gemacht, dabei waren auch vier Stecken aus Palmistenholz, etwa sieben Fuß lang. Wir hielten sie für ihre Waffen; an dem einen Ende waren sieben oder acht Haken, das andere war nur zugespitzt, wie man hier sehen kann:

Ihr Kanu war aus dem Holz der wilden Zeder und sehr plump gemacht, weshalb wir mutmaßten, dass sie keinerlei eiserne Werkzeuge hätten. Die Insel, worauf die Indianer wohnen, ist sehr klein, ja kaum drei Meilen in die Runde, und sonst haben sie kein Land, denn sie sind mit den Indianern des Festlands in beständigem Krieg, können einander auch nicht verstehen. An die Festlandküste wagten wir auch nicht zu gehen, weil die Indianer, die dort wohnen, auch niemand da sehen wollen.

Die Ursache der Wildheit dieser Menschen ist meines Erachtens, dass, als die Spanier ins Land gekommen, sie an den Einwohnern soviel Grausamkeit begangen haben, dass diese vor Schrecken landeinwärts geflüchtet sind. Dort leben sie in Wildnissen, ohne den Boden zu bebauen, nur von den Fischen, die sie im Strome fangen, und von den Früchten, die die Erde ihnen gibt; und sie haben auch später nicht den weißen Menschen zu trauen gewagt, weil sie sie allesamt für Spanier hielten, selbst andern Indianern nicht, weil so manche es mit den Spaniern gehalten und die eigenen Leute grausam geplagt haben. Und weil sie aus verschiedenen Gegenden geflüchtet sind, ist solch eine Verschiedenheit der Sprache daraus entstanden und dadurch Feindschaft; denn es gibt nichts, so mehr Feindschaft erregen kann zwischen zwei Nationen, als dass sie einander nicht verstehen; dieweil es dem Menschen unmöglich ist, jemand zu lieben oder ihm einige Neigung entgegenzubringen, so er ihn nicht versteht.

Aus dieser Ursache haben diese wilden Menschen Krieg wider einander, wiewohl sie keinerlei Anspruch an einander erheben, sei es wegen Land, das einer dem andern genommen hat, oder um Ehre, die einer von dem andern begehrt, oder wegen einiger Schulden, sondern allein weil sie einander nicht verstehen. Und wenn sie Gefangene von einander kriegen, tun sie ihnen die größten Martern von der Welt an und machen sie dann noch zu Sklaven. Dieses ist es, was ich von den wilden Menschen in der Boca del Drago habe anmerken wollen.

Endlich beschlossen wir, aus dieser Bai wieder auszulaufen, da wir kein Mittel sahen, Viktualien zu erlangen, denn wir hatten

Mühe genug, unsere tägliche Nahrung zu finden. Wir segelten denn längs der Küste hin gegen Westen. Nach vierundzwanzig Stunden Segelns kamen wir an einen Platz, genannt Rio de Zuera, wo einige Spanier wohnen, die gehören unter die Stadt Cartago. Unsere Absicht war, dort Schildkröten zu fangen, die um diese Zeit dorthin ihre Eier legen kommen; allein wir fanden nichts, was uns bewog die Spanier zu besuchen. Die hatten uns aber nichts als die leeren Häuser hinterlassen, denn als sie uns hatten kommen sehen, waren sie buschwärts geflohen. Wir mussten uns also mit den Früchten begnügen, die Bananen genannt werden.

Ich will von diesen Früchten hier nicht sprechen, da sie jedermann, der dort gewesen, wohl bekannt sind. Nachdem wir unser Fahrzeug mit Bananen fast bis an den Rand gefüllt hatten, segelten wir der Küste entlang, um einen guten Hafen zu suchen und dort unser Fahrzeug zu kielen, denn es war so leck, dass etliche Sklaven beständig an der Pumpe stehen mussten, sonst wäre es gesunken. Nach vierzehn Tagen Segelns kamen wir in einen großen Meerbusen, von den Räubern die Bleeckveldt-Bai genannt. Dieser Name kommt von einem also genannten Räuber, der diese Bai oft aufsuchte, um sein Schiff zu reparieren; dazu war daselbst auch sehr gute Gelegenheit, weswegen wir uns schleunigst daran machten. Während nun einige von uns damit beschäftigt waren, das Schiff zu kielen, gingen andere im Busch auf die Jagd. Es gibt dort wilde Schweine, die den Nabel auf dem Rücken haben und werden Nabelschweine *[Pekari; mit dem ›Nabel‹ ist eine Drüse auf dem Rücken des Tiers gemeint]* genannt, auch Dachse sind dort, aber nicht viele. Wir konnten aber nur wenig Schweine und Dachse bekommen, so dass unsere meiste Beute in Affen und Fasanen bestand, womit wir unsere Mannschaft täglich speisten, jedoch zumeist mit Affen, die dort in großer Menge vorhanden sind.

Wiewohl wir in großem Elend waren, bereitete uns das Schießen von Affen doch viel Ergötzlichkeit; wir mussten immer auf fünfzehn oder sechzehn schießen, um drei oder vier zu kriegen, denn wenn sie nicht mausetot geschossen sind, ist es unmöglich sie zu kriegen, weil sie sich mit ihrem Schwanz an kleinen Ästen festhalten und solange regungslos, als wären sie schon tot, hängen bleiben, bis es mit ihnen ganz vorbei ist. Die Weibchen tragen ihre Jungen auf dem Rücken, wie die Negerinnen ihre Kinder; und wenn die Mutter totgeschossen wird, und das Junge noch am Leben bleibt, wird es gleichwohl die Mutter nicht verlassen, ob sie nun fällt oder nicht, sondern sich allzeit auf ihrem Rücken festhalten.

Wenn man unter einem Baum geht, worauf sie sind, werfen sie einem ihren eigenen Unrat und Zweige an den Kopf. Wenn man unter einen Trupp Affen schießt und einen von ihnen trifft, kommen die andern stracks herbei, stehen rundum und riechen an seiner Wunde; läuft viel Blut heraus, so halten sie die Wunde zu, auf dass er nicht zu viel verliere, andere rupfen Moos von den Bäumen und stecken es hinein, wieder andere suchen gewisse Kräuter, die kauen sie und stopfen mit ihnen die Wunde. Ich habe es zum öfteren mit großer Verwunderung angesehen, wie eifrig diese Tiere in der Not einander beistehen und in Lebensgefahr einander zu helfen suchen. Diese Affen sind von sehr gutem Geschmack und sehr nahrhaft. Wir kochten und brieten alle Tage soviel Affenfleisch, dass wir es schließlich gewöhnten, und es schmeckte uns besser als Fasanen.

Hier könnte man wohl allerlei Betrachtungen anstellen, jedoch um dem Leser nicht beschwerlich zu fallen, wollen wir nur einfältig erzählen, was uns begegnet ist. Wir hatten ungefähr acht Tage so gelebt, ein jeder eifrig bei seinem Geschäfte, nämlich, wie ich schon sagte: einige kalfaterten das Schiff, andere verrichteten die übrige Schiffsarbeit und die dritten gingen auf die Jagd. Auch bedienten wir uns etlicher Sklaven und Sklavinnen: der Männer zum Brennholz schlagen und Kalkbrennen (den Kalk benutzten wir statt des Pechs zum Dichten der Schiffe), der Weiber zum Wasserholen aus den Brunnen, die wir am Strand gegraben hatten.

Das Schiff war nun bald klar, weshalb den Sklavinnen Befehl gegeben wurde, die Gefäße aufs schleunigste zu füllen. Am nächsten Morgen bei Tagesanbruch gingen die Sklavinnen mit ihren Gefäßen um Wasser, zwei von ihnen blieben ein wenig zurück, von den Bäumen Früchten zu naschen. Während sie sich dabei aufhielten, hörten sie im Busch ihre Gesellinnen schreien, dachten, sie wären von bösem Getier gebissen worden und liefen hinzu. Ehe sie aber hinkamen, sahen sie einen Trupp Indianer aus dem Busch hervorbrechen, gleich ließen sie ihre Töpfe fallen und begannen zu laufen und zu schreien: »Indios, Indios!« Auf ihren Hilferuf griffen wir unverzüglich zum Gewehr und liefen nach dem Platz, wo sie die Indianer gesehen hatten. Da fanden wir denn die toten Körper der beiden Negerinnen: eine jede war von zwölf oder dreizehn Pfeilen, die ihr noch im Leibe staken, durchbohrt, sie waren in den Hals, in den Leib und in die Beine geschossen worden, es schien als ob die Wilden ihre Lust daran gehabt hätten, die armen Sklavinnen solchermaßen mit ihren Pfeilen zu spicken, wo doch ein einziger genügt hätte.

Diese Pfeile waren von wunderlicher Fasson oder Machart, aus gemeinem Holz gefertigt, etwa einen Finger dick und acht Fuß lang; an dem einen Ende war mittels einer gesplissten Sehne ein Haken aus Holz festgebunden, in dem ein Feuerstein steckte; an dem andern Ende war ein hohles Holzstückchen wie ein Köcher, darin einige Steinchen waren, die, wenn man den Pfeil bewegte, ein wenig rasselten. Es waren auch etliche darunter, die waren von Palmistenbäumen gemacht und rot gefärbt, was sehr schön aussah, als wäre es Lackwerk. Wir mutmaßten, dass diese Pfeile von den Häuptlingen der Indianer herrührten, und bemerkten, dass sie in der Mitte des Leibes der Negerinnen staken. So also beschaffen:

A der Feuerstein, der an dem Pfeil festgemacht ist.
B der hölzerne Haken, gleichfalls an dem Stein befestigt.
C ist der Pfeil.
D ist das Köcherchen an dem andern Ende des Pfeils.

Diese Pfeile sind ohne jedes eiserne Werkzeug gefertigt; denn alles, was sie schneiden wollen, lassen die Indianer erst so weit abbrennen als nötig ist, hernach schaben sie es mit dem Feuerstein ab. Diese Indianer sind sehr flink im Laufen durch den Busch, denn, wie genau wir auch hinsahen, wir vermochten keine Fußstapfen zu entdecken noch das geringste Zeichen, dass sie hier durch gelaufen waren. Auch waren sie so vorsichtig, dass sie die Köcher mit den Steinchen darin mit Baumblättern gestopft hatten, damit sie kein Geräusch machen sollten. Nachdem wir in dem Busch gesucht, ob sie nicht irgendwo ein Fahrzeug liegen hätten, doch keines fanden, kehrten wir wieder nach unserm Schiff zurück, rüsteten es vollends zu und luden unser Gut wieder auf. Endlich gingen wir unter Segel, da wir diesem Lande nicht länger trauen durften, fürchtend, es möchten die Indianer einstmals so stark über uns kommen, dass sie uns allesamt überwältigten.

Achtes Kapitel – Lebensart der Indianer

Ankunft des Schreibers dieser Historie am Cap Gracias a Dios.
Wie die Räuber mit den daselbst wohnenden Indianern Handel
treiben. Lebensart dieser Indianer. Abfahrt von da, Ankunft auf
der Insel de los Pinos und Rückkehr nach Jamaika.

DER GROßE SCHRECKEN, in den uns die Ermordung unserer
Sklavinnen durch die Indianer versetzt hatte, bewirkte, dass wir
auf das eiligste von dannen fuhren und unseren Kurs nach dem
Cabo Gracias a Dios richteten, wo wir hofften, Trost zu finden,
nämlich Sicherheit des Orts und Gelegenheit Viktualien zu
erlangen; denn dort wohnen Indianer, die mit den Räubern
Handel treiben und sie wohl traktieren. Nach Verlauf von sechs
Tagen kamen wir nach Cabo Gracias a Dios, das will heißen, Gott
sei gedankt, welches auch wir sagten, wie denn ein Mensch, der
ins Wasser fällt und in großer Gefahr des Ertrinkens schwebt,
wenn er wieder herauskommt, Gott dankt für wunderbare
Errettung aus der Gefahr. Wir dankten Gott auch dafür, dass er
uns aus dem großen Elend, in dem wir gewesen, erlöst und uns an
diesen Platz geführt hatte, wo wir die Freundschaft der Einwohner
genießen konnten, nebst demjenigen was wir vonnöten hatten.

Sobald wir da vor Anker kamen, sahen wir am Strand zwei
Christen, die auf uns warteten, uns zu bewillkommnen. Die
Räuber haben dort nämlich solche Freundschaft mit den
Indianern gemacht, dass sie bei ihnen wohnen können, ohne dass
ihnen ein Leid geschieht; vielmehr leben sie ohne Sorgen, denn
die Indianer geben ihnen, was sie brauchen und tauschen dafür
alte Messer, Beile und dergleichen Werkzeug ein. Wenn die
Räuber dahin kommen, kaufen sie ein Weib für ein altes Beil oder
auch für ein altes Messer, dafür bleibt dies Weib solange bei dem
Räuber, bis er wieder weggeht; und sollte es sich ereignen, dass er
nach drei oder vier Jahren zurückkehrt, so würde selbiges Weib

wieder zu ihm kommen. Der, so dort ein indianisch Weib nimmt, braucht nicht zu sorgen, denn das Weib bringt ihm seine tägliche Kost zu, wie sie unter den Indianern gewöhnt ist. Der Mann hat da sonst nichts zu tun als allein ein wenig zum Jagen oder zum Fischen zu gehen, der Weiße braucht da nicht zu arbeiten, sondern kommandiert einen Indianer dazu.

Diese Indianer gehen oftmals mit den Räubern in See und bleiben drei oder vier Jahre aus, ohne in ihr Land zurückzukommen, so dass es unter ihnen viele gibt, die sehr gut Französisch und Englisch sprechen können, wie denn auch viele Räuber sind, die gut Indianisch sprechen. Diese Indianer sind den Räubern von großem Nutzen, weil sie sehr gute Harpuniere sind, sowohl im Schießen von Schildpatten und Manatis als von anderen Fischen, ja, ein Indianer allein kann ein ganzes Schiffsvolk von hundert Mann mit Speise versorgen, wenn er an einem Platz ist, wo es etwas zu fangen gibt. Als wir an Land kamen, gingen die Indianer uns entgegen mit allerlei Früchten, und auch um zu sehen, ob sie nicht einen Bekannten unter uns hätten. Es waren auch bei uns zwei Personen, die ihre Sprache gut konnten und da lang gewohnt hatten. Bei diesem Volk blieben wir einige Zeit, uns zu erfrischen, wobei ich denn Gelegenheit nahm, ihrem Leben und ihren Gewohnheiten nachzuforschen, wovon ich allhier knapp erzählen will.

Sie halten sich als eine kleine Republik und haben kein Oberhaupt über sich, das sie als ihren Herrn oder König erkennten. Das Land, das sie besitzen, hat ungefähr dreißig Meilen in die Runde. Sie haben keine Freundschaft mit ihren Nachbarn, am allerwenigsten mit den Spaniern, deren große Feinde sie sind. Es sind ihrer wenig an Zahl, nicht über fünfzehn- oder sechzehnhundert Seelen; unter ihnen sind auch etliche Neger, die sie als Sklaven halten: Die sind dahin gekommen auf einem Schiff, dessen sie sich bemeistert hatten, und strandeten dort; die Indianer machten sie alsbald zu ihren Sklaven, was sie bis auf den heutigen Tag geblieben sind.

Die Indianer sind in zwei Gruppen geteilt, wie man sagen möchte, in zwei Provinzen: etliche wohnen oben im Land und haben dort ihren Feldbau, die anderen wohnen an der Küste. Die im Lande wohnen sind mehr geneigt zur Arbeit als diejenigen, so am Meeresufer wohnen, denn diese sind zu träge, sich Häuser zur Wohnung zu machen. Wenn es regnet, haben sie nichts anderes sich zu beschützen als ein Palmistenblatt, welches sie gegen den Regen halten und sich mit dem Blatt allzeit nach dem Winde kehren, daher der Regen kommt. Ihre Kleidung besteht in nichts als einem Gürtel, damit sie ihre Scham bedecken; manche dieser Gürtel sind von Baumrinde, die lediglich etwas geklopft und lind gemacht ist. Diese gebrauchen sie auch, darauf zu schlafen, und nennen sie Gürtel oder Cabals. Einige haben Gürtel von Kattun gemacht auf die Manier der guinesischen Kleidung. Ihre Waffen sind Azagayas (Zagayen) mit eisernen Spitzen, oder auch mit Haifischzähnen.

Diese Indianer haben einige Kenntnis von dem allmächtigen Gott, jedoch ohne irgendeinen Gottesdienst, ich habe niemals beobachtet, dass sie einen solchen verrichtet hätten. Sie glauben nicht an den Teufel, wie viele andere Indianer in Amerika, und werden auch nicht von ihm so geplagt wie die anderen. Ihre Nahrung sind meistens Früchte, wie Bananen, Bacoven, Ananas, Pataten, Casava, dazu auch Krabben und Fische, die sie im Meer schießen. Sie bereiten mancherlei Getränke, die sehr lecker sind, und gebrauchen zu ihrem gewöhnlichen Getränk Achioc; dieser wird gemacht von einem gewissen Samen der Palmistenbäume, den sie in warmen Wasser stampfen und darin ein wenig stehen lassen, dann lassen sie es sich läutern und trinken es. Es ist lieblich von Geschmack und sehr nahrhaft. Auch machen sie gewisse Getränke von Bananos: wann diese reif sind, braten sie sie in heißer Asche und tun sie dann so heiß als sie vom Feuer kommen in Wasser und kneten sie mit ihren Händen, dass es so dick wird als ein Brei, das dient ihnen zum Essen und zum Trinken zugleich.

Von diesen Plantanos oder Bananos *[beides sind Bananensorten]* machen sie auch einen Wein, der an Stärke dem spanischen nichts nachgibt. Wenn die Frucht reif ist, kneten sie solche mit kaltem Wasser in großen Kalebassen, die sie da haben, und wenn es wohl geknetet ist, lassen sie es mitsammen acht Tage stehen; wovon es gärt und arbeitet, so stark als spanischer Wein. Die Indianer bitten ihre Freunde auf diesen Trank zu Gast. Sie machen noch einen andern, der noch lieblicher und weit besser ist als dieser, es geschieht auf folgende Manier; sie nehmen Ananasse, braten sie halb gar und kneten sie auf dieselbe Weise als ich von den Bananen zuvor erzählt habe, und nachdem diese wohl durchknetet sind, tun sie den dritten Teil wilden Honigs darunter und lassen das mitsammen fermentieren bis es eine Couleur kriegt wie spanischer Wein, und das ist gar lieblich. Ihr Getränke ist auch das Beste, was sie haben, denn sie wissen keine Speise zu kochen noch zuzurichten. Sie haben auch eine sehr artige Manier, Gastmahle zu halten und ihre Freunde zu empfangen.

Hat ein Indianer Wein gemacht, wie droben erzählt ist, so geht er seine Freunde dazu zu laden, und wenn die Zeit da ist, dass sie kommen sollen, lässt er sich kämmen und sein Haar mit Palmöl schmieren und färbt sich ganz schwarz. Sein Weib kämmt sich gleichfalls uns färbt sich ganz rot. Danach nimmt der Indianer seine Waffen, so drei oder vier Zagayen sind, und geht damit drei- oder vierhundert Schritte von seinem Hause weg auf dem Wege, wo er seine Freunde erwartet. Und wenn er sie kommen sieht, fällt er zu ihren Füßen aufs Angesicht nieder und rührt sich nicht mehr, als ob er tot wäre; da kommen dann die Freunde, helfen ihm auf und bringen ihn zum Haus. Wenn sie dann bei dem Hause sind, tritt er zuerst hinein, und alle die Freunde, die er geladen hat, fallen alsdann auf ihr Angesicht nieder, gleichwie er zuvor getan, und er hilft ihnen auf, einem wie dem anderen und bringt sie in sein Haus. Die Weiber tun einander keine Ehre an, nachdem was ich habe bemerken können.

Wenn die Freunde allesamt im Hause sind, wird einem jeden eine Kalebasse voll gebratener Plantanos präsentiert, die sind mit Wasser geknetet und so dick als Brei. Diese Kalebassen enthalten ungefähr zwei Pinten, das müssen sie alles aufessen und austrinken; wenn dann jeder seine Kalebasse fertig hat, kommt der Hauswirt, nimmt die Gefäße wieder weg und spricht zu ihnen;

das ist (nach der Unterweisung jener, die ihre Sprache können), ihr Willkomm bieten. Danach trinken sie von dem Trunk darauf sie gebeten sind, ohne anderes Essen als einige Früchte, und wenn sie trunken sind, singen und tanzen sie und tun ihren Weibern viel Liebkosungen an. Und um zu zeigen, dass sie den Weibern geneigt sind, nehmen sie einen von ihren Wurfspießen und stecken ihn durch ihre männliche Rute in Gegenwart ihrer Weiber. Dieses habe ich oftmals von den Räubern erzählen hören, jedoch nicht glauben wollen, aber ich habe es schließlich selber gesehen. Sie tun es auch, wenn sie um eine Weibsperson freien, ihr zu zeigen, dass sie ihr geneigt sind. Wenn sie trunken sind, fechten sie auch wohl miteinander und stechen einer den andern tot, doch geschieht das selten.

Beim Heiraten halten sie sonderliche Zeremonien ein, denn es darf keiner unter ihnen eine Tochter nehmen ohne Konsens ihrer Eltern oder Angehörigen; und wenn einer eine Tochter heiraten will, wird er vom Vater gefragt: ob er wohl jagen und fischen kann, ob er wohl Zagayen machen kann, ob er eine Harpune machen kann, und ob er sein Seil wohl drehen kann. Wenn er auf all dieses wohl geantwortet hat, nimmt der Vater von dem Mädchen eine Kalebasse voll Trank, daraus er zuerst trinkt, es sodann dem Jüngling reicht und dieser seine Braut. Es ist gebräuchlich unter ihnen, dass wenn man einem eine Kalebasse voll Trank präsentiert, er sie austrinken muss, aber hier trinken sie zu dreien aus, um zu bezeugen, dass sie Blutsfreunde sind. Dieselben Zeremonien geschehen auch, wenn ein Räuber ein indianisch Weib zu seinem Gebrauche nimmt, doch statt dass er von dem Vater ausgefragt wird, muss er ihm ein Messer und ein Beil verehren, und wenn der Räuber wieder weggeht, bringt er die Frau wieder zu ihrem Vater, und sie haben beiderseits daran kein Ärgernis.

Auch unterlässt es deshalb kein Indianer, sie zur Ehe zu nehmen, jedoch, nachdem sie getraut sind, wollen sie nicht leiden, dass ein anderer zu ihrem Weibe kommt. Die Weiber halten keine Zeit im Kindbett, noch auch die Männer statt ihrer, wie die Kariben tun, sondern sobald sie geboren haben, gehen sie hin und waschen ihr Kind im Fluss oder anderem Wasser, danach wickeln sie es in einen ihrer Gürtel, die sie Cabale nennen, und tun ihre Arbeit als zuvor. Wie sie das tun können, lasse ich die Weiber beurteilen, die bessere Erfahrung davon haben.

Diese Indianer haben auch sonderliche Zeremonien für ihre Toten. Wenn ein Mann stirbt, muss sein Weib ihn selber begraben mit allen seinen Gürteln, Zagayen, Fischzeug und allem seinen Geschmeide, das er an den Ohren und um den Hals trägt; und alle Tage muss sie auf das Grab, worin ihr Mann liegt, Speis und Trank bringen. Alle Morgen bringt das Weib etliche Bananen samt einer Kalebasse voll Trank, und wenn dann die Vögel daran zu picken kommen, das halten sie für gut, so dass sie alle Tage dahin geht, um dasjenige, was sie tags zuvor gebracht hat, zu erneuern. Das währt ein ganzes Jahr lang: Dieses rechnen sie nach den Monden, deren fünfzehn sie für ein Jahr zählen. Einige Schreiber haben behaupten wollen, dass das Essen, das die Indianer ihren Toten bringen (wie auch die Kariben tun), vom Teufel abgeholt wird, doch halte ich dieses nicht für die Wahrheit, dieweil ich selbst es öfter weggenommen, da die Früchte, so sie dahin bringen, die reifsten und leckersten sind, so sie finden können.

Wenn nun ein Jahr (nach ihrer Rechnung) vorbei ist, geht das Weib hin und gräbt ihren Mann aus, nimmt alle Gebeine, die sie unter der Erden findet, wäscht sie und lässt sie an der Sonne trocknen. Nachdem sie wohl getrocknet sind, wickelt sie sie alle zusammen in eine Cabale und trägt sie solange auf ihrem Rücken, als sie unter der Erde gelegen sind, nämlich ein ganzes Jahr von fünfzehn Monaten: sie schläft damit, sie arbeitet damit, so dass sie die Gebeine allezeit trägt. Wenn dann die Zeit um ist, hängt sie dieselben an den Giebel des Hüttchens, das sie hat; so sie aber keines hat, werden die Gebeine an der nächsten Freunde Hausgiebel gehängt. Vermöge ihrer Gesetze darf das Weib auch nicht heiraten, bevor die zwei Jahre um sind. Die Gebeine derjenigen, die unfrei sterben, werden nicht umgetragen, doch bringt man ihnen Essen auf das Grab wie den andern.

Ein Mann trägt auch nicht die Gebeine seines abgeschiedenen Weibes. Wenn einer von den Räubern, der mit einem indianischen Weib verehelicht ist, stirbt, werden seine Gebeine in gleicher Weise von ihr getragen, als ob er ein Indianer gewesen wäre. Auch Neger, die bei ihnen sind, leben in allen Dingen auf ihre Manier. Wenn diese Indianer Krieg führen und etliche Feinde gefangen nehmen, machen sie sie zu Sklaven. Diese Menschen sind gleich den Weißen schweren Krankheiten unterworfen, als Blutfluss und Kinderblattern. Wenn sie ein hitziges Fieber haben, legen sie sich solange ins Wasser, bis das Fieber um ist. Wenn eine Krankheit unter sie kommt, sterben sie haufenweise dahin. Soviel habe ich an den Indianern in der Zeit, da ich bei ihnen gewesen, beobachten können.

Nachdem wir uns nun zur Genüge erfrischt, und mit allem, so uns die Indianer geben konnten, versehen hatten, fuhren wir wieder von dannen und richteten unsern Kurs nach der Insel Cuba, wo wir vierzehn Tage hernach an der Insel Pinos, an der Südseite ebenderselben Insel gelegen, anlangten. Hier mussten wir notgedrungen einen Hafen kiesen, um unser Fahrzeug auszubessern, denn wir konnten es nicht länger über Wasser halten. Als wir nun dahin kamen, gingen zwei Indianer, so wir von Cabo Gracias a Dios mitgebracht, zum Fischen aus, und etliche von unserem Volk zum Jagen, denn auf dieser Insel gibt es viel Rindvieh, das haben die Spanier dorthin gebracht, dass es sich vermehre.

Wir waren da kaum vier Stunden gelegen und hatten schon soviel Fische und Fleisch, dass zweitausend Mann daran genug gehabt hätten, sowohl Rinder als Schildkröten als Manatis als andere Seefische. Da war nun alles Ungemach, das wir erlitten, vergessen: wir hießen einander anders nicht als Brüder (doch so wir nichts zu essen hatten, so waren wir einander schon im Wege, ob wir schon fünf oder sechs Schritte voneinander entfernt waren). Allda hatten wir nun gute Gelegenheit, unser Fahrzeug zu kielen, denn wir hatten keine Feinde zu erwarten als die Spanier, vor denen wir uns aber nicht fürchteten, da wir mehr sie, als sie uns suchten. Des ungeachtet mussten wir bei Nacht wegen Krokodile, die dort in großer Menge sind, gute Wacht halten, denn wenn sie hungern, scheuen sie sich auch vor den Menschen nicht; wie sich an einem von uns zeigte, der allein in Begleitung eines Negers buschwärts lief und unversehens auf ein Krokodil trat, das in einem Pfuhl verborgen lag. Das packte ihn beim Bein und kriegte ihn unter sich, allein dieser Mann war wacker und stark, zog sein Messer und setzte sich solchermaßen zur Wehr, dass er das Krokodil umbrachte, doch blieb er infolge des gewaltigen Blutverlustes aus seiner Wunde in Ohnmacht liegen.

Sein Sklave, der davongelaufen war, kam nun wieder zu ihm und schleppte ihn bis ungefähr eine Meile von der Küste, wo wir ihn mit einer Hängematte abholten. Späterhin durfte sich niemand von uns allein in den Busch trauen, sondern wir gingen alle Tage zu zehn oder zwölfen aus, nur um Krokodile totzuschlagen. Des Nachts kamen sie an Bord unseres Schiffes und schlugen ihre Vorderpfoten in die Barkhölzer, um hinaufzuklettern, dann warfen wir ihnen ein Tau um den Hals und hissten sie in das Schiff. Nachdem wir uns dort wohl verproviantiert und unsere Fahrzeuge ein wenig ausgebessert hatten, verfolgten wir unsere Reise nach Jamaika, wo wir nicht den dritten Teil unserer Flotte arriviert fanden.

Morgan wollte wieder etliche Fahrzeuge ausrüsten, um das Eiland Santa Catalina in Besitz zu nehmen, wo die Garnison abgezogen war, doch wurde sein Vorhaben durch ein englisches Kriegsschiff zunichte, welches im Namen des Königs den Gouverneur nach England beorderte, daselbst allen Schaden zu verantworten, den die Räuber von Jamaika den Spaniern zugefügt hatten. Auf selbigem Schiffe kam zugleich ein neuer Gouverneur; und Morgan ging mit nach England.

Dieser neue Gouverneur sandte von Stund an Schiffe in alle spanischen Häfen, die Gouverneure daselbst guter Nachbarschaft zu versichern, und dass aus Jamaika keine Räuber mehr fahren sollten. Mittlerweile trieb dieser Gouverneur unter dem Vorwand, den Frieden zu publizieren, mit den Spaniern eifrig Handel und gebrauchte, um diesen Handel zu bemänteln, etliche Juden die auf Jamaika wohnen, als Vermittler. Einige Räuber, die noch nicht zurück waren, hörten diese Zeitung, und kamen nicht zum Vorschein, sondern blieben draußen und raubten soviel sie konnten.

Sie haben späterhin einen Platz an der Nordseite der Insel Cuba eingenommen, La Villa de los Cayos genannt, und haben daselbst nach alter Gewohnheit nicht geringe Gottlosigkeit verübt. Aber der neue Gouverneur hat es mit List schließlich zuwege gebracht, dass er ein paar Räuber erhaschte und sie aufhängen ließ. Als die andern dieses sahen, nahmen sie ihre Zuflucht zu den Franzosen in Tortuga, wo sie sich noch aufhalten: sie sind des Raubens so gewohnt, dass es ihnen zu verwehren unmöglich ist, denn wenn man ihnen den einen Hafen verbietet, laufen sie in einen andern ein, weil nämlich diese Länder allenthalben voll schöner Häfen sind, in welchen sie Nahrung und allerhand Notdurft, die sie für ihre Schiffe brachen, im Überfluss bekommen können.

Neuntes Kapitel – Ein Schiffbruch

Erzählung eines Schiffbruchs, erlitten von Monsieur Betrand d'Orgeron, Gouverneur der Insel Tortuga. Wie er samt seinem Volk in der Spanier Hände gefallen; durch welche List er sein Leben salviert. Er unternimmt einen Anschlag auf Puerto Rico, sein Volk zu erlösen, der ihm aber misslingt. Grausamkeiten der Spanier, verübt an den französischen Gefangenen.

IM JAHRE 1673 hatten die Einwohner der unter den König von Frankreich gehörigen Inseln eine ziemliche Macht zusammengebracht in der Absicht, die unter der Herrschaft der Herren Staaten von Holland stehenden Örter zu erobern und zu ruinieren. Der französische General gab im Namen seines Königs allen Schiffen, die sich zum Abbruch des Feindes wollten brauchen lassen, Kommission. Er hatte selbst eine Flotte formiert, sowohl von Kriegs- als von Kauffahrer-Schiffen, aus allen Plätzen entboten und zusammengebracht, die sollte die Insel Curacao einnehmen.

Der Gouverneur von Tortuga war selbst an Bord eines Kriegsschiffs gegangen, das damals auf der Reede lag, samt vier- oder fünfhundert Buschläufern oder Bukanieren von der Insel Española, des Vorhabens, sich mit dem französischen General zusammenzutun und mit ihm gemeinsam wider Curacao zu gehen. Allein er wurde von seiner Absicht durch ein Unglück ferngehalten, so ihn an der Südseite der Insel San Juan de Puerto überkam, wo er bei Nacht von einem schweren Sturm angefallen und sein Schiff auf die Klippen getrieben wurde, nicht weit von den Inseln Guadanillas, an der Südseite oben genannter Insel gelegen. Binnen kurzem war sein Schiff in Stücken, also dass Monsieur d'Ogeron gezwungen war, sich mit seinemVolk an Land zu salvieren.

Am folgenden Tag mit anbrechender Morgenröte meinten die Spanier, es wäre dieses Volk dahin gekommen, um (wie sie von den Franzosen gewohnt waren), die Insel auszuplündern, sammelten also eine taugliche Macht und gingen auf die Franzosen los. Die aber waren in einem betrübten Stand, viel eher geneigt, um Pardon zu bitten als zu fechten; denn sie hatten nichts salviert als allein das Leben und das, was sie auf dem Leibe trugen, nämlich ein Hemd und eine Leinenhose. Nichtsdestoweniger zogen die Spanier auf sie los mit allem Volk, das sie hatten zusammenbringen können, unter welchem allerlei Schlag von Menschen war, sowohl Schwarze als Indianer und Halbblut, jedoch wenige Weiße. Die Räuber gingen ihnen entgegen, sie um Pardon zu ersuchen und sich zu entschuldigen, indem sie sagten, dass sie Europäer wären, die im Sinne gehabt, auf den französischen Inseln Handel zu treiben, durch das schlimme Wetter wäre aber ihr Schiff wider die Klippen geworfen worden und in Stücke gegangen.

Nachdem sie also in Demut alle ihre Seufzer um Pardon ausgestoßen, antworteten die Spanier: »Ha, perros ladrones, no hay quartel para vosotros.« Das heißt: »Ha, ihr räuberischen Hunde, für euch gibt's keine Gnade.« Und damit fielen sie über die Franzosen her und schlugen einen großen Teil von ihnen tot. Indes, da sie sahen, dass sie keinen Widerstand leisteten, auch kein Gewehr bei sich hatten, hielten sie endlich mit dem Morden ein, ungeachtet sie bei der Meinung verharrten, die Franzosen wären gekommen, ihr Eiland zu plündern. Nahmen daher die Übriggebliebenen, banden ihrer je zwei bis drei zusammen und brachten sie auf die Savanas, das ist ein flach Feld.

Hierauf fragten die Spanier nach ihrem Oberhaupt, doch diese antworteten alle einhellig, dass er ertrunken wäre, wiewohl es nicht wahr war, vielmehr hatte Monsieur d'Ogeron, als die Spanier sich nahten, sie gebeten solches auszusagen. Die Spanier wollten sich das freilich nicht weismachen lassen, sondern brachten einige Franzosen auf die Folter, sie zu zwingen, ihr Oberhaupt anzuzeigen, von denen denn auch einige, die die Martern nicht aushalten konnten, starben. Ogeron aber stellte sich, als ob er einfältig wäre und nicht recht reden könne, deshalb ließen ihn die Spanier ledig umhergehen, ohne im ein Leid zu tun, ja er erwischte sogar zuweilen ein Stück Essen, da die andern Hunger leiden mussten: ihnen war zu wenig gegeben, um ohne Qual zu leben, und zu viel, um zu sterben. Wenn einer von ihnen schon krank war und dem Tode nahe, hatten die Spanier ihre Kurzweil mit ihm: sie banden ihn an einen Baum, setzten sich zu Pferd und rannten um den Preis mit ihren Lanzen, wer ihn am besten treffen könnte, also machten sie ein Turnierspiel untereinander.

Monsieur d'Ogeron, ein Mann von trefflichem Verstande, heuchelte immer fort Einfalt und Unsinnigkeit. Da er aber die Grausamkeiten mit ansah, die an seinem Volke verübt wurden, entschied er, sein Leben zu wagen, um es zu erlösen. Alle die Franzosen waren gebunden, so dass sie nirgends hingehen konnten, überdies waren da noch etliche Spanier, die sie bewachten, Ogeron aber hatten sie als einen Simpel ledig gelassen, samt seinem Barbier, genannt Francois la Faverge, der einem Spanier einen gewissen Dienst getan und deshalb Erlaubnis hatte, frei umher zu gehen. Der spazierte oft mit Ogeron herum und hielt ihn, wie man mit solchen Pinseln zu tun pflegt, zum Narren, dass die Spanier selbst beim Zuschauen ihren Spaß daran fanden. Heimlich aber berieten sie miteinander, wie sie am besten flüchten könnten. Endlich beschlossen sie, nach dem Strand zu gehen, sich daselbst ein Floß zu bauen und nach der Insel Santa Cruz überzufahren, welche den Franzosen gehört, und gelegen ist an der Ostecke von Puerto Rico, ungefähr zehn Meilen Wegs.

Nachdem sie sich dermaßen entschlossen und einander Beistand gelobt hatten, gaben sie erst ihrem Volk Bescheid und machten sich dann auf die Reise, mit keiner andern Waffe versehen als einem Hackmesser, das hatten sie von den Spaniern genommen, und wird bei denselben Macheta genannt. Sie schlugen sich einen ganzen Tag durch den Busch, bevor sie an den Strand kamen, wo sie nach der rechten Gelegenheit suchten, ein Floss zu machen, jedoch geraume Zeit unterwegs waren, ohne dazu gelangen zu können. Inzwischen begann sie auch der Hunger zu quälen, denn am Strande war nichts zu bekommen, ihn zu stillen, wie sie zuvor im Busch mit Baumsamen getan hatten.

Jedoch die Not, die eine gute Lehrmeisterin ist, lässt diejenigen, so mit ihr hausen, Praktiken suchen: so trachteten denn diese beiden Flüchtlinge mit allen Mitteln, zu einer Nahrung zu kommen. Sie sahen am Strande eine große Menge Fisch, von den Spaniern Corlobados genannt, die kleinen Fischen nachstellten, um sie zu fressen; auch beobachteten sie, dass die kleinen Fische bisweilen auf der Flucht auf den trocknen Sand sprangen. Monsieur Ogeron probierte, ob er nicht die großen Fische mit auf den Sand treiben könnte, was ihm zu herzlicher Zufriedenheit gelang: so machten sie denn Jagd auf die Corlobados, deren sie etliche aufs Trockne kriegten und auf diese Weise so viele fingen, als sie essen vermochten. Sie brieten auch einige, um sie für den nächsten Tag aufzuheben. Feuer zu erlangen, waren sie nicht verlegen, denn wenn man zwei Stücke Holz eine Viertelstunde lang aneinander reibt, pflegen sie sich zu entzünden; sie liefen aber mit ihren Fischen in den Busch, um sie zu braten, denn am Strande wagten sie es nicht, aus Frucht bemerkt und gefangen zu werden, und dann ohne Gnade sterben zu müssen.

Sie begannen nun auch an ihrem Floß zu arbeiten, und da sie eines Tages damit beschäftigt waren nach tauglichen Bäumen zu suchen, gewahrten sie ein Kanu, das vom Meer auf sie zukam. Sogleich verbargen sie sich im Gebüsch und gaben Acht, wo es landen wollte, wussten sie doch nicht, was für Volk darinnen war. Doch da es sich näherte, waren nicht mehr als zwei Mann darin, die sie für Fischer hielten, und das waren sie auch. Da lauerten sie nun gewaltig, im Busch versteckt an der Stelle, wohin das Kanu steuerte, um sich dessen zu bemächtigen, und sollte es ihr Leben kosten. Als es nun landete, sahen sie die beiden Fischer, der eine war ein Spanier, der andere ein Halbblut, was die Spanier Mulato nennen; sie schienen gekommen zu sein, um Wasser zu holen und nachts zwischen den Klippen zu fischen, denn der Mulatte ging alsbald mit etlichen kleinen Kalebassen an den Fluss, der nicht weit von da war, dieselben mit frischem Wasser zu füllen.

Da stürzten aber unsere beiden Flüchtlinge hervor, überfielen ihn und schlugen ihm mit dem Hackmesser den Schädel ein, liefen auch auf den Spanier los, der sich mit dem Kanu und dem Fischzeug zu schaffen machte, brachten ihn gleichfalls stracks ums Leben und ließen ihn im Kanu liegen. Sie holten auch die andere Leiche herbei, um sie alle beide in die See zu versenken, damit die Spanier es nicht entdeckten.

Hierauf holten sie soviel frisches Wasser, als sie in dem Kanu unterbringen konnten, und fuhren nach einem versteckten Ort, wo ein stillstehendes Wasser war, um dort die Nacht zu erwarten. Als sie anbrach, nahmen sie ihren Kurs längs der Küste von Puerto Rico bis an das Cabo Roxe, von das setzten sie nach der Insel Española über, wo ihr Volk war. Wind und Wetter diente ihnen dermaßen, dass sie binnen kurzem daselbst anlangten, und zwar an einen Ort Samana genannt, woselbst sie ihr Volk antrafen. Ogeron ließ den Barbier dort längs der Küste Mannschaft sammeln, er selbst ging nach Tortuga, wo er etliche Schiffe, die auf der Reede lagen, zusammenzubringen suchte. Er gab sein Vorhaben zu erkennen, als welches war, sein Volk zu erlösen; überdies macht er Hoffnung auf gute Beute, um desto mehr Courage in ihnen zu erwecken. Der Barbier ging an alle Orte längs der Küste Española, wo Franzosen waren, redete ihnen wacker zu, ihre Mitgesellen zu befreien, und versprach ihnen auch eine gute Beute, wodurch er binnen kurzem eine große Anzahl beisammen hatte.

Inzwischen hatte Ogeron viele Schiffe klar gemacht, sein Volk eingeschifft und segelte nun längs der Küste von Española hin, um auch das Volk, das der Barbier zusammengezogen, aufzunehmen. Er feuerte sie an, tapfer Rache zu nehmen für die unmenschlichen Grausamkeiten, die die Spanier an ihnen verübt hatten. Sie gelobten auch allesamt einmütig, ihm zu folgen, wohin immer er sie führen wollte, und bezeugten großes Mitgefühl für die Leiden, die ihre Kameraden unter der Gewalt der Spanier hatten erdulden müssen.

Als nun Ogeron sah, dass sein Volk wohlgemut war und sein Vorhaben unterstützte, richtete er seinen Kurs nach Puerto Rico. In die Nähe der Küste gelangt, segelte er so nahe an das Land heran, dass es oben vom Spriet aus gesehen werden konnte, jedoch hatten sie nur die untern Segel beigesetzt, um von den Spaniern nicht entdeckt zu werden, bevor sie an den Platz gekommen, wo sie landen wollten. Diese Vorsicht war freilich fruchtlos, denn die auf dem Lande hatten davon Kundschaft und schickten längs des Strandes etliche Reiterkompanien aus, ihre Bewegungen zu überwachen. Ogeron, der dies sah, hielt es für nützlich, ihnen wenig Zeit zur Vorbereitung zu lassen, gab alsdann seinen Schiffen Befehl, sich fertig zu halten, das Volk an Land zu werfen, ging stracks so dicht an die Küste als er konnte und fing an, lustig Feuer zu geben in der Meinung, unter dem Schießen sein Volk an Land zu bringen und den Spaniern unversehens mit Furie auf den Leib zu rücken.

Allein es fiel ganz anders aus; denn, dieweil die Schiffe ihr Geschütz lösten, lagen die Spanier im Busch verborgen ganz still auf ihren Bäuchen, und da die Franzosen meinten, buschwärts vorzugehen, wurden sie unvermutet von ihnen überfallen und binnen kurzem dermaßen geschlagen, dass sie gezwungen wurden, wieder nach ihren Schiffen zu retirieren, so gut als sie vermochten, doch blieb ein großer Teil sowohl tot als verwundet auf dem Platz. Auch Monsieur Ogeron salvierte sein Leben, wiewohl er so gut als halbtot war vor Betrübnis über das Misslingen seines Anschlags und befürchten musste, dass die andern, die unter den Händen dieser barbarischen Menschen waren, es würden entgelten müssen.

Gleichwohl, es war kein Mittel vorhanden, sein Volk zu erlösen, da er zu schwach, und der Schrecken in sein Volk gefahren war. Auch war der Landungsplatz so ungünstig für sie, so von See kamen, gewesen, dass ein Mann an Land so viel wie zehn draußen galt; überdies waren die Spanier ungleich stärker, also dass die Franzosen unverrichteter Dinge wieder abziehen mussten. Die Spanier verharrten so lange am Strand, bis Ogeron außer Sicht war. Die Verwundeten, die da lagen, schlugen sie sogleich tot, schnitten ihnen Nasen und Ohren ab und brachten sie in ihr Lager, um solches den Gefangenen zu zeigen als Wahrzeichen des erfochtenen Sieges. Sie richteten auch ein großes Fest an und brannten Viktoria ab; dann banden sie einige Gefangenen an Bäume und gaben ein Turnierspiel mit ihnen: zu Pferde sitzend, liefen sie mit ihren Lanzen gegen die Gebundenen an, und wer am besten traf, bekam den ausgesetzten Preis. Auch ließen sie gebraten Fleisch vor die Gefangenen stellen, die zwei oder drei Tage nichts gegessen hatten, wie sie aber danach langten, schlugen sie ihnen mit ihren Hackmessern auf die Hände. Sie schmissen ihnen auch Knochen vor, auf das sie dieselben abnagen sollten wie Hunde; wenn die Gefangenen sie aber nicht aufhoben, meinten die Spanier, sie hätten wohl keinen großen Hunger.

Der Herr Jacob Binkes, der damals in Amerika als Kommandeur einiger Kriegsschiffe in den amerikanischen Gewässern kreuzte und dahin kam, sich mit frischen Lebensmitteln zu versehen, ist hiervon Zeuge gewesen und hat fünf oder sechs dieser elenden Gefangenen aus Mitleid auf seine Schiffe gerettet und mit nach Holland gebracht. Als die Spanier dieses merkten, verbrachten sie den Rest nach der Hauptstadt, wo sie gebraucht wurden, Kalk und Steine zur Ausbesserung etlicher Schanzen zu tragen. Damals begannen die französischen Gefangenen ein wenig Mut zu schöpfen, denn obwohl sie arbeiten mussten wie die Sklaven, waren sie wenigstens ihres Lebens sicher und hofften, dereinst wieder davonzukommen.

Nachdem diese Festungen repariert waren und sie in der Stadt nichts mehr zu tun hatten, ließ der Gouverneur sie nach Habana führen, wo sie in derselben Verwendung gebraucht wurden wie zu Puerto Rico, jedoch kürzer gehalten: Denn wenn sie tags gewerkt hatten, wurden sie abends in Handschellen und Fußeisen geschlossen; der Gouverneur fürchtete nämlich, sie möchten die Stadt auskundschaften und wenn sie wieder zu ihrem Volk gekommen, selbige überrumpeln; derlei Anschläge waren ja viele Male unternommen worden. Darum suchte der Gouverneur nur nach Gelegenheit, sie nach Spanien zu schaffen. Alle Schiffe, so von Neuspanien kamen, nahmen zwei oder drei Franzosen, nämlich so viele, als sie an Stelle der Matrosen die ihnen gestorben oder entlaufen waren, gerade nötig hatten, mit. Eben dieses war es, was die Franzosen solange gewünscht hatten, lobten deswegen Gott, dem es gefiel, sie aus ihrer Sklaverei zu erlösen.

Es währte nicht lange, da waren sie allesamt nach Spanien überführt, wo sie wieder zusammentrafen, miteinander nach Frankreich gingen und sich fertig machten, sich bei erster Gelegenheit wieder nach der Insel Tortuga einzuschiffen. Sie halfen einander aus, soviel sie konnten; die Geld hatten, schossen denen vor, die nichts hatten. Etliche unter ihnen konnten nicht vergessen, was sie von den Spaniern erlitten, ließen sich sonderliche Messer machen mit Zangen daran, die Spanier lebendig zu schinden und ihnen das Fleisch abzukneifen, wenn sie sie kriegten, wozu sie ja alle Tage Gelegenheit genug haben. Mit den ersten Schiffen, die sie fanden, kamen sie nach Tortuga zurück, wo ein Teil von ihnen wieder auf Raub ausgegangen ist, und zwar mit einer Flotte, die damals in Tortuga unter dem Oberbefehl eines Monsieur de Maintenon, eines Franzosen, ausgerüstet wurde. Sie haben die Insel Trinidad, zwischen der Insel Tobago und der Küste von Paria gelegen, eingenommen und auf hunderttausend Taler gebrandschatzt. Hierauf waren sie willens, die Stadt Caracas, Curacao schief gegenüber gelegen, auszuplündern.

~ *ENDE* ~